马金莲 著

我的母亲喜进花

时代出版传媒股份有限公司
安徽文艺出版社

图书在版编目（CIP）数据

我的母亲喜进花/马金莲著. —合肥：安徽文艺出版社，2020.6
ISBN 978-7-5396-4101-0

Ⅰ．①我… Ⅱ．①马… Ⅲ．①中篇小说－小说集－中国－当代②短篇小说－小说集－中国－当代 Ⅳ．①I247.7

中国版本图书馆CIP数据核字(2019)第273766号

出 版 人：段晓静			
责任编辑：汪爱武		装帧设计：观止堂_未泯	

出版发行：时代出版传媒股份有限公司　www.press-mart.com
　　　　　安徽文艺出版社　　www.awpub.com
地　　址：合肥市翡翠路1118号　邮政编码：230071
营　销　部：(0551)63533889
印　　制：安徽新华印刷股份有限公司 (0551)65859551

开本：880×1230　1/32　印张：10.125　字数：250千字
版次：2020年6月第1版　2020年6月第1次印刷
定价：45.00元(精装)

（如发现印装质量问题，影响阅读，请与出版社联系调换）

版权所有，侵权必究

目录

- 底色 　　1
- 冯家堡子 　　65
- 人妻 　　103
- 我的母亲喜进花 　　197
- 义诊 　　296

底色

双膝落地,和瓷砖地面缓缓接触,这一刻,我在努力回想,距离我上次踏进这座四合院,中间过去了多长时间。

妈——马兰喊。

马兰的声音有点假。至少,和进门前跟我商量的时候不一样,那种激动、感慨,全没了,藏起来了。眼前的她完全是一个孝顺、懂事又贴心的乖女儿。她仰起脸,注视着高处的张桂香。我看不到马兰的脸,看不到此刻她脸上的表情,只能看到一个侧面。侧影自然楚楚动人。炫白的小圆帽,戴在高高盘在脑后的发髻上,鬓发乌黑油亮,发丝下的耳朵小巧、玲珑,宛如白玉雕刻的一朵雪白的莲花镶嵌在那里。脖子细而长,肌肤细腻白嫩。

出嫁并且怀孕生育后,这个原本长相就俊俏惹眼的姑娘,更出落成了一个圆润饱满的媳妇。

这排东房是新盖的,地上的瓷砖泛出洁白的冷光。地面很凉,冰凉像细密而快速流动的水,从我双膝跪下去开始,水流就从四面八方向我聚拢,很快包围了我的脚和小腿,接着又沿我的身躯逆流而上。我的下半身正在感受着一种细碎的冰冷。

妈,你知道我们来一趟不容易,我姐她,坐了两个钟头的班车哩,她那个腰,坐班车受罪得很。马兰说。撒娇的口吻里含着一丝哀求。

我抬起的眼只看到马兰的侧影,我知道只要再抬高五厘米,就能看到张桂香的脸。但是我不抬,缓缓垂下头,收回目光,盯着眼前的地面看。眼下的时间需要这样熬过去,只有熬过去,才算是迈过了一道坎儿。这一点,来之前我就已经了然于心,所以,不急,我气定神闲地等待就是。马兰给我打过包票,说,都包在她身上,她和张桂香磨,软磨硬泡,她就不信张桂香的心不是肉长的。马兰是张桂香宠爱的女儿,既然她有信心,我只管配合就是,所以我们合谋上演了眼前这登门谢罪、跪地恳求的一幕戏。

马兰既担任导演,又亲自上阵扮演重要角色,但是我们心里都很清楚,今天的主角不是她,也不是我,而是坐在王家炕头上的张桂香。

地上摆着一双拖鞋,张桂香的。我能确定,那是一双淡红色的棉布拖鞋。

她对我,是真心好。我想起三年前的那场争吵中,张桂香还击我的话。寥寥数语，但是，像一击闷掌，不偏不倚拍中了我的心脏，深深地伤害了我。没有流血，不见外伤，但这样的内伤才更加伤人。我认为同时被伤害的，还有马兰，还有早亡的二妹，还有被送人的四妹，当然，还有远在异乡的马忠长。

当时我号啕大哭，一种被刀刃割裂断开的疼痛在心头冲撞。也是在那一刻，我下了决心，这辈子我不会活着跨进这个家的门槛，哪怕是半步。

拖鞋不是八九块钱一双的劣质便宜货，是比较精致的那种，鞋面上有镂空的花朵形状，鞋底松软，轻便，一看就是专门从大超市里精心挑选回来的。张桂香是个不讲究生活细节的女人，在我的印象中，她总是大大咧咧，尤其她使用的东西，被褥衣着、鞋袜帽子、化妆品、小饰品，从来不知道讲究，那么这双鞋，是王福全买给她的？

没看出来啊，看着挺木讷呆板的一个人，还懂得来这一手。我在心里冷笑。

冰凉渗骨，下半身好像坐在一摊冷水里。窗外是盛夏。今年夏天要比往年热，老人们议论说这些年就没有这么热过。可这屋子里，像冰窖一样，是因为房子东西朝向采光不足，还是新盖的还没有彻底干透的缘故？抑或是房屋的构造本身就有冬暖夏凉的功能？

空气里飘浮着浓烈的卫生香味，是张桂香喜欢的丹花牌卫生香。但是遮盖不住新房子特有的潮味儿，这气味湿重冰凉。透过香味和潮味，一股淡淡的花香在空气里荡漾。我悄然歪头，侧目打量，后墙上开着两扇大窗户，玻璃巨大，洁净明亮，玻璃后面是明媚的蓝天；蓝天下，是大团的果树，树枝贴着玻璃把大片绿荫投在窗户上。树是梨树，团团翠绿的叶丛间挂满果子。花香来自前窗。院子里红色空心砖堆砌的花形矮墙围出一个长方形大花园。花园里种满了花。刚才进门时我匆匆扫过两眼，花正开得热闹，大团大团的红黄紫缀满枝头。

肯定是王福全打理操持的结果。仅从这一点来看，王福全就把马忠长比下去了。看来张桂香的话不是自我安慰，也不全是自欺欺人，王福全这个男人，确实比马忠长强啊。就算我不愿意承认，可眼见为实，事实摆在眼前，我还能违心地说人家不好？我在心里感叹了一声。

我知道妈你也不容易，你拉扯我们姊妹，一把屎一把尿不说，你还供我们念书，姐姐能考上美院，我能念师范，都是你一年四季站在街头卖果子挣的血汗钱啊……马兰本来平静的声调，到后来陡然打了个弯儿。她哽咽，说不下去了，重重地吸了一下鼻子，不说了，从兜里摸出一片纸巾擦起了眼泪。

她真的落泪了吗？

这泪也来得太容易了吧。

我冷笑。但是，心是酸酸的，好像被人塞进了一把刚拔下的毛刺，静如止水的心池浑浊了，泛起一圈涟漪，苦苦的，涩涩的。

我怕自己一开始就在心里撑起来的那个架子，就这样开始动摇，甚而散架倒塌。不，不能受影响，不能倒，真倒了，散了，我就没有勇气继续要求张桂香跟我走了，我这一趟就白跑了，王福全家这个门槛我就白登了,这张脸,也白舍了。

就算张桂香不容易——供我们念书那十来年确实不容易,艰难到了咬牙硬撑的地步,她确实吃尽了苦头,可现在不都过来了吗?马忠长已经这样了,难道她还和他苦苦计较,还放不下那些陈年的恩怨?不都过去了吗?不已经成为记忆里的过往了吗?

我浸泡在冰冷当中,下半身一片冰凉。上半身,尤其内心,在激烈地跳荡,冲撞,斗争,撕扯,纠结。张桂香她放不下,那么我放下了吗?是啊,我放下了吗?

我承认,我没放下,放不下,根本难以放下。如果放下了,我和马兰去看马忠长就是了,大伯为马忠长花费的医药费我们姊妹分担就是了,马忠长拖到油尽灯枯熬完最后一口气,我们姊妹再分摊埋葬费,送他入土就是了,我又何苦答应马兰,跟她再次登上了张桂香的门?要知道,这不是张桂香一个人的门啊,更是人家王福全的门,三年前,我那句愤恨决绝的话,是砸给张桂香的,也是抛给王福全的,话已出口,覆水难收。而现在,我食言了。我这是把硬撑着自己苦苦熬过三年的尊严,摘下来放在地上,让张桂香拿脚踩,更是让王福全踩啊。要不是放不下,没完全放下,我这又是何苦呢?

王福全不在现场。他很乖觉,我们姊妹一来,他打过招呼,就出去了,还把门从外头合上了,给人感觉他给予我们母女的,是最充分的空间。他的姿态也就出来了,他不参与,不搅和,完全游离,远离。这种事,是我们的家务事,他不想掺和,他完全和我们分割,山是山,水是水,尘是尘,土是土。马家的事,和王家扯不上关系,他也不想扯上关系。正是从这一点上,我看出了这个人的厉害和老到。他的智商远远超过了张桂香。同时,也表明他没有把我们母女,尤其张桂香,当作自己人。他这是有意保持距离,留着后路。

张桂香是他的女人。他女人的前夫和前女儿,包括过去的恩怨,眼下的纠葛,以后的隐患,包括人事,还可能有钱财,他都不愿也不会插手。他完全旁观,在这一点上他愿意做个外人。

这难道能说明,像张桂香一脸幸福地向我们流露的那样,她找到了真正的幸福?遇上了全心全意爱她的男人?虽然是二婚,是石头和瓦片凑成的一家人,但不分心,不隔心,没有把她当外人?

王福全的态度,不正摆明,他事实上并没有把张桂香完全当自己人?

可怜哪,张桂香,后半辈子,你真的会幸福吗?

冰凉如水,完全浸泡着我的下半身。我能感觉到,这种冷,这种凉,已实实在在往腰上延伸。我腰不好,有腰椎间盘突出,是长期枯坐画画造成的。在美院的时候,每次写生,我都是最能坚持久坐的学生。四五个钟头,甚至大半天,一整天。只要时间允许,我都能坚持,一头扎进画作里,我就能忘了外界的干扰。所以一直以来我都是老师最器重的学生。

世上很多的事,都是祸福相依,正负相伴,我还这么年轻,但是久坐导致的腰部毛病,已经开始折磨我了。如今不能久坐,不能负重,不能劳累,更不能受凉。这一点张桂香是知道的。现在我双膝跪在冰冷的地上,她怎么忍心?她真的忍心?

炕上静悄悄的。张桂香一言不发,没有让我们起来的意思,甚至都不吭声。她正在干什么?在气定神闲地看着我出丑,把我当作一个大笑话看?难道说我这一跪失败了,并不会收到我预想的结果?

我不动声色,微微扭动身子,试着调整姿势。把屁股往左脚上挪挪,变跪为半坐。双腿压麻了,这一动,麻木的神经苏醒过来,一点一点醒,像有很多只蚂蚁在身体里复活、蠕动、爬行,让人难受。我咬牙忍着。

既然进了这道门,既然这一膝盖已经跪落在地,我就不能轻易收场,不能就这么承认自己失败了。我哪怕豁出这张脸,拼上吵一架,闹一场,也要为马忠长争取一回。

妈,你的不容易我们心里都记着,你生我二姐那年,冬天那么冷,租的房子是刚盖的新房,炉子一烧起来,四面墙上都渗水,你冻得棉衣棉裤外头又套着大号棉衣棉裤,我爸他拿着五百块钱,要出去为我们寻一个好点的房子,但是他一出门就把你忘了,到巷口李寡妇家躲了好几天。谁不知道李寡妇明着开一个裁缝铺,其实里头招赌博哩!等回来,他两手空着,钱输得精光。你气得哭,你迎风流泪的眼病正是那时节落下的根儿。我二姐生下来第二天,得了黄疸,没缓过来就完了,我觉得这都和他不负责任有很大的关系。

马兰说。声音愤慨,又激动。

这屋子真安静啊,静得好像屋里的人都死绝了一样。

双腿的酸麻已经不再那么钻心,向麻木过渡。我暗吸一口气,把刚刚半坐的姿势又改为全跪。

马兰一口气说完,抚着自己的双膝喘息,气息急促,显得很激动。

炕上的人依然没一点反应。

这个马兰,她的话是不是有点背离我们来之前确定好的方向呢?

虽然那时节我还小,很多事我没亲眼看到过,但是妈,我长着耳朵呢,我也有自己的脑子,有些问题我早就反复想过,他这个人,有些地方实在干得太过分。你生四妹那个冬天,他本来接了奶奶来是为伺候你坐月子的,月子里落下的病还要月子里缓呢,你生二姐落下的病,就希望生妹妹后能缓过来。可四妹一落地,他一看又不是个儿子,他心凉了,不等你出月子就把奶奶送回老家去了。到了老家也不赶紧返回来照顾你,他还有心劲在老家浪亲戚,等他一圈儿浪回来,你已经出月子了。四妹最终送人,是你做的决定,但我知道,你有你的难处,你是又病又气,赌着一口气才把四妹送人的。娃娃那么小就送人,真的送走了谁最伤心呢?还不是你这当妈的!他回来不说自己有错,还把啥错都推到你头上,说你要求高,看不起山里来的奶奶,奶奶做的饭菜你看不上,还嫌她脏。后来见到四妹他还挑拨,说奶头上的月尕儿能送人?都是你一手操作的。你是为了帮助我那不生养的大姨娘才把娃娃送人的,这件事他根本不知道。这让四妹从小就恨你,这些年都不认你这个亲妈。可是我知道,妈你有多不容易,为了妹妹,你咽下了多少苦水,忍下了多少泪水。尤其每年妹妹的生日,你都要关上门一个人偷偷哭一场。

说到这里,马兰忽然顿住,不说了。

她在抽泣。

有风,在后面的窗户外,摇晃着果树。

我侧目看那些风。

它们顺着果树枝叶的缝隙钻过来,才发现枝叶深处,除了繁密压枝的绿叶和青果,没有它们戏耍的余地。它们慌了,忙忙掉头,往出溜,但去路找不到了。它们迷路了。迷路的风像淘气的娃娃,一刻也不愿意逗留,它们抱住果子,揪住叶片,冒失地冲撞,乱乱地摇晃,只为找到回去的路。一些风撞得太猛,裂成碎片,牺牲在路上。一些风杀出重围,重新跑出去了,带着劫后余生的喜悦,拍着小手,抓着树枝欢快地跃荡。玻璃干净得完全透明,那些叶片,一会儿正面向上,绿得发黑;一会儿又被翻个个儿,露出泛白的脊背,露出叶子下躲起来睡觉的果子。好繁密的果子,一嘟噜一嘟噜缀在叶丛间。从我这个角度望过去,只取玻璃最下面这一片,是一幅绝佳的画面。要是落在纸上,会是一幅难得的好作品。光、影、色、平面、透视,全有了。画名也有了,《硕果》。不,就一个字,《繁》。

我还没见过这么繁密又长势不错的果子。这得一个勤劳细心又懂得侍弄果木的人不厌其烦地照顾,才能结出这么满树喜人的果子。

是王福全。除了王福全,没有别人。张桂香的性子我还不知道吗？她卖了几十年果子，靠卖果子的收入供养出了两个大学生女儿，但我能肯定，她所熟悉的打过交道的都是装在筐子里袋子里箱子里的果子，她的愿望是卖出去，高价卖，多赚几个。长在树上的果子，和结果子的树木，她侍弄不来。这方面说她一窍不通，一点都不夸张。

王福全的儿女都已经分开过了，四季守着料理这一院子花草果木的，除了这院里的主人王福全，还能有谁？

从居家过日子，从细心耐性上看，王福全是个好人，能人，可是，他真是好男人好丈夫吗？换句话说，他会是张桂香这个再嫁妇女的好丈夫吗？

出水才看两腿泥。

马兰抽抽搭搭地哭着。

用纸巾擤鼻子，从一声浓重的扑通声上，我听出她确实伤心了。伤感刺激神经，清涕从鼻腔深处骤然大量分泌，塞满了鼻腔。这是情绪突然失控，辛酸难禁才会有的。

她把自己说伤心了。

我有点后悔，就不该听她的，由她带上我，来向张桂香下跪，服软，求和，取得她的原谅，达成最后的目的。马兰当时说得很有信心，她说，姐，你就放宽心，都包我身上了，凭我这几年和婆婆斗智斗勇的经验，叫我拿下一个文盲妇女，是小菜一碟。她毕竟是我们亲妈，你我是从她的肚子里爬出来的。撇过这一层，更重要的是，她能有我婆婆那黑山老妖厉害？

马兰的婆婆我自然知道，确实不是一般地厉害。但妹妹凭着一张灵巧的八哥嘴,一手笼络人的好手腕,一边巴结,一边敲打,绵里藏针,柔中带刚,几年深入浅出你进我退地较量下来,那个出了名的刁婆子,愣是被我妹磨成了又开明又有分寸的好婆婆。

活生生的例子摆在眼前,我被马兰打动了,不由得点头答应了。我当时觉得,马兰说得很有道理。试想,当我们姊妹双双往张桂香面前一跪,加上马兰一张巧嘴连哭带说带哀求加解劝,她张桂香除非是铁石心肠,否则就没有不被打动的道理。

我甚至已经设想了接下来的场景。张桂香被马兰说动了心,软了,疼了,哭着扶起我们,把我们姊妹双双揽进怀里,剧情达到了高潮,我们母女三人抱头痛哭,热泪交流。一切前嫌在这瞬间纷纷化解,烟消云散。我们重归于好,又成了亲生母女。然后,张桂香随我们出发,我们去老家。马忠长正躺在我大伯家的土炕上,眼巴巴地等着。就这样,很多年前分离四散的一家人,重新团聚了,夫妇,母女,父女,我们在各自的生活里颠沛这些年,饱尝了各自命运里的苦和乐,最终却在父亲马忠长的老家做到了骨肉团圆。最后,马忠长在平静中咽下了最后一口气。

张桂香站出来,不计前嫌,以宽容大度的姿态,原谅了前夫犯下的一切过错,掏钱送他入土,还为他买牛羊等牲灵念苏热,充分彰显了一个底层妇女的最大限度的善良和淳朴。马忠长荒唐了半辈子,最后能得到这么一个结局,也算是圆满了,相信他走得也算是没有遗憾了。办完这些以后,我们再重新回到自己的生活轨道,一切又回到了从前,马忠长成为我们的记忆。

还能有比这更好更理想更完满的结果吗？肯定没有。这就是最好的结局，是我们姊妹盼望的，也是马忠长老家的亲戚朋友心中期待看到的，更是马忠长弥留之际拖着一口气在等待的。

这也正是我们姊妹眼巴巴地赶去王福全家的原因。

马兰真是女人中的妖精。眼前这场表演的拿捏，从语调、音量、情绪的铺垫到渲染、流泻，都无懈可击，给人感觉算得上完美，真的十分能打动人心，让人不由得跟着她的倾诉一头扎进去，跟着气愤，感慨，怜惜，悲伤。前者是针对马忠长的，后者，则是送给被他半路抛弃的原配，我们的母亲张桂香的。

听她举出的这两个事例，就能让人想象这个男人该有多没用，而这女人又是多么遭罪。

事实确实是这样。我不可能，也不会为了什么而否认事实。马忠长和张桂香婚姻中的那些纠葛和龌龊，早就闹得亲戚朋友人人尽知，早就不是秘密，我就算再努力避讳不提，也难以掩盖真相。

问题是，马兰她严重地跑题了。

我们的计划是，劝说张桂香，说动她点头，答应跟我们走，而不是像电话里一口回绝的那样，她不去。她在电话里说，她已经和那个人分开十九年，十九年都没见面了，你姊妹几个嫁人生娃过满月那么大的事他都没来，现在凭啥叫我去看他？他凭啥？你们凭啥？

这质问，把我们问住了。我和马兰都有点傻。果不其然，被她猜准了。马兰说，咱妈的性子啊，你我还不知道吗？凭一个电话要打动她,不可能。

打电话劝她来一趟马忠长的老家,看一眼病势沉重的马忠长,尽尽曾经夫妻一场的情分。

这主意是我想出来的。

那夜,我们两姊妹在大伯家炕头守着马忠长。马忠长已经不行了,人瘦得厉害,身子单薄得像一把干麦柴,口里剩下一口气吊着,一声短一声长,清醒的时候,睁大眼看我们,比从前大了一圈的眼瞳,雾蒙蒙的,分明是有话要说的样子。马兰趴在枕边,问他究竟有啥事要交代,还是有啥遗憾需要女儿去补过。他嗓子里呼噜呼噜响,不知道是一口痰卡着说不出来,还是不愿意说,反正我们始终听不到他交代最后要说的话。他人瘦了,眼窝陷下去,成了两个坑,眼睛就陷在眼窝里,我没有勇气和这骤然大了许多的眼睛对视。

我拉一把马兰,示意她出门。

在门外我告诉马兰,他一定是想见一个人,只是他说不出口。

啥人?

马兰好看的睫毛在扑闪。

还能有谁?我叹一口气。他这辈子最对不起的女人呗。

他这辈子对不起的女人多了去了!难道都想见?

马兰忽然愤慨,愤愤地嚷。

悄点声——我赶紧制止。

马兰叹一口气。

我们都不再说话,望着远处的夜空默默想心事。

正如马兰刚才破口而出指责的那样,马忠长这人,一辈子对不起的女人,真的不止一个。结发妻子张桂香自然是一个,还有桂兰小姨娘。当年他拐走桂兰,两个人在外头过了几年日子,租房吃喝花费的就是从张桂香手里骗走的那笔存款。坐吃山空,何况那也算不上一笔巨款。他们很快走到了山穷水尽的地步。后来桂兰和张桂香和好以后,从来都没有听她们提起过马忠长这个人。他应该是这姊妹俩心里共同的禁地。不过从桂兰见到姐姐后那个伤心的模样,和她从此对姐姐毫无保留的那种好,可以看出她是后悔了的。我们是从别人的口里听到一些零碎的信息,说马忠长拐走小姨子后,还是好吃懒做,那些毛病一样不改。桂兰小姨娘不是张桂香,能心甘情愿挣钱养家还养着他?所以他们的日子注定过不下去,桂兰小姨娘走投无路,重新回到娘家是必然的结果。之后他和另一个川区女子的事情,因为离我们越来越远,所以连零碎的消息也渐渐少了。川区女子之后,他是否还有过女人,有几个,我们再也不知道了。我们之间失去了联系。多年以后再见到他,他就是这副模样了。胃癌晚期,枯瘦如柴,拖着一口气等死。说起来还是大伯仁义,他收留了这个风流荒唐了一辈子的兄弟,拉着他到处求医,等在市医院拿到癌症确诊结果后,又把他拉回老家准备给他送终。

快不行了,剩半个月的活头了。刚进门,大伯迎头告诉我。

我是大伯联系上的。他辗转打听,不知道绕了多少圈儿,托了多少人,才在邻县中学联系上一个叫马梅的女教师。

风流尽头，繁华落尽，马忠长把自己混成了孤家寡人。

从单位赶往老家的路上，我一路上在心里酝酿着最阴毒的词句，我要迎头就问，马忠长这十九年对我们的亏欠，至少我要从口头上讨回来。这时候我不知道他得了绝症，我以为只是普通的病，而他之所以费尽周折地寻找当年的女儿，无非是打听到我有了工作，拿着工资，他想以亲情的名义，从我身上多少搜刮几个。

而我，在猜出个大概的情况下，还愿意坚持回一趟老家，一是真的想见见他，这么多年没见，不管中间有多少怨恨，也还是有必要见见，哪怕是见了面狠狠地吵一架；二来我听说爷爷奶奶都过世了，我虽然对他们没有多深厚的感情，但毕竟血浓于水，哪怕只是请阿訇给老人上个坟，也算是孙女的一份孝心。

本来我以为，我们之间会有一场长谈，心平气和也好，怒目相对也罢，是免不了的。这个过程里，马忠长肯定会提到他的那些女人，以及他离开我们之后，这些年的日子。我其实想听到这些，我甚至怀着一种莫名的兴奋和期待。这些年，在我的人生记忆里，有关父亲的那一页画面，我只能凭借猜测和想象来填补。画面陈旧，色调灰暗，似乎从少年时代开始就已经定了基调，不管我怎么努力，都无法矫正。现在，既然有机会补充一些色彩，我就应该补回来。

我把什么都想到了，唯一没想到的是，马忠长胃癌晚期，人已经不行了，说话也不利索了，看样子思维也处于迷糊混乱的临界点上。

我回来得太迟了,要是早半个月,说不定我们还能顺利交谈。

梅。

这是他看到我后,唯一喊出的字。到了这种地步,我们唯一能交流的方式,就是我陪着他,守在他枕边熬完白天熬通宵,我却再没有听到他嘴里冒出过第二个字。

马兰来了,站在炕边喊"大",喊了好几声。

他睁开眼看了又看,眼睛好像有点湿润,又分明干涩,他在努力,想说什么,可就是半个字都说不出来。

其实他对不住的,岂止那些和他有过肉体恩怨的女人,还有我们呢,被他抛弃的女儿,包括早夭的二妹、送人的四妹。

鸟之将死,其鸣也哀。而人之将死,最后想见的人肯定是最最难忘的那一个。

妈。我说。

那肯定不成。马兰眼睛翻出大团白色。妈不会见他的。

乡村的夜晚,四野寂静,没有一丝杂音。

不能再这么等,我们得通知妈,不管如何,人到了这个份儿上,就剩下一口气拖着,眼看日子没几天了,还有啥不可以原谅的呢?该让她知道,叫她来一趟。

马兰坚决反对,说,姐你肯定疯了。

我没疯。我怕马忠长听见,拉着马兰往远走,我们站在大伯家的房台阶下,一抬头,能看到头顶上剩了半边的月亮,说不出的明亮。我说,来不来是她的事,告不告诉她,是我们的事。如果你我这时候不给她通个信儿,万一以后她知道了抱怨呢?这担子你我都担不起。毕竟夫妻一场,还生了四个娃呢,而且,年轻的时节,那样不顾一切地相爱过。

马兰望着我,慢慢点头,姐,你这一说,我咋觉着有点道理哩。那你说咋办?他们刚开始是爱过不假,但后来的关系你又不是不清楚,你觉着还有可能和好吗?再说,她现在已经不是马家人了,她是王家的一口子人!

我说,打电话吧,不要想那么多,现在就打。

马兰终究是妹妹,关键时刻,她得听我这个姐姐的。

马兰打了电话,正如她担心的那样,张桂香一口就回绝了。

马兰说,果不其然吧,她这人我还不清楚?

我望着妹妹。我们都不说话,看着彼此的眼睛。

我在心里琢磨张桂香这个人。

马兰比我更得张桂香的欢心,很早的时候就这样了。

从长相上看,马兰长得像张桂香。张桂香线条流畅轮廓柔美的面庞和白净的肤色,还有笼罩在五官上的那一份从骨子里散发出来的洋气味道,马兰都完美地继承了过来。

这一点我自惭形秽。我长得不像张桂香,像马忠长。马忠长的高颧骨、狭长脸、腮边的麻子,都遗传给了我。让我难以接受的是,这些元素集合在马忠长一个男人身上,不是缺陷,相反拼凑出了一种与众不同的风度。

当年,张桂香顶着外公外婆和全家人一致反对的压力,招了马忠长这个从深山沟里跑出来的青年做上门女婿,也正是被这种气度迷住了,可以说迷得死去活来执迷不悟。据说为了打散这对男女,我外爷爷下了狠心,抱着顶门杠子打女儿,一根杠子生生打断了,没打软女儿的嘴和心。她还是要招这个来路不明的乡下青年。从这一点就可以看出来,二十一岁的我父亲马忠长,真的是长相、气质、风度都不错的帅青年。就是后来,我小学五年级的时候,已经快到中年的他,还是保留着一份独特的魅力。也许正因为这样,他才能半路上抛下张桂香和我们,和我们的小姨娘桂兰好上并私奔。还有后来,和桂兰小姨娘分手后,他又跟一个更年轻的川区姑娘在一起生活多年。

可以说马忠长是一个有着独特魅力的男人。这在我们这一带是少见的。因为我们一直以来经常见到的,几乎都是土里刨食的农民和后来由农民转型的农民工。就算偶尔出上一两个吃国家饭的干部,那气质和风度,也比不上马忠长这个纯粹泥腿子出身的山里青年。

当年,我外爷爷死活不同意女儿嫁给这个外地青年,除了他来自比青草镇还偏远的无名乡村,身无分文,两手空空,连一副耳环也给张桂香买不起,还有一个更重要的原因,外爷爷他看不上马忠长。他对他第一眼印象就不好,断定这个人不可靠,是个二流子。外奶奶领会了丈夫的意思,趴在女儿枕边,掰碎揉烂地分析给她听。外奶奶说,我的娃呀,你要听我们老两口的,我们老两口不会害你的,都是为了你好啊,你大的眼光看人,还能看输吗?你看上的这个娃,他不是个跟女人踏踏实实过日子的料儿,你跟了他,有你后悔的一天。现在他是对你好,那是新鲜头上呢,你真嫁了,过上柴米油盐的日子,新鲜劲儿过去了,你就会知道,不听老人言,吃亏在眼前哪。

大姑娘张桂香不吭声,睡在绣花的方形枕头上,紧闭两眼,半眼都不看趴在炕头上劝说得口干舌燥的老母亲。

外奶奶伸出一只黄亮的老手,内心复杂地摩挲枕上的这张少女脸。真的是一张好脸啊,像刚刚揭开笼盖的起面馒头,碱放得十分合适,面发得再合适不过,火候也丝毫不欠,简直是没有一点点的瑕疵。

外奶奶叹了一口沉重的伤心气。

外奶奶命好,一辈子外爷爷护着疼着,地里的重活儿从舍不得让她干。外奶奶的前半辈子被养得细皮嫩肉,肤色黄亮,一看就是活在幸福当中长久被幸福滋养着的女人。

外奶奶希望女儿也能像自己一样,嫁个家底儿不错的人家,被男人不打不骂地疼护着,生儿育女,没灾没难,平平顺顺过一辈子。女人嘛,这就是最大的福分了。

当娘的这想法并不奢侈。凭少女张桂香的长相,她配得起这样的条件。

张桂香把外奶奶的手从自己脸上拨开,翻个身用被子捂上头,继续睡她的觉。她这是铁了心,油盐不进。外奶奶的又一茬苦苦劝说算是白费唾沫了。

外奶奶抹着眼泪,说,娃呀你咋不睁开眼看看哩?他那个身板儿,那个姿势,那嬉皮笑脸不正经的嘴脸,你敢信吗?别的啥都不说,光说那麻秆一样的长腰,他能吃下苦吗?能扛犁耕地、套绳背麻袋？能淘井挖窖抱砖头打墙？我们是庄农人哪，成了两口子就得过日子，日子是一碗米一碗面地过，是一天一天一年一年地过。

张桂香终于有反应了，一把掀开被子，说，娘，我们不耕地不种田不扛袋子不抱砖，我们能自己过日子，不用你和我大操心，实在不行，大不了我和他在街口摆个摊子卖果子去。

张桂香这句话差点把一辈子很少受气的外奶奶给噎死。她慢慢起身，望着女儿笑了笑，从此她放弃了对这个固执女儿的劝说。而张桂香，正应了她那句话，嫁给马忠长不久，就开始了漫长的几十年如一日卖果子的人生经历。

张桂香成功嫁给了马忠长，也开始了一步一步向着外爷外奶奶预言的结果迈进的过程。

马忠长，可以说是个空有一副不俗外表的男人。他的这副相貌遗传给了我，却成了我的不足。他是男人，我是女人，性别不同；他细高个，我是个矬子，还胖。仅这两点，就让我显得很平凡。更要命的是，我脸型像他，还长着麻子，麻子在他脸上不难看，至多是一点点不太和谐的点缀，可到了一个女人脸上，不是美，连普通也算不上，而是丑。所以我稍微长大后就对马忠长没好感。除他花心出轨抛弃我们母女这一层之外，又多了一层只有我自己内心私藏的心病。

不知道是因为我实在不出众，不符合张桂香的审美期望，还是我长得像马忠长，张桂香不喜欢我。早年记忆里这感觉还不明显，后来有了马兰，随着她一天天长大，像一朵饱满的花儿反衬着我这根狗尾巴草，张桂香的偏爱一天天明显起来。尤其马忠长拐上桂兰小姨娘私奔之后，张桂香对我的嫌恶达到了不加掩饰的地步。这促使我过早就认识到自己作为一个女孩子的遗憾，长相不尽如人意，也加剧了我本来自卑的心理。我不喜欢和马兰一起出入，尤其到人多显眼的地方去，包括买东西，走亲戚，甚至日常的出门活动。

而小时候，我最喜欢干的事儿就是领上马兰一起出门。我拉着她的手，当她的监护人，事无巨细地照顾她。因为我们走到哪儿，都能听到一串夸赞。巷口和张桂香一起摆摊子的女人们，外奶奶家的亲戚们，还有街头随便遇上的路人，几乎所有的人，都会惊喜地打量我们，目光集中在马兰身上，啧啧地赞叹这小姑娘可爱、漂亮、洋气，惹人疼爱。赞美的言语像雨点儿，我们走到哪儿，都从头上洒下来。马兰高兴，我也高兴。我陪着她，分享她的高兴。小时候，我没有一点嫉妒。妹妹是我亲妹妹，我们是从一个娘肚子里爬出来的，夸她就等于夸我，我真诚地高兴。从什么时候开始，这高兴变得不那么单纯了，掺杂上了复杂的滋味。反正慢慢地，我们的邻居、亲戚、朋友、同学，他们越来越难看到我们姊妹一起肩并肩手牵手出入的身影了。

马忠长走后，张桂香的脾气一下子变坏了。好像她是一根扛着屋顶的檩子，这些年日子不顺心，打打闹闹吵吵嚷嚷地过着，像细风薄雨侵蚀着这根檩子，但她苦苦地撑着，抱着一个希望，认为马忠长有一天会改过，会戒掉耍赌、懒惰、好闲等等毛病，会成为一个好男人。她爱这个男人。因为爱，才不顾一切地嫁了,嫁了,她就不会后悔,她不能让自己后悔。自己就是吃多少苦,受多少委屈,她都认为值得。为了这个心里喜欢的男人,她心甘情愿。可是马忠长连这样的状态也不愿意维持了,他拐上我们的小姨娘私奔了。这样一来,张桂香想再维持以前的状态,想自欺欺人地活着,不行了,也不能了。一些苦苦硬撑着的东西,轰然倒塌下来,她终于垮了。

张桂香像一个从梦幻里走出来的女人,终于明白了,梦醒了,也看清了过去身在其中的那种生活的失败,她开始撕裂,把维护这些年的生活真相撕开,剥露出肚子里的破败与腐烂。

幸好她是个好面子有自尊心的女人。所以,这种撕裂和发泄,只在小范围内开展。她不再出摊卖果子,三轮车丢在外奶奶家的石棉瓦棚子里,她瘫软在炕上。那正是一个多雨的秋天,绵绵细雨前后下了半个月,屋檐下的滴水石窝里生生地泡出一层绿苔藓。我念小学五年级,马兰三年级,我已经学会了做饭洗衣。父亲不务正业游手好闲,母亲一年四季出摊卖果子,我放学一到家就淘米做饭。照顾妹妹,做简单的家务,是我少女时代过早就掌握了的人生课题。

我把饭做熟了端到张桂香枕边。雪白的米饭上扣着炒洋芋丝,酱油放多了,火大了,原该是乳白的洋芋丝变得红艳艳的,看着挺香。我悄悄咽着口水,我还没顾上吃呢,端给张桂香的是头一碗。

张桂香直挺挺躺着,两天两夜,她不起来,不说话,不梳洗,帽子跌了,长发散开,铺了一枕头。黑发丛里,露出一张脸。她一下子黑了,瘦了,好看高挺的颧骨边塌下两个坑。我痴痴地看着她,眼前似乎出现了一幅油画。对,她这副样子就是一幅不用花费心思构想而自然天成的构图。题目可以是《因绝望而即将死亡的女人》。

后来当我拿起画笔成为画家的时候,我常常想起曾经留驻在记忆里的这幅画。

但当时的我苦笑,否定自己,压制画面感在心里反复出现的冲动,都这时候了,我哪有闲心胡思乱想?作为女儿,在母亲最绝望的时刻,我不能看她的笑话。

她这样子我有点怕,好像死人一样。是不是她活不长了?
我听说一个人快不行的时候,就是这副披头散发的样子。
妈——我喊,赔着小心。
气氛不对,我闻得出空气里的压抑。
饭凉了,你多少吃几口——
她睁开眼看我。好看的杏核眼,直勾勾看着我。
我给她赔笑。
这么短的时间里,她能憔悴成这样。作为女儿,我心疼她。
啪——我半边脸一凉,接着,火辣辣地疼。
滚——跟你老子一个货色!她冲我吼。
我看着她。我的心在感叹,原来,一直以来,她的整齐、好看、精神,都是打扮起来的,也是撑起来的,一种自内而外的精气神,撑起了一个总是精干、麻利、爱笑的女人形象。也数十年如一日地用自己的形象告诉所有认识她的见过她的人,这个女人活得不错,日子滋润着呢,是让人羡慕的。就是在我们面前,她也是硬撑着,能瞒的瞒,能装的装。

现在这张脸现出原形来了。那些费尽心思经营维持的东西,轰然塌了,碎了。她自己扯下了自愿戴了这么些年的面具,她面目狰狞,丑得让人吃惊。

我端着碗跑出她的门,我把饭丢在锅台上,这一顿她没吃,我也没吃。

我躲在教室里偷偷哭,边哭边在纸上胡乱地画着。我和我先人一个货色!从前,马忠长没跑的时节,我们一家人一起闲坐,闲聊的话题有时会转到我们姊妹身上。母亲会夸马兰是她的亲女子,长得像她。夸完了,有些遗憾地看我,说马梅像你爸,马梅要是个儿子就好了。

话里没有说出的意思,其实我都明白。我对着镜子反复观察过自己。穿衣镜里可以看到全身。我们家拥有一面比较时髦的落地穿衣镜。半人高的坡形镜里映出张桂香修长的身姿和搭配好准备出门的衣着。她算不上很讲究,但是从不马虎。哪怕是去街口出摊卖果子,她也不允许自己潦草。穿得整整齐齐,再戴一个大舌头凉帽,再把丝巾捂在帽子上,遮住了外界的风吹和日晒。这是每个摆摊儿又爱美的女人的标配。其实,我们镇子上,没有哪个女人不爱惜自己的容颜。张桂香就是一个。

小时候,我傻乎乎的,不知道张桂香有多美,也不知道自己长得有多勉强。我常乐呵呵站在旁边,看张桂香在镜子里照自己。后来,我多少懂得了一些人事,我寒碜的长相,也已经从少女舒展的五官上有了展露。她早晚对镜欣赏的时节,我开始躲,站在远处,偷偷赞叹她三十出头还保持着的那份美。

我家柜台上还摆了个能活动的圆镜子,可以拿下来近距离看脸,还可以对着大镜子,看自己的后背和后脑勺。我把自己前前后后上下左右地看,看了多少次自己都没记住。看一次,不满和遗憾就在我心里累加一次。我已经清醒地看到了自己长相的缺陷。我哀叹,我确实是马忠长的亲生女儿啊,他的长相,活生生移到了我的五官上。要命的是,我只继承了不足。他的潇洒的神态、细腰和长腿,我都没有。我只是遗传了他的五官,偏偏我又是个女的。

我在纸上画,不停地画。现在回头想,我的画画天赋那时候就开始显露出来了。我还没学素描,自然一点都不知道握笔的姿势、线条、构图、明暗、画面等等美术常识。但是我随便抓起一支铅笔就能把一个人活生生再现到一张纸上。我画马忠长。他总是笑眯眯的,好像这世上就没有让他忧愁的事,他总是活在开心当中,那副五官永远都保持着吊儿郎当样,显得痞里痞气的。我不但画出了他的鼻子、眼睛、下巴和脸,我还渲染出那一份他独有的神态。我一笔一笔画着,他笑眯眯出现在纸上。他真的很洒脱。一种只有用心感受,难能用言语描述的气息,在眉宇间闪烁。这样的男人,天然地放射出一种迷人的气息,难怪母亲张桂香会不顾一切地喜欢他。

但我讨厌他。我讨厌这个是我亲生父亲的男人,讨厌我和他长得那么相像。我的笔还在画像上游走,它不听我使唤,自动在脸型上修饰,在眉眼上增添着线条。他在变样,拽出了头发,一头梳成辫子的长发。他胖嘟嘟的。还算秀丽的五官,随着脸形的一点点变肥,它们也发生了扭曲,走样。脖子短了,粗了。他变成了一个矮胖的女孩。

他变成了我。少女马梅。

我用劲,狠狠地挥笔,铅笔在这个性别特征模糊的脸上跳动,一点点破坏了画面。铅笔断了,我扔到脚下,狠狠地踩。我感觉把一种懊恼和失败感踩在了脚下。

张桂香打了我,不吃饭,我能接受。她婚姻出现这么大的变故,心情恶劣,我理解,也同情。可她这么直白地讥讽我,我没法接受。我第一次对张桂香,我的亲生母亲,有了不满的看法。就算我是你身上掉下来的一疙瘩肉,就算我是女儿你是妈,你也不应该这么侮辱我。我丑,我不如你也不如马兰妹妹漂亮,但这是我的错吗?是我努力就能改变的吗?

张桂香自我疗伤的那段日子,对我越来越不满意。这种不顺眼,到了敌意的程度。我出现了,她不闹,不笑,冷冷地瞅着我看。那目光是冷的,恨的,好像我是个罪大恶极的犯罪分子,她要把我从里到外看个透彻,目光像刀子。我知道每次被她的目光笼罩时,我像被她剥光了衣裳,被她一刀一刀凌迟,刀刀刮成碎片,血肉纷飞,一刀一刀解着她的怨恨。

我开始躲,没事尽量不去她的房间。

她脾气变坏了,谁来劝她,她就骂谁。我的外爷爷,那个当年发出精准预言的农民老汉,没看到预言在女儿身上变成现实,他先口唤(去世)了。外奶奶来看女儿,她刚开口数落女儿,早知今日,何必当初,张桂香就反过来攻击,又哭又骂,用大量委屈的眼泪让外奶奶再也开不了口。舅舅、舅母、姨娘,轮流劝过她,也都被几句话就反击得闭口认输了。

自从这些年她不顾家人反对死活嫁给马忠长开始,娘家人对她的不满,她受到的抱怨和分家时外爷爷外奶奶对她这个女儿的不公平,她隐忍了多年的委屈,这一刻她全抛了出来。她翻身了,从一个犯错的女儿,变成了受害者,她第一次理直气壮地面对娘家人。她揪住外奶奶哭着质问,你咋教养的女儿?你女儿勾引了我男人,小姨子勾引姐夫,还私奔,你得替你女儿负这个责任!

这就是一把血淋淋的刀,直扎进外奶奶的心。小女儿勾搭上大女儿的男人,还私奔,这是青草镇当年发生的一起丑闻,也是第一例男女私奔案。她羞愧啊。

舅舅、舅母也羞得没法再开口谴责他们的姐姐。他们头一回主动开口,让我们搬回去住,家里那间张桂香做姑娘时候住过的房间还给她留着。

一个细雨绵绵的早晨,我们搬离了出租屋,结束了在外租房过日子的历史,搬进青草镇后街数条胡同中的一条。胡同深处藏着外爷爷的家,那是一个小型四合院。

那段时间是我们家最黑暗的日子。马忠长走了,卷走了张桂香辛苦卖水果挣来的一笔存款。要不是事情发生后,张桂香亲口说出来,我们根本不知道这个家里还攒下了那么大一笔钱。张桂香睡在炕上,死人一样躺着,望着房梁,泪水从美丽的眼眶深处往出渗,满了,溢出来,沿着那张美丽的脸庞四处漫漶。

一个被泪水泡得阴湿的声音在叹息,说,那是从指甲缝里抠出来的啊,一分一分,一毛一毛,我的血汗钱啊——我本来打算着,等攒多了,买点地,盖两间房子,我们在外头租房住,总不能住一辈子啊——

我不知道该怎么劝慰她。

我怕她,又生她的气,她对我忽然流露的嫌恶,像一道力,远远把我推开,我没法靠近这个女人。

马兰最大限度地发挥了一件小棉袄在主人最寒最冷时候的作用。她一放学回到家就丢下书包奔到张桂香炕头,陪着张桂香默默地落泪。她那张圆润白皙的小脸儿,原本就长得惹人喜欢,现在这么一哭,真是梨花带雨,更让人从心底疼爱。她端一碗饭,捧一杯水,趴在耳朵边,说,妈,你吃;妈,你喝;妈,你要是饿死,我陪你一搭里(一块)死——

虽然还只是上小学的小女生,但是你听这小口气,再想象那小模样,多懂事,多贴心,多让人怜惜啊。

所以,我那时候就认定,她长大肯定是个狐狸精,不知道要祸害多少男孩子心甘情愿拜倒在她石榴裙下。

饭菜是我做的,每天两顿,就在外奶奶家的小厨房里,我烟熏火燎地做。外奶奶家的厨房是公用的,跟我们在出租屋里的小锅小灶不一样,我到了这里竟然成了生手,笨得厉害。鼓风机吹出的炭末子,稍不留神就喷我一头一脸,还燎了额前发梢,甚至灰上了案板,满屋子都是。勺子铲子碗筷也拾掇摆放不到舅母的心思上。小舅母很胀气,她肯定后悔答应外奶奶和舅舅,把我们一家接回来住。这后悔不好明说,她就在我这儿找碴泻火。

我舀水的手劲大了,把水洒出了水缸边沿,她骂。我把热锅盖揭开扣在了案板上,弄湿案板她没法晾面了,她骂;我把灶火眼上的风池子捅得错位,她骂。在她嘴里,我成了一个扔都没地方扔的笨蛋。

小舅母叮叮咚咚喊喊喳喳哗啦哗啦,摔碟子,绊碗,菜哗啦砸进油锅,擀面杖在案板上跑马,风声山响……我在一边看着,等着,心惊肉跳。想走,想躲,但是不行,我得等,她做熟了,我帮忙端给外奶奶。等他们吃完,我需要把他们的碗筷和我们家三口人用过的碗筷一起洗刷。

两家人合到一起过日子,一个院子,一个厨房,一口锅灶,但是饭不在一起做,分开,各做各的,各吃各的。除了炭末子和电费由舅舅承担外,我们用的是各自的米面油。

过日子就得有过日子的章法。我们是不可能把米面油合起来在一口锅里搅同一把饭勺子的。这点外奶奶在接我们进门前就声明得清清楚楚。后来当我长大成人,嫁入婆家生活,面对婆媳妯娌小姑等复杂的人事关系时,我才恍然明白了外奶奶当年的英明。这个被丈夫捧在手心里呵护了半辈子的农村妇女,在丈夫口唤、女儿落难的大变故面前,她展现出了远超一般乡村妇女的过人主见。她以一种不动声色的小心翼翼的甚至是忍气吞声的方式经营着一种局面,维持着一种脆弱艰难的关系。

她老人家那时候该有多艰难,我傻傻乎乎大大咧咧,根本不懂人世的艰辛，我当时也就一点都没有看到这位高龄妇女的艰辛。

而这样的日子，我们在小院子里持续了六年之久。

现在我明白了，可一切都迟了。她老人家已经在七十六岁的寿数上离开了人世。

如果我那时能稍微地明白，她夹在女儿、媳妇和外孙女等复杂关系中的左右为难，哪怕是一点点，也好啊。我可以自己多吃一点苦，多忍受一些小舅母的欺负，外奶奶就可能会稍微地轻松一点。

可是我没有。我一丝一毫都没有体谅到外奶奶那几年的艰难，我以一种更极端更尖锐的方式，回应舅母的刁难，和她锥子对剪刀、利刃对麦芒地掐着干。

时间过得太慢了。我感觉再这么跪下去，我会一点点石化，最终变成一尊冰冷的石雕。一分一秒，时间在消逝。但是耳边没有任何可以标识时间流淌的媒介，王福全家这间房只是盖起来做了简单装修，室内还没有布置，桌上没有座钟，墙上没有挂钟，整个屋子呈现出一派清寡。是王福全的主意，还是张桂香的安排，让我们在这新盖不久的屋子里见面？肯定不是对我们的抬爱，而是一种冷冰冰的姿态。

我想到了一个小座钟。圆圆的铁皮外壳上涂着厚厚一层红漆，颜色正红，玻璃罩下，时针、分针、秒针，被一个圆螺帽固定在同一个点，像三个试图奔向三个不同方向的生命，在永不疲倦地挣扎，但这个点钉住了脚跟，它们只能绕着一个点画圈。奇怪的是,这种一圈一圈重复的运动,它好像从来没有觉得单调枯燥过,它永远保持着旺盛的精力,伴随着秒针每向前抖一点,一个响亮的声音就擦过耳膜,嚓——嚓——嚓——平稳,平速,平衡。

像一个古老的声音,在一个幽深的空间里呼喊,一声,一声,又一声。刻板,生硬,冷漠,但是又饱含深情,无比慈祥。它常年伴随我入睡,又伴随我从梦里醒来。它是外奶奶用过的,如今已经是遗物了,也是我如今存留在身边的唯一的念想。

外奶奶瘫痪卧床的那半年时间,我已经离开青草镇到外地念高中了,需要寄宿,也是不想常看到小舅母那副看够了的嘴脸,我一学期才回一次家。这年国庆假本来应该回去的,我却临时改变主意,跟上一个同学去了她家。我们坐班车来到乡下。到了才知道她家正在挖洋芋,他们家每个人都忙得昏天黑地的。同学也跟着忙,我不好意思旁观,就跟上同学干活儿,她挖我也挖,她拾洋芋我帮着拾,我们把一笼子一笼子的洋芋倒进蛇皮袋子。拾满后,两个人合抬一袋子倒进奔奔车里。一天忙下来,每个人的手和脚都沾满了泥。

返回学校,我发现自己两手满是皱口,胳膊疼了整整两周时间。我不后悔。尤其是后来拿起画笔进行构思和创作的时候,我才一点点明白过来,那几天的劳动其实是一次难得的机会,让我亲身体验到了农民的不容易,尤其是深山里的农民。再后来,我才知道我同学的家距离马忠长的老家其实仅仅隔了一个乡的距离,同属于一座大山绵延的山脉,都深掩在同一座山起伏的余脉褶皱里。如果当时站在同学家山顶上向东远望,越过几道山梁,某个山头下就是我父亲马忠长的出生地。

在外奶奶的葬礼上,张桂香是哭得最泼实的一个,哭声压过了其他儿女的哭泣,引来了青草镇后街送埋体女人们的围观。而且她不是单纯地哭,她还抱着外奶奶的脚进行了哭诉。当时我没在现场。外奶奶的埋体停放在上房地上,青砖地上铺了一层干麦草,外奶奶睡在麦草上,全身苫着一条棉线毯子,脸上盖了一块她用过的白手巾。她已经听不到女儿迟来的悔意和诉说。如果从这个倔强的女儿执意嫁给马忠长的那天开始算起,她就对不住自己的母亲,那么她这悔恨和道歉,至少迟到了十七年。后来我们重新搬进外奶奶家,大家在一个小院子里过日子,张桂香住在自己出嫁的屋子里,外奶奶住在小偏房,她们娘儿俩的关系,不好不坏,见了面会打声招呼,但仅仅是打招呼的层面,那里头有客套,有一些被深埋起来不愿意碰触的东西,因而连这客套也变成更微妙更让人回味的东西。其实,这对母女之间,那种裂开的伤痕,并没有实现真正的弥合。

这些都是外奶奶走后我才一点点想明白的。她活着的时候我根本就没有体察也没有明白这些。

我深陷在自己的郁闷里,青春期少女的心事和苦闷,学习的压力,成长的烦恼,这个小院里早早晚晚重复的磕磕碰碰鸡零狗碎,都是郁闷的来源,我根本没心思去想别的。我只想早一天挣脱这里,从这儿走出去,到外面去呼吸新鲜的空气。

张桂香跪在她母亲脚边哭,我被淹没在门外的人群里。一个刚刚长成的少女,高三学生,我还没有勇气像一个女人一样扯开嗓子不管不顾地大哭。我也悲伤，真实地伤心着。回想外奶奶这一辈子，尤其马忠长拐跑小姨娘、外爷爷气恨交加口唤了，发生这些事情后，她经历了种种从前做梦都不会有的打击。而她老人家一直都很疼爱我，从来都没有嫌弃过我，如果这院子里有谁是真正地疼我，我相信外奶奶胜过了我的亲生母亲。

我强忍眼泪，感受着眼泪一滴一滴从无到有，从滑出眼眶滑出睫毛到最后滑落脸颊留下一片冰凉。女人们的哭声像合唱，高低胖瘦，起起落落，交织在一起，从门帘里一波一波传送出来。哭声的主人有张桂香、我大姨娘、我大舅母和小舅母，这很符合当地的习俗。大哭、恸哭、持续哭的，一般就是亡者的至亲之人。对于老人来说，那就是儿子儿媳和女儿女婿了。外奶奶的儿媳妇和女儿们，在半真半假真假难辨地尽着这特殊日子里该尽的义务。一般来讲，哭的热情和内心的疼痛并不会成正比例关系。像张桂香、大姨娘，这几个从外奶奶身体里出来的生命，有着直接的血脉关系，她们是真的心疼，真的不舍，这是自然的，她们心痛大哭也是该有的。而像舅母、姨夫这些需要转着弯儿才能扯上关系的人，他们哭，是情分，不哭，也是本分，就算半声不哭，也没人会说啥。

他们的哭声扯成一道愁幕，在屋里屋外断断续续，起起落落。我感觉疲惫，从来没有这样劳累过，也从来没有这样厌倦过。我厌倦这院子，这院子里的熟悉的气息，和每一个房间和房间里家具散发出来的气味。我正在恋爱，确切讲是暗恋。对方是一个高个儿男孩。阳刚，开朗，担任校篮球队队长。他像大片暖和的阳光,所照之处,女孩子们无一不像花朵,争抢着让自己在他面前绽放成最明媚娇艳的那一朵。他是大众情人,人人喜欢。相比之下,我最清楚自己的缺陷。在那些长相甜美打扮精致的女孩堆里,我算不上花儿,至多是一株草,而且是最不起眼的狗尾巴草。我没勇气,但有自知之明,没有主动去接近他。只躲在远处,偷偷地远望他在篮球场上飞跃腾跳的身影,然后把他画在笔记本里。我的绘画天赋让我找到了一种发泄暗恋苦闷的通道,我画啊画,他在我笔下笑、怒、骂、喜、大喊、鼓掌、跳跃,千姿百态。

暗恋衍生的千般滋味,像刀刃,细细地、密密地、冷冷地,切割着我的心。我感觉不到疼痛,也没有悲伤,因为一开始就知道,他不会属于我。我的痴心他永远不会感觉得到。我们是两个世界的人。阳光怎么会照到最低矮阴湿墙角下的小草呢?

细细的痛苦一刻不停地折磨着我的心。我脸黑了,人却不见清瘦,这让我的外形更令我自己憎恶了。我甚至觉得自己身上散发出一股让人厌恶的气味。外奶奶咋就口唤了呢,在我看来,她应该还能活上几年,至少要看着我母亲再嫁,找一个称心的男人;桂兰小姨娘回来,重新踏进这个大门和娘家相认,然后也给她找个合适的女婿嫁出门去。这是外奶奶最扯心扯肺的两件大事。她一件都没看到,可见她老人家走得有多不安心。不甘心,不放心,扯着心,却还是挣不过命,她抱着遗憾走了。她老人家肯定想不到啊,她入土才两个月,小姨娘回来了,哭一场,和舅舅和好了,舅舅代表娘家人认下了这个干出丑事的女儿。不久,她就成功嫁人,对象是个开饭馆的小老板。外奶奶去世半年,张桂香也搬出了小院子。她也有男人了,一个跑大车的司机,据说很有钱。青草镇后街早年热闹温暖的张家小院,后来充满是非的小院,现在完全地空了,只剩下小舅舅两口子。小舅母也算是如愿了,院里所有的房间都属于她了,她可以做主把房子一间一间租出去然后坐下当老板专门收房租。

又过了半年多吧,张桂香和小姨娘和好了。重新言归于好开始走动的两姊妹,关系忽然亲密得让人吃惊,像两个恋人闹了场别扭重新和好之后,甜蜜度达到了最大程度。我不知道,也不想知道,母亲张桂香是如何放弃妹妹拐走自己丈夫让一个家庭破碎瓦解的那些怨恨的,她是怎么说放下就放下的?而桂兰小姨娘,她又是怎么突破自己内心的愧疚的?这些我统统都没兴趣去深究。

我考上了美术学院,一头扎进一个让我迷恋的世界,我沉溺,痴狂,我用一笔一画的线条与色彩,发泄着这些年压抑在内心的忧与伤。马忠长、张桂香、桂兰小姨娘、早夭的二妹、送人的四妹、小舅母、高个儿男生、外奶奶……我发现只有一头扎进画画的世界,我才把那些过往的痛苦和折磨都给忘了,我活得兴奋、丰满、无欲无求,没有痛苦没有留恋。我身心暖洋洋的,我看见自己在这个世界里闪烁着迷人的光彩。我想这也许就是我一直以来苦苦寻找的世界。

母亲张桂香和妹妹和好以后,姐妹俩又联袂踏上舅舅家门。

很快,小舅母对这姐妹俩笑脸相迎,她们成为很受欢迎的亲戚。这个一度碎成一包渣的家,又重新团圆成一个整体。那亲密的劲头,真让人怀疑这样的家庭曾经真的出现过那些巨大狰狞的裂口?是谁在弥合这些伤口?如今真正弥合无缝了吗?谁用自己的心收纳包容了那些伤害过自己的碎片?

我不知道。我只盼望外奶奶她老人家在后世里,那一颗牵扯的心能彻底放下来。

我看到我的小舅母、母亲、小姨娘,她们三个人穿一样的羽绒服,小镇上刚刚流行起来的红色长款新衣,高跟鞋,耳垂上挂同款的长穗金耳环。她们像一母同胞的三个亲姐妹,忽然一起焕发出了青春活力。我把这画面装在心里,不久之后又留在了画幅里,题目叫《殇》。

三位笑脸如花衣衫鲜艳的妇女,她们的笑容灿烂而真实,和睦又亲密,而殇,究竟在何处?

一次画展上,有人这样提问。

我沉默,不做回答。所有明艳光亮的背后,阴影退缩在何方,这退缩又经历了多少痛苦的撕扯,又有谁知道,又岂是言语能够说清的?

当我终有一天面对自己的母亲,双膝跪地,用这种柔软的方式逼她,我想到了那些过往。这过往像一帧长长的画面,它缓缓在眼前拉开。我用专业的目光和自己独有的鉴赏方式,捕捉着自己敏感的点。不是光,是光背后的影。这些影,在我心上刻下了痛苦的痕。其实不用我寻找,它们会自己跳跃出来。时间已成过去,一切色彩过滤褪尽,只剩下黑白两色。白色画面上,黑色像墨汁,一点点泼溅,一滴滴洇开,被谁的手肆意挥洒,它一笔一笔勾勒渲染出两个人的命运,和围绕这两个人的血缘的地缘的关系而牵扯到的人的命运。

这两个人的面目一点点呈现出来。二十一岁的马忠长,一个独身从深山沟里跑出来闯世界寻活路的青年;十九岁的张桂香,田家院子里刚刚长大的明媚如花的小镇姑娘。

我见过他们当年的合照,不是结婚照。他们没有结婚照。在他们的年代,乡镇这样的小地方还没兴起拍大幅结婚照。当时的他们也没有能力花钱拍那种烧钱的大幅照。他们拍了张合影,贴在结婚照上,却不是初婚那会儿两个年轻的面影。他们办结婚证已经是在我出生以后的事了。办结婚证的政策推广到乡镇一级,年轻人都办这个。马忠长和张桂香,肩并肩被定格在一张小小的黑白相纸中。这时候距离他们如火如荼的热恋和不顾一切要走到一起的日子已经过去了五个年头。五年,近两千个日日夜夜,经过了那些柴米油盐困顿艰难的磨砺与考验,他们的爱情中还剩下多少温度和光泽,我不知道。我后来试着做过猜想,但我很快就知难而退打消了念头。

马忠长拐走小姨子之后,张桂香做过一次清理,这其实类似一次大的清洗。盛怒之下的张桂香,靠一口怒气撑着,在我们租住的出租屋里开始了折腾。她打开几乎所有的箱子柜子抽屉门匣,能盛装东西的地方都打开,从里往外倒腾,床单被套枕头枕巾被子毛毯,上衣裤子鞋袜帽子围巾,铺的盖的新的旧的,大的小的单的棉的,她像闯进没有抵抗能力的庄户人家的日本士兵,肆意地率性地毫无章法地进行着发泄和破坏。她忽然具备了火眼金睛一样一边飞快地折腾，一边做着翻检，只要是马忠长的东西，棉衣、裤子、大衣、帽子、袜子、皮带、剃须刀、打火机等她都能一眼从众多物品中抓住，并拽出来丢在地上。她当时就砸碎了一面小圆镜子。镜子实在不经砸，哗啦就碎了。一个剃须刀盒摔在地上居然还没碎。她扑上来踩了一脚。盒子成功碎裂，跌落出里头的刀架、刀片，还有马忠长没有吹净的胡须。不要脸，不要脸！她一边踩，一边骂。

　　清洗的结果是，所有和马忠长有关的生活用品，都被清理出来，堆在地上。然后张桂香看着这些旧物陷入了沉思。她是在思念那个风流浪荡之人曾经带给自己的幸福时光，还是在深切地进行着痛恨？我不知道。我默默蜷缩在屋子的一个角落里看手里的语文课本。多年来我们一直租住着一间屋子，风暴来临，我没有自己的空间可以躲避。

　　我看书只是一个假象，其实我一直都在偷偷观看张桂香和她一件件清理出来的东西。马忠长的东西堆了好大一堆。这不得不让我惊讶，原来马忠长在我们家竟然拥有了这么多的东西。这些年我们家的日子一直紧紧巴巴的，除了张桂香摆摊子卖水果，没有别的收入。张桂香不光要养活我们四口人，还要隔三岔五支持马忠长的爱好。

　　马忠长拥有这个小镇上不务正业男人该有的一切坏毛病：嘴馋、吸烟、赌博、游手好闲。这样的人，要是放在古代，就是一个标准的花花公子吧，没有一个厚实的家底是无法支撑起这种人逍遥自在的日子的。

我常常在半夜里被吵架声惊醒,是马忠长和张桂香。他们并排睡在一个被窝里,两个枕头上。他们像排兵布阵一样罗列着阵仗,然后向对方开炮。张桂香说我站在青草镇街口,从日头冒花子到太阳落山,一站就是一整天,一年三百六十五天,不管刮风下雨,就是天上下刀子,别人可以不出摊,我都得去。我风雨无阻,为了啥,为了这个家,为了马忠长你这个人,我两条腿都站成静脉曲张了你知道吗?

我暗暗为张桂香加油,替张桂香委屈,她的话没有丝毫的夸大,就连乡上的干部都有休息的时候,张桂香真的是一年四季都不敢歇缓,她说缓下的话,我们一家人的嘴巴就得吊起来喝西北风。

马忠长说张桂香说的都是实情,他承认,他也领情,可他是男人,男人懂吗,男人就要有男人的样子,有男人活着的方式,你不叫我跟他们交往,不加入他们的圈子,那我在这街上还咋立足?你这不是逼着我走人吗?你明明知道我一个离乡人,在这里人生地不熟,你们一家人又都把我当仇人,我不和青草镇的男人们交往,我这人咋活?除非我不是男人,除非你嫌弃我,逼我走人。

黑暗中,马忠长的声音又委屈,又伤感,似乎他分明是个受人欺负的男孩,满肚子的委屈没地方可以诉说。

要不你跟上我走,他提议。我们老家再啥没有,几亩地还是有的,我父母老哥们早盼着我们回去哩,去了我们靠种地还是能养活这一家子的。

张桂香不吭声了。

我知道这是张桂香的软肋,致命死穴。马忠长比我更清楚。张桂香是小镇人,她怎么会愿意跟上他回山里呢。关键时刻,他伸指一点,张桂香哑口无言,所有的招数统统无效,她只能乖乖缴械,举手投降。他们开灯,坐起来,在灯光下开始数钱。那是张桂香白天卖水果的收入。钞票在两个人的手里翻动,发出仓啷仓啷的声音。

我默默听着手指和钞票摩擦滑动的响动。这声音清脆,响亮,在寂静的夜里分外悦耳。后来当我挣到工资,能自己支配收入的时候,我也曾拿着一沓钱,在黑夜里数,奇怪的是,怎么都摩擦不出小时候记忆里的感觉。

张桂香把钱分成几份,买米买面买菜零花的,明儿进水果的,剩下的给了马忠长。给马忠长的那部分占据了总额的三分之一。多少年来都是这样的分配比例。马忠长似乎每次都不怎么满意,是嫌弃分给自己的太少,还是老婆挣回来的太少,他不说。他哈着气,伸胳膊搂住了张桂香,张桂香飞快地抬手灭了灯。他们拥抱着变成了黑暗的一部分。后来张桂香在翻身的时候发出叹息,说你不能再这么混了,得改。马忠长不做回答,他已经满意地睡着了。

第二天,我们一家四口一起起床,简单早餐后,我和马兰去学校,张桂香出摊儿,马忠长继续睡回笼觉,直到午后的阳光照在出租屋的窗台上,马忠长像冬眠醒来的动物,起身梳洗一番后出门去活动。晚饭一般看不到他的影子,也不用等,不用留饭,他大半在哪个赌场上,或者在哪个小饭馆里和赌友一起吃饭。

白天的张桂香,像现在才认清某个骗局的老实人,在饭桌上给我们抱怨马忠长,抱怨他不养家,不顾家,不管家,不归家,抱怨他不疼女人,不疼娃娃,我们现在租房子住,这在青草镇简直是个笑话,肯定有不少人在拿屁眼偷着笑呢。

这其实也是外爷爷骂女儿的话。张桂香招了马忠长,和娘家撕破脸面,搬出后就一头钻进了租来的房子里。这让外爷爷无比痛心。

更令人痛心的是,张桂香娃都生出几个了,马忠长不但不争气,还完全按着老丈人预料的步点一步一步踏来,他懒,馋,不吃苦,没本事,不养家。张桂香嫁给这样的男人,简直是跳了火坑。

据说外爷爷虽然宣布和女儿一刀两断一辈子不认,其实他的心还是牵挂着自己的骨肉。他常常借着上街跟集的机会,远远地偷看摆摊子的张桂香,他也曾经介绍人来张桂香的摊子上买水果。

后来我想,如果外爷爷的寿数再长上一些,也许,随着时间的消磨,心里的怒气总有消耗殆尽的一天,说不定外爷爷和女儿会重新和好,说不定外爷爷家教严格,桂兰小姨娘跟上姐夫私奔的一幕就不会上演。

但命运不给人假设的机会。

用今天的话说,马忠长就是个吃软饭的男人。他常年靠从张桂香手里拿钱,维持自己荒唐的日子。直到他拐带小姨娘出走的前一周,他还从张桂香手里拿过钱。

付出太多,反弹的伤痛就越惨烈。

张桂香的愤怒可以理解。

张桂香用手撕,用剪刀剪,把马忠长的衣裳一件一件弄碎。一件羊皮小短袄,她恨恨地剪着剪着,羊毛在剪缝里乱飞。忽然剪刀一滑,戳着了她的手。她一把丢了剪刀,呜咽一声,站起来用脚踩踏,踩得地面似在颤抖。我真怀疑马忠长要是现在站在面前的话,这个疯狂的女人会毫不犹豫地把剪刀攮进他的肚子。

张桂香不剪了,掀开炉子的铁盖,然后守着炉子烧衣裳。这办法果然很有效,那些衣料见火就着,发出哗啦啦的痴笑。

少年的我躲在书背后,内心没有悲伤也没有欢喜,我静静地看着火光从火炉的铁皮缝隙里钻出来,像杂草一样茂盛,像野花一样葳蕤,像梦幻一样绚烂。一种很奇怪的感觉在心里升腾,我感觉张桂香焚烧的不是一堆衣物,不是马忠长留在那些衣物上的气味和汗油,而是他本人,他颀长的身躯嘻嘻的笑容熟悉的声音,都在火光里起舞。

我像个未老先衰被情感折磨得奄奄一息的老妇人,我历经了人世的沧桑和磨难,我看透了人间的悲欢离合,我对婚姻产生了深深的质疑和恐惧。

多年后,这一幕被我永远定格在了画布上,而题目,早在那个看火燃烧的下午就已经铭刻在了脑海,《空》。

这不仅仅是张桂香作为一个弃妇,和负心男子之间的决裂,还有更多,爱情、亲情、人情、外界的评说,我们作为后人对父母血缘的重新审视。

那一刻我的心像一匹布,被紧紧绷着,被生生地撕裂。没有伤口,没有鲜血,没有呼喊,没有眼泪,只有默默的忍受和吞咽。可是,是谁规定,这世上所有的悲伤都得伴随伤口和血泪?

我默默告诉自己,我没有父亲,我是张桂香和空气受孕生出的孩子。我的心里没有爱,也没有恨,只有空。没有颜色没有重量的空,没有温度没有滋味的空。这空,无边无际,没有尽头。

那个下午张桂香烧掉了马忠长所有的衣物,砸了他留下的一切生活用具,包括经常给他盛放咸菜的一个小瓷碟。最后她看着筷子和碗,还有一口小铁锅。她作难了。因为碗筷是随机盛饭吃饭的,锅是大家公用的,她不能断定哪一副碗筷属于马忠长,总不能全部砸掉吧。马忠长走了,他和她的日子是不过了,到头了,结束了,但我们的日子还得过啊,张桂香和她的两个女儿还需要活下去,活着就得吃喝,过日子是离不开这些锅碗瓢盆的。

张桂香的清洗在一声叹息中终于画上了结束符号。

清洗,是张桂香给自己解恨,后来我发现,不仅仅是张桂香一个人在发泄,她其实是把我们生活里很重要的一部分挖掉,丢弃了。马忠长这个人,这个人存在过的日子,都随着岁月消失,变成记忆了。我们的日子里再也见不到这个人以及这个人用过的东西,好像他从来都没有在我们的日子里出现过。

后来,当我在一张夹着鞋样子的《毛泽东文集》里翻出他们的结婚证,我忽然有种豁然开朗的明白,也忽然泪流满面。张桂香这个女人啊,她这些年装作把那个男人从生命里完全剔除干净,其实还是有余情残留在不为人知的内心深处,要不然当年的大清洗中这张结婚证就没有理由幸存并被珍藏下来了。

后来，当我不经意间从红皮的《毛泽东文集》中翻出这张结婚证的时候，张桂香已经和她的司机男人分手了。司机确实很有钱，家里买了两辆大卡车，他一个人开不过来，雇用了三个人倒班开，常年来往在宁夏和青海、甘肃、西藏等地的运输线上。我的司机继父是这片土地上最早拥有大车的人，等几年后大家醒悟一般纷纷买车跑长途的时候，大卡车如雨后春笋一般遍地都是，我的继父已经赚得钵满盆满。据说他不跑车了，转行投资工程去了。当然，这已经是张桂香离开他以后的事，和我们无关了。

当年张桂香嫁过去以后，过了半年幸福日子，就在她找中医抓草药准备调理好身子为丈夫生个一男半女的时候，就在她催着丈夫两个人该去领结婚证的时候，才发现她的车老板丈夫是个有家室的人，人家的老婆比张桂香还小两岁，儿子已经上学了。张桂香只是他漫长跑车途中暂时停靠的一个码头，他根本不打算离婚再娶张桂香进门，就连两个人一起住的小院子也是租来的。

试想，张桂香当年的郁闷肯定差点把她自己憋出内伤。还好前面已经有马忠长的事例，马忠长是初恋，是一辈子的结发丈夫，马忠长最后捅给她的那一刀子，痛彻心扉，但是也提高了张桂香的免疫力。所以，当二次婚姻露出破败的真相后，张桂香已经知道如何保护自己了。她像个修炼太极已经初窥门道的拳手，没有第一次婚姻打击下的张皇失措，她冷静低调地独自面对了这次变故。她具体是怎么和走南闯北智商过人的车老板过招的，我们都不知道，等我们知道已经是完全撇清关系之后的事情了。张桂香从车老板租赁的小院子里搬出来,又重新在青草镇街上租房子住,又重新站在街头卖她的果子。命运真是个奇怪的东西,把张桂香当试验品反复做实验,她走了一圈儿,竟然又走回到了原地,搬出出租屋不久,又住进了出租屋。据说那大车老板开出过条件,只要张桂香不要正式的名分,他可以继续常年租院子养着她,保证吃喝不缺,被张桂香一口唾沫吐到了散发着铜臭味的嘴脸上。

张桂香作为青草镇的一个平凡女子,这辈子似乎注定要演绎那么几场引人瞩目的闹剧。姑娘时候誓死招赘一个外地青年上门,并且不惜和娘家人翻脸,靠卖果子供给男人过着二流子的生活有十一二年之久,算是小镇上第一个自由恋爱的女孩;糊里糊涂中给人做了二奶,等知道真相后决不苟且,毅然离开,这在青草镇也算是第一个。所以那些年青草镇那些自认为家教不错的人家教育女儿,动不动拿张家的女子桂香做例子,当然是反面教材。

不要学张家桂香,把先人的脸打光了。

你敢学后街上桂香的模样儿?打断你腿!

相信还有更难听的。

张桂香遇上王福全是我工作以后了。

我领到头三个月工资,兴冲冲回青草镇,我买了好多东西,大包小包,吃的穿的用的,我就是要给青草镇那些眼皮浅的人看看,张桂香的女儿出息了,端上国家饭碗了,从此张桂香可是熬出头了。

张桂香告诉我,说她准备走个人家。

寡妇再嫁,青草镇人说得委婉,叫走个人家。

我直接反对,我说妈,咱现在熬出头了,以后的日子不用愁,我的工资养活我们一家人,肯定够了。等马兰念出来一工作,我们娘仨的日子就越好了。

我在心里憧憬着美好的日子。我和妹妹挣钱,两份工资,我们娘仨,简直是吃喝不愁,温暖小康。按青草镇大多数人家目前的收入,我们至少会成为中上等收入人家。既然这些年的苦吃了,熬出头了,为啥要嫁人呢,不嫁,坐着好好地享几天清福。

张桂香摇头,看着我的眼睛,这肯定是遭遇马忠长抛弃之后,这些年里,她头一回用这么真诚的目光看我的眼睛。

我忽然无比委屈,无比幸福,母女毕竟是母女啊,打断骨头还连着筋呢。这些年她对我的嫌恶,说白了是马忠长造成的,要不是半路上出现这样的变故,她肯定不忍心嫌恶自己的亲生女儿。我也想通了,一个人的外貌长相,来自父母,但不是父母想做主就能做得了主的,张桂香那么好的基因我没能遗传,不是张桂香吝啬,也不是我懒惰,现在抱怨又有何用,就算是命运的安排吧,我认命也就是了。再说,一个人活在世上,外貌不是全部,还有心灵呢,不是说心灵美才更重要吗。从小到大一路的考验,我已经对外貌好歹不在意了,就算我没有张桂香马兰一样的美貌,我不还是活得好好的,张桂香美貌又能咋的,还不是被男人一而再再而三地欺骗。

我完全原谅了张桂香。我被自己憧憬的美好前景冲昏了头,我原谅了张桂香在我心灵上划下的刀口和撒上的盐巴。

可张桂香她没有兴奋。她一脸淡然,好像看透了人间的悲欢离合,她望着我的眼睛,说,你有工作了,是好事;马兰能考上师范,也是好事。是真主的慈悯,我很知足。但我想好了,谁都不靠,我靠我个家(个家:方言,自己。)。我不想当你们的拖累。

我想哭,为张桂香的深明大义,为张桂香的慈祥厚爱,有这样的母亲,我们这辈子没有父亲,也足够了。

我打断她,我跟张桂香抢话,我说妈,你放心,一辈子,我们一辈子照顾你,再也不叫你吃一点点苦。

我不怕吃苦。张桂香也打断了我。她目光炯炯,眼瞳深处的光很笃定。你们有你们的事情,不可能一辈子照顾我。她说。她的目光反射在我的眼里,我感觉到了疏远。她抚摸着膝盖,说,你们工作了,下一步就该找对象结婚了,等有了婆家,就不是你一个人的事了,有男人管着你,马兰也一样,你们迟早是旁人家的一口人。我思来想去,还是走一步为好,以后养老有个地儿。

我嚷,谁说我要找对象?谁说我要结婚?我不结婚,不找男人,我要一个人过一辈子。

这一瞬间,马忠长、车老板和张桂香在不同岁月里纠葛的命运片断像电影画面一样在我心里翻腾。我冲口而出,我才不相信男人呢,臭男人,没有一个好东西,女人凭什么要找男人,没有男人不一样过日子?

你从来都没有叫我放心过。张桂香看着我,慢慢说。你也老大不小了,咋说话还是颠三倒四没个路数?你这话传出去叫人笑话哩。知道的人说你不愿意结婚,不知道的,还以为是我拖累着你,把女儿给害了。唉,离婚妇女的日子啊,咋过都艰难。

我找不到可以和张桂香对答的话。难道我能跳着脚骂,说她还没有被男人骗怕?

女子娃大了就得结婚,不结有罪哩。不信你问阿訇去。

她说。

我心里的气愤在翻腾,好老套的说辞啊,凭啥女子就非得结婚?单身过一辈子有什么错?非得把自己和臭男人绑在一起,当牛做马一辈子伺候着人家?

世上也有好男人哩。张桂香还在说。她像枯萎过两茬,再次焕发出新意的草,带着不甘死心的心劲。等你遇上了,你就会哭着喊着想嫁给他。

笑话。世上有好男人,我信,世界这么大,我也不能太绝对。可我有一天哭着喊着要嫁,我脑子进水了吗我?

我第一次领工资的兴奋被张桂香不咸不淡的一盆水泼下来,热情全部没了。我怀着沮丧的心情离开了张桂香。这一去,我堵着气,小半年没去看她。等再次回青草镇,有一个男青年陪着我,我们已经到了谈婚论嫁的程度。我像中了张桂香的咒语一样,不顾一切地爱上了这个人,而且像张桂香预言的那样,还真的死心塌地地准备嫁给他。

这次来是送张桂香出门。她要嫁了,打电话把我和马兰叫到跟前。

天要下雨,娘要嫁人,我们拦不住了。

马兰说，嫁就嫁吧，那个王福全叔叔看着不错，是个实诚人，肯定对妈好。

我瞅着马兰看，从上看到下，恨不得再从外看到里。我心里酸溜溜的，有点不是滋味。听这话的意思，马兰她已经见过这个要娶张桂香的男人了，连姓名称呼都顺口就来，看来不是一般熟悉，见面就不是一回两回那么少，一起吃饭了？给见面礼了？像一家人一样坐在一起热热乎乎地了解过？什么时候的事？我怎么不知道？

肯定是张桂香瞒着我，只带马兰一个人见的。这些年来，我以为张桂香对马忠长的怨气淡了，散了，少了，对我的偏见也就没有了。看来都是我在想当然，一厢情愿。

张桂香没有放弃对我的偏见，而且，在她心里还对我设置了警戒线，自从我半年前明确反对她再嫁之后，她就瞒着我了，表面上她风平浪静，其实改嫁的事一直在谋划当中，包括带马兰见那个叫王福全的男人。她是要把一切都准备妥当在最后关头摊牌让我措手不及，还是压根就不准备征求我的意见？她这是害怕我不同意，耽误她改嫁，还是压根就不在意我这个女儿的意见？

我悄然冷笑，嫁人是一个女人的权利和自由。这道理我何尝不明白呢。奇怪的是，我心里不是滋味，千般万般不自在，我像个旧社会想方设法阻拦儿媳妇改嫁的封建公公，我的理由不是贞洁烈妇名节牌坊一类，我甚至找不到阻拦张桂香再嫁的理由，但我就是不想看到她嫁人。

我满脑子搜寻阻拦的理由。我还没有出嫁,在把我送出门之前,你张桂香就这么着急甩包袱啊,这是要甩给谁啊?我十一岁失去父亲,那个父亲据说还活在世上,可跟我没有半毛钱关系,他在我成长的过程里带给我的只有黑暗、羞耻和绝望。我考初中考高中考大学他都不在身边。高考填报志愿,别人都是父母操心,我默默听从了班主任的安排。大一去外省报到,别人恨不能全家几辈人倾巢出动陪同,我背着铺盖卷儿一个人去挤火车,我孤零零的身影成为同学们多少年的笑谈。

张桂香你没有为我们守住父亲也就罢了,现在你连女儿的母亲也要夺走吗?我找对象了,我都把人带到你面前了,你就不细细问上一问,你知道这男青年的出身、家世、人品和脾性吗?你知道我们感情相投吗?嫁过去他会对你女儿真心好吗?能好一辈子吗?他会是有责任心的男人吗?他的父母都是什么人,婆婆刁不刁,你女儿嫁过去会吃亏受罪吗?到时候谁给你势单力薄的女儿撑腰?

张桂香你竟然都不问,你满脑子只顾着你自己嫁人的大好事,你还是一个母亲吗?你这个母亲合格吗?

我越寻思,心情越难平静,平时沉睡着的一些小事,伴随着这些小委屈、伤感,发酵一般咕嘟咕嘟翻涌起来。从有记忆起,就挤在昏暗狭窄的出租屋里,夜里父母的争吵,小小年纪就得做饭照顾妹妹,在后街人们的指指点点的目光下上下学,独自承担太多的孤独、太多的委屈,你们有谁在意过?与其这样,当初为什么要把我生出来?你们欢好的时候,恨不能给彼此摘星星;你们不好的时候，我就成了多余的副产品。

我抹一把泪，说，妈，你想嫁就嫁吧，我没有意见，我有啥权利不同意呢，我举两个手同意。

张桂香的婚事却推迟了。她说先忙你的事。

我不知道是张桂香自己改了主意做的推迟，还是王福全在背后出的主意。依我对王福全的侧面认识，我觉得后者的可能性要大一些。相比，张桂香的脑子似乎想不到这么周全。张桂香做事一根筋，顾前不顾后，她能把前前后后方方面面都考虑到？所以，我断定是王福全在背后出谋划策。

张桂香暂时不嫁了，一心忙碌我的大事。我总算是在亲人的安排下圆圆满满嫁了。但是我一点都不领那个叫王福全的男人的情。相反，我恨，莫名其妙的，就是恨。我觉得他是个阴人，躲在背后耍心计的人。张桂香前半辈子嫁的两个男人，风流青年和大车老板，表面看都不是咋复杂的人，但最后都把张桂香捏弄得生不如死。这王福全表面上看着一副忠厚相，但从行事方式看，肯定不比前两位好相处，我不由得为张桂香担忧。

张桂香改嫁，是铁板上钉钉的事，我拦不住了。我现在要操心的是我彩礼钱的去向。这笔钱自然属于张桂香。马兰马上大学毕业，这些钱还她的学费贷款，一部分就够了，还剩下几万，张桂香将如何支配，我强烈地觉得我有必要知道。说得不好听点，这可就是卖身钱了。现在的社会风气是人们普遍爱钱，我们青草镇人没能免俗，甚至还显得要比别人更热爱一些。

这几年女孩的彩礼是水涨船高，随着大家的生活水平一路上浮，上去了就下不来，成为衡量女儿身价的一个指标。张桂香的女儿不是一般姑娘，嫁过去不是只会做家务干农活儿生孩子的家庭主妇，是大学生，有正式工作，有一份稳定的收入。

我的彩礼比一般女孩高。这一点我不反对。这钱就留给张桂香，她以后养老用。养儿防老，张桂香没儿，本来我打算养她一辈子，可我像张桂香预言的那样，遇上了一个喜欢的男人，非嫁不可，这一嫁出去，我就知道自己那曾经要陪着张桂香和马兰一起过一辈子的话，既不成熟也不现实。决定嫁人的那一刻，我就替张桂香想好了后路。我这一笔彩礼，以后马兰也是一笔，存起来足够张桂香她后半辈子吃喝了。

盘算这些的时候，我觉得有信心看到张桂香取消再嫁的打算。我错误地以为，张桂香推迟嫁给王福全，一心为我张罗婚事，是她改主意了，在女儿和男人之间，她选了理智和亲情，放弃了冲动和爱情。我就全身心为张桂香争取彩礼钱，我代表娘家，和媒人讨价还价，这一幕肯定让媒人吃惊，他说媒拉纤这些年，肯定没见过这一幕，将要出嫁的大姑娘，像个局外人一样，站出来和婆家争取自己卖身的价钱。我觉得婆家现在钱财紧张点，困难点，也就过去了，张桂香后半辈子的生计才是大事，这件事上我不能马虎，我现在不管，以后她的后患也会是我这做女儿的后患。

我出嫁三个月，马兰打来电话，约我去看张桂香。

王家埂子你没去过，肯定摸不着大门，我领你去。马兰说。

我当时正在画画。

一株开在窗前的向日葵。它羸弱，纤细，一根单薄的秆儿，勉强撑起一个手掌大的绿盘,绿盘上绽出一簇簇毛茸茸的黄。还没有开花的时节我就觉得它活不长,说不定某一天大风吹过,就折了,断了。意外的是,它一直在风里立着,默默地努力着,一直将身秆拔高到和窗台一样高,还开出了花。不管它能否结出果实,是一捧颗粒饱满的葵花子,还是不等籽粒成熟就被风卷折,我觉得都已经足够,我要把它留下来,留在笔墨之下,定格为我生命里的永恒。我的向日葵和凡·高的不一样。我不想那么抽象,只想直白、朴素、简单,把生命的努力和质朴留下来就足够。

我一手拿着电话,一手提着刷子。

王家埂子是哪里?妈跑那地方干啥去了?我问。

同时下意识地在脑子里翻找,我们家亲戚朋友当中有出自一个叫王家埂子的地方的吗?没有。马忠长和奶奶家那一门,都在西山里,虽然我不太熟悉,但也没有听说过王家埂子这地名儿。外奶奶的娘家,几个姑姑家、大姨娘家、小姨娘家……我都熟悉,没有。我确定没有一个叫王家埂子的人,值得张桂香跑到那里去,而且现在需要我们做女儿的再撵到那里去看她。

姐你忘了啊,王福全家。

马兰说。

马兰的声音带着一点撒娇的味道,还似乎含着些嗔怪的意思。那意思是在责备我吗?责备我竟然连王家埂子都不知道。

一阵风劈面而来,风劲沉重、强势,阴森森压倒了向日葵,秆子折了,花盘垂落,细碎的花蕊在风里飘落。我狠狠挥舞着刷子,颜料像脱缰的马,一直受到拘束,不得自由,一旦失控,就癫狂一般挥洒起来。横横竖竖,上上下下,刷毛里的颜料很快被刷干,画出的线条变得干涩、难看、毫无章法。

辛苦多日的画作,在即将完工的时候,被我自己亲手毁掉了。

我把刷子戳进颜料盘子里。

马兰什么意思?

这死女子,啥时节学会跟我耍花招了?

她这是在告诉我,张桂香嫁了,嫁的是王福全,人已经过去了,现在我就是不愿意,也没办法了,人家这是先斩后奏。另一层意思,她要带我去认门,认的是王福全的门,也是张桂香的门,好歹是母女,打断骨头连着筋,以后这条路还得走,所以她要带着我拉开这个序幕。

我说,马兰,你要成精吗?没看出来啊。

马兰喊了一声姐。

我是一个教师,多年来日子大部分是在上课下课的重复中度过,这让我训练出了一种估摸时间的能力。凭感觉,我知道,我们跪在王福全家房子的瓷砖地上,有两个钟头了。两个钟头,需要秒针发出七千二百记短暂而清脆的咔嚓声。双腿竟然不麻了,像深醉然后又自己苏醒的酒鬼。意识无比清醒,密密分布在双腿上的大小神经传达出一个信号,本来冰冷的瓷砖地面正在变得温热,一抹细细的温,薄薄的热,在一点一点,一点一点温暖我僵直的腿和腰。

我保持着跪姿,也保持着倔强。虽然我双膝是落在了你家地上,但是你要知道,我这下跪不是为我自己,而是为着马忠长被扫落在地,被你们践踏的脸面,不是我的脸面,我不为自己。

我在心里说,张桂香,算你狠,这一场长跪坚持下来,我回去马上得去中医诊所扎针做按摩,不然我这腰肯定废了。

张桂香,我就不是你亲生的。

那一年也是这样花开的季节,我跟着马兰走进了一个叫王家埂子的村庄,踏进了一个叫王福全的老汉的家门。我让马兰和张桂香失望了,我没有像马兰一样把王福全喊爸,也没有给张桂香一张好脸看。马兰拉着我来认门户,母亲和继父。我却是抱定另外的主意上门的。在饭桌上,我提出了那几万块钱的彩礼。我的问题像一粒跌落进饭锅里的臭老鼠屎,把每个人都恶心到了。

饭是长面,青菜是王福全家院子里种出来的,韭菜、葱、油麦菜、芫荽,都是王福全积压的农家肥喂大的,还没吃就能闻到一股实实在在的天然清香。张桂香袖口高挽,露出胳膊上一对镯子。镯子亮灿灿的,碰撞在一起发出的脆响,悠长婉转又缠绵,像一个千回百转的梦境。

不管多好的梦境,都必须得打碎,我就是这个出手的恶人。我吃着王福全家的饭,我说别的都好说,你有跟男人的人身自由,但是那笔彩礼,是我的卖身钱,这笔钱以前姓张,现在你连人身都归属王家了,那么那笔钱,只能姓马,随我和马兰走。

我把张桂香㧏得差点背过气去。

王福全放下碗出去了。人都到院子里了,才传来一声假惺惺的咳嗽,然后他迈出大门,还回手把大门轻轻合上。

我看他留在桌子上的碗是空的。刚盛的一碗饭,冒着热气,他是怎么吃光的,难道是硬生生灌进了嗓子里?

王福全果然不是简单人。

我在心里冷笑。

张桂香的目光随着王福全走,一直目送他出门,直到大门把目光隔断。张桂香把目光收回来,端起她面前那碗饭,反过来,倒扣在我面前的饭碗上。两碗饭合在一起,下面的碗小,驮不住上头的大碗,大碗翻倒下来,汤水漫溢,面条白生生的。张桂香抓一把面条,慢慢地捏着,好像她和这吃了几十年的粮食有深仇大恨,说,你是我拿粮食喂大的,谁来欺负我,都轮不到你!

声音在颤抖,如果再不够坚强,她会哭出来。

我冷冷看着,要的就是这效果。

跟我提彩礼钱对吗?今儿你提了,你就是不提,我叫你来,也是要说这事的。我有本事跟人,我就有本事养活我这个家,我绝不拖累你们。

马兰赶紧拾掇桌子,一面给张桂香笑,妈,妈,姐耍笑哩,你不要计较。

我看见张桂香做了一个深呼吸。小棉袄的撒娇,以往是百发百中,但这次失效了,因为张桂香顺嗓子下咽的,不是一口甜美柔软的化痰梨汁,而是含着蒺藜的毒液。

张桂香抹一把脸,我看见她眼泪白花花的。她说,我作为一个女人,把你们姊妹拉扯成人,供给念书,还上了大学,你还要我咋做？放眼青草镇，你能找出第二个这样的女人吗？

言辞简单，但是张桂香声泪俱下，整个身子都在颤抖。

我知道自己这祸闯大了。

脑子里迷迷糊糊的，我竟然找不到反驳的理由。

我环顾这陌生的房子，院子，这个家是王福全的家，我们在这里都是外人。

我找到了还击的武器。我说，你跟谁不好，跟一个老汉，图的啥？长相？人品？钱财？

其实我知道自己这理由很勉强，一点都立不住脚，就算张桂香长得美，但那都是年轻时候的往事了，经过这些年岁月的淘洗，那个高个白脸的小镇漂亮姑娘，已经成功退化为眼前的农村大娘。王福全是老汉，张桂香难道就不是老太太了。

我图他对我好。张桂香冲口而出。

又追加一句：他对我，是真心好！

语气突兀，坚硬，充满攻击力，像高高举起的武器，带着自我防卫，也含着骄傲，也有炫耀的味道。

我听得出，这句话完全出自内心，不带一丝一毫的勉强。他们竟然好到了这种地步。

气愤之下，我说出了最愚蠢的一句话。

我说，你这么做你对得起我爸吗？

我也不知道为什么马忠长忽然就蹿进了我的脑子。我无助当中就把他顺手搬过来砸了出去。

你脑子里装的都是屎！这些年的书你都念到猪脑子里

去了!

张桂香吼。

不用她多说,我已经完全无力还击,甚至都没脸继续站在她面前。

我抓起包,踢开门,丢下一句狠话,然后破门而出,身后门扇被我摔回去,磕出的砰然之声久久回旋。

我说,我这辈子再不会踏这姓王的家门。

事后我才知道那笔彩礼钱张桂香已经有了安排,分成三份,一份马兰用,她毕业后走上工作岗位,这个过程里还是有不少地方要花钱;一份等我生下孩子后过满月时给我婆家拿人情;一份给李小花。

李小花是张桂香从小就送出去的四女儿,我们姊妹中的老四,这些年就算她拒绝和张桂香相认,但是张桂香打算拿着钱给女儿上门相认。这苦命孩子草草念了几年书,学习不好,我大姨娘大姨夫两口子也就顺势给拉倒了,然后在家里调教了几年,早早嫁人了。

李小花出嫁的时候张桂香去了,那时候身为大姐的我都还没有谈对象。本来张桂香盘算巴望着女儿能和自己相认,可我这小妹子实在倔强,多少人的多少双眼睛看着,她的眼睛愣是不看张桂香,嘴也毒,只把张桂香喊姨娘,正眼都没好好看这个"姨娘"。张桂香回来伤心得倒了,睡了好些日子才缓过劲。

后来就断断续续听得这小妹子嫁得不好,婆家光阴困难,她转眼就两个娃了,日子过得苦。我也隐隐动过心思,有机会去看看妹妹,适当的时候伸手帮一把,毕竟是一个娘裤腿里抖出来的亲手足。但也只是停留在想想的层面上,我始终没有下决心把想法变成实际行动。

张桂香的这份打算是马兰转述给我的。我信,全信,这符合一个母亲为孩子们所做的努力。但是已经迟了,我和张桂香已经闹翻了,并且从王福全家摔门走人。

事后我想过,真正激怒我,让我瞬间理智全失的,究竟是什么?是那几万块钱?好像不全是。当我们娘俩大吵的时候,其实我脑子里已经没有钱了,我被一种情绪填充、膨胀并怂恿着,我觉得自己理由很足,还十分委屈,我好像是前来为一个不在现场的人讨还一个公道的。

回家以后的当夜我彻底失眠了,直挺挺躺着想白天的事,把这一幕反复放映,快进、倒带、定格,一句话、一个表情都不放过,一遍遍温习。

悔恨像一堆毒虫在我的心头拱,百爪挠心也不为过。如果世上真有后悔药卖,我毫不犹豫拿出一个月工资去买。

泼出去的水,说出去的话,覆水难收。

痛定思痛之后,我发现自己其实是在替马忠长打抱不平。

这发现让我瞠目结舌。

原来在我的潜意识当中,竟然一直埋藏着这样一个念头,或者说愿望。我一直都在隐隐地渴望着,有一天,马忠长和张桂香这对在我五年级时候就分道扬镳的夫妻,能在多年后,各自经历了人世的波折,看透了繁华和诱惑,抛开前嫌,再次牵手,重新走到一起，说破镜重圆也好，说老来图个伴儿也罢，反正就应该重新到一起。随着他们的弥合，我少年时代就失去的那个温暖的家，也就重新回来了，一家骨肉也终将团聚到一起。

世上还有比久别重逢和骨肉团圆更美好的祈愿吗？

我被这样的愿望支配着，我也一直在朝着这个目标努力。我替张桂香原谅了马忠长的所有恶行，包括赌博、懒惰、好色花心、风流成性。我像智力为零的傻白甜少女，在想象中设计了所有人的命运走向。同时，我也替马忠长看着张桂香，她不要改嫁，不要出门，就老老实实守着寡妇的日子过着，在姿色渐衰的日子里坚守着一份早就被践踏的爱情，等待马忠长回心转意回头来找的那一天。

我被自己的居心恶心到了。

这就是人性中恶的部分吧？

黑暗中我质问自己。

就算我再怎么不愿意，我也必须承认，我的想法很自私，自私到了骨子里。我渴望一份很早就失去的温暖和团圆，于是有些东西我装作看不见，甚至将它踩踏在脚下，仰着头继续往前走。这里面就有张桂香作为一个女人应该拥有的东西，比如男人的爱。这种爱，我和马兰无法给予。马忠长弃家出走的时候，她才三十出头，和大车老板分手时，仅仅四十一岁。记得大学里一位美术导师讲过一句话，女人身体真正的美，不仅仅是妙龄时候身姿曼妙，还有中年成熟之美。风韵、丰满、饱和，甚至是微微的肥胖和向下的松弛，都是一种令人神魂痴叹叹为观止的美，值得世人跪在地上去赞美。那时候我真的难以理解,现在当我自己奔三,身体日渐成熟,审美心理稳定,我开始认同导师的观点。

张桂香是个女人。她为什么就不能享有一个女人该享有的呢?我作为女儿,有什么权利干涉她去追求这些东西呢?

悔恨之余,相伴而生的就是懊恼。

这几年我再也没见张桂香。我不去看,也不打电话。她也从不联系我。我坐月子是婆婆伺候,孩子满月,她托舅舅带来一万块钱。舅舅掏钱的同时,掏出一句话,雪大,把路封了,你妈来不了,说等天晴了再看你。

这理由成立。不知内情的婆家人也都相信了。王家埂子和青草镇在两个相反的方位上,近期这场大雪确实封断了好几个乡镇的路。

只有我知道张桂香不会来,天晴了也不会来。这场雪其实很及时,我在心里感激这场浩浩荡荡的大雪。它在封门断路的同时,遮掩了多少人间波折。我坐在婆家的屋子里,抱着怀里的孩子,望着窗外村庄里的屋顶、树木、墙头。所有的物体上都驮上了雪,有被雪压弯的腰、有被雪美化的破败、有被雪掩饰的沧桑。我悲哀地想,这皑皑的白雪啊,一年一季,你来了又走,你为什么总是这样没有忧愁没有烦恼没有悲哀?

母女关系,说白了就是两个女人的关系,一个女人生了另一个女人,后者从前者的身体里续接了生命必不可少的成分。十月怀胎,一朝分娩,等到落地,断开脐带之后,我们还有什么必然的关联呢?我没奶,女儿吃奶粉,从零岁吃到两周岁,被喂养得圆胖糯软。我常常用指头掐着女儿嫩嫩的肉肉,我恍惚,找不到我和她之间必然的联系。小小的婴儿、我、张桂香,我们之间,由一条什么样的线在串联?除了血脉、基因、亲情,还有什么?

这个纠结我好几年的问题,后来好不容易被我忘掉,现在,它又从脑子里冒出来了,我不愿意面对它。因为我在那几年就已经知道,这问题没有答案。我不是思想家,不是哲学家,不是社会学家,不是人类学家,我只是一个中学美术教师,业余坚持画画,我的油画进入过市级、省级画展,获过几个不大不小的奖。我是市级美协会员,今年又报名申请加入省美协,能否成功加入,最后结果还没有出来。我就是想破脑袋,把自己想成抑郁症,还是不会有结果的,因为这一路钻下去,就是一个死胡同。有些东西,它天然是脆弱的,又是柔韧的,最尖利的钢刀不一定能斩断。但是有时候一根轻飘飘的稻草压上去,它就可能不堪重负,出现断裂。珍重、爱惜、呵护、相信,它就是真。相反,得到的就是另一种结果。

我看见王福全家的地板砖在眼前蠕动。我想揉揉眼睛,可是胳膊很重,好像坠了什么,抬不起来。我眨眨眼,试图借助上下眼皮的碰触和睫毛的刺激,来缓解一下不适。眼睛好像僵硬了,开和合都做不到,我的身体不听内心的指令。我垂下头看地板砖。后窗的风一个劲儿摇曳梨树,前院的花香馥郁浓烈,这些地板砖,我记得进门时候明明是粉白色的,纯白的底子上,印着淡淡的粉色花朵。我暗笑一声,果然是王福全,一个地地道道的农民,一个心眼不浅的老汉,人老心不老啊,还偏爱个粉色系,春心不老,这审美眼光,也就适合他和张桂香。

我看见这些地板砖在转色,好像有谁拿着巨大的刷子,在哗哗哗上色,白色成了红色,粉色成了橙红。大片大片的红,成堆成堆的橙,晕染、交叠、融合、覆盖……渐渐地,渐渐地,终于达成了统一,汇成一个色系,一片红。我浸淫颜料和色彩这些年,却分不清这竟然是什么色。依稀是红。赫然是红。模糊的红。鲜艳的红。温暖,刺目,像花开、肥硕、明丽、艳俗、奋发、努力、奔放……我听见马兰在说话,她还在哭,哭着说妈,他真的不行了,人瘦成一把柴,拖着一口气,我们都知道那是为什么,那是在等你啊……

色块流动,颜色混淆,画面颠倒,世界旋转。

我听见自己倒在地上发出了一记闷闷的声响。

在马忠长十年忌日上,我独自赶回老家。我委托大伯为马忠长操持一个病逝十周年的记裹活动,宰牛念个苏热。

大伯和大娘健在,两个人都已经显出苍老的迹象,尤其大伯,背驼得厉害,好像衣服下面扣了一口小锅。

你们马家人都这模样,那是遗传,一辈一辈的男人老了都这样子,背锅子就出来了。

大娘指着大伯的背影,笑着给我解释。

我望着在眼前走来走去不断忙碌的身影,看着看着,眼神有些花,有些迷离。爷爷一共生了三个儿子,最小的在小时候就病故了,真正养大的只有两个。

如果他还活着,今天会不会也显出一个大大的背锅子来。我笑着摇摇头,可能不会,他那么挺拔帅气的人,就算真有个背锅子显出来,那也肯定和大伯这一辈子下苦的人不是一个模样。

大伯的孙子在眼前跑着耍,两个小儿女,正是无忧无虑的年纪,追出一串一串的笑声。

阿訇来了,要宰牲了。

大伯从牛棚里牵出一头毛色纯红的犍牛。

奶奶,奶奶,为什么要宰牛?

小孙女跑来问。

为了记襄你二爷爷。

二爷爷去哪儿了,为啥要记襄?不记襄难道不行吗?

大娘不耐烦,挥着手说,去去去,跟你说不清,等你长大了就明白了。

可我啥时节才能长大啊?

小女孩脏脏的小脸上满是可爱的苦恼。

我把她抱进怀里,说,其实很简单,就是叫这头牛去后世里,给你二爷爷做伴儿。

哦,我知道了,二爷爷被关在黑屋子里,黑黑的,出不来,他害怕,所以我们要送一头牛给他,对吗奶奶?

她一点都不认生,在我怀里赖着不走,甚至跷起脚仰起头横躺在我腿上撒娇,坚持等待奶奶给她一个肯定的答案。

孩子的眼珠又黑又亮,就在我眼前一扑一扑地闪,我看见里面倒映出大片的蓝天,深蓝的底色上,是无边无际的辽阔。

冯家堡子

你得去一趟塌堡子。冯金宽说。本来我和父亲已经站起身要告辞,我的右脚都迈出防盗门了。冯金宽的话把我们拽住了。父亲首先停下,又扯一把我的胳膊,我也只好把迈出去的脚收进门。我们爷儿俩再次站在冯金宽家沙发跟前,准备继续聆听家族内地位最高的市人大前副主任的教诲。

之前这教诲已经持续了整整五个小时,其间,我们喝掉了很多水。究竟有多少,因为是从热水器里往出接,所以习惯用水壶计量的我,没法估量我们的肚子里灌下了多少纯净水。反正我没少跑厕所,前后三次,跑得我都有点不好意思了。但实在憋不住,不然我也不愿在本族内最德高望重的老人面前暴露自己过早就衰退的前列腺功能。

我们谈的是大事,关乎冯姓这一姓氏的渊源、演变过程、历代英贤、本地支族源流和分布情况、生存现状等,需要挖掘、收集、整理和编辑大量的珍贵资料。干好咧,是承前启后的大事,冯氏一代代的后人在追根溯源的时候,都会感念我们这一代人的好,会记住我们这些人的名字。所以,我们做的是大事,对于冯氏这个姓氏,至少在我们这片土地范围内来说,具有历史意义。

这都是冯金宽老人的原话。

其实五个小时的长谈中,几乎都是他在说,父亲点头,我发呆。因为我对这事没兴趣。可既然那么远被通知赶来了,父亲又比我重视,他满口应承,大包大揽地替我答应下来了,我总不能当着冯金宽的面直接驳父亲的面子吧,所以我只能陪绑一样陪着枯坐了半天。

听冯金宽的意思,修家谱这个事,是要载入冯氏家族史册的,是彪炳千古的大事。只要我们好好干,一定会干出个名堂的,至少能让生活在我们这片土地上的所有冯姓人刮目相看。他说得很激动,调门高,神采飞扬,唾沫星子乱乱地飞,有些还溅到了我们脸上。他描述的前景确实很诱人,他说得高兴,我父亲听得更高兴,两个老人沉浸在同一幅美好画卷里。可我就是提不起精神,听着听着还禁不住打起了瞌睡。

不是都已经说好了吗?大致的方向和框架冯金宽已经构思成熟并且一一写在一沓子白纸上,包括这次修家谱的缘由、成立家谱编修委员会、委员会人员组成具体名单、编修家谱收费标准和花费规定、家谱目录和具体收录内容、内容的分类……

既然大框架已经出来了,一切就都明确了,也就好办了,这一点我其实挺佩服这位自己把自己封为家谱编修委员会总顾问的市人大前副主任的,他一条条罗列出来,竟然头头是道,井井有条。他已经把任务做了最详细的分解和分配,至于还有什么问题,那也只能是实地搜集的过程里可能遭遇的,已经说好了,到时候如果有问题,我可以随时随地给冯金宽打电话请示他一下。

想不到我们还没走,他就有新指示了。

那地方你不要看塌七涝八的不咋样打眼,有历史哩,照片要是拍好咧,挺厚重的,你得专门跑一趟。冯金宽的目光越过我父亲,不看他,直接看我,他在给我下命令。

我有点傻,看父亲,我不明白,这忽然又从哪里冒出个塌堡子来?

就在刚才的五个小时长谈中,冯金宽给我下达了这个暑假最重要的任务,就是背着照相机,拿上本子和笔,到他列举的十五个地方去实地奔走,打问、寻访、搜查、收集这十五个地方所有冯姓人家的信息。田洼、李家涝坝、短山头、冯家梁、虎儿嘴嘴、王家岔……他说一个,我在本子上写一个,我写得漫不经心的,说实话这些地名有几个我听说过,其余大部分我是头一回听到。我还是提不起热情,我甚至做好了打算,挑几个较近的地方象征性跑一跑,距离太远的就算了吧。我一个教师,好不容易有个假期可以歇歇,放着假期不休,背个照相机满世界乱跑,我像什么样子了我?再说这纯粹是义务劳动,又不给我发工资。

冯金宽似乎察觉了我的走神,他递给我一个小笔记本,里头写着他列举的十五个地名。我不由得再次敬佩这位家族内威望最高的市人大前副主任,他的字写得真好,方方正正,一笔一画,绝没有半点马虎。每一个地名下面标注出具体在哪个县哪个乡镇哪个村,是自然村还是行政村,从市区出发怎么到达,甚至连具体采用什么交通工具最便捷经济都标了出来。

比如一个叫野狐崾岘的地方,他写道:从西吉县出发,到兴隆镇,有班车,也有私家车。到兴隆镇换私家车或者可以搭乘农用车、摩托车,往西边山里走,到公易(原公易乡,后在乡镇合并中撤乡,并入兴隆镇,现为公易行政村),再去新合行政村,到新合村打问野狐崾岘,村人都知道,在新合村西北边,是和甘肃省接壤的一个小自然村。

他甚至列出这一趟出行来去需要的交通费和食宿费用。他还留了当地村干部的联系方式,说如果有必要可以联系寻求帮助,到时候就报上他的大名,当年他下乡时和那儿的村干部挺熟。

看得我脊背冒冷汗。市人大前副主任都已经把工作布置到这么细致的地步,你说我还有胆量偷懒糊弄吗?肯定糊弄不过去。

我双手接了冯金宽递过来的笔记本,连连点头,表示自己这个暑假不休息了,专门跑这事,一定把这十五个地方一一踏遍,拿下所有拍照和搜集任务。

冯金宽再次强调:不光要拍这个村子的形貌,还有所有冯姓的人家,记着,每一户每一家都要拍,包括他们家的院子房屋,还有他们的家人,来个家庭大合影。最好把嫁出去离得不远的女儿们也喊回来合影。还有，写清楚每一户家庭的人口关系，包括祖爷爷辈儿、祖太爷爷辈儿的来龙去脉。

我有种想哭的冲动。这活儿怎么越布置越琐碎了呀，他当初给我父亲打电话时不是说只去几个地方拍拍照片吗？

但是我又不好说什么。谁叫我是家族里据说是唯一一个玩摄影的读书人呢？别人当老板的当老板，当养殖大户的当养殖大户，反正围绕着钱转，忙得脚不沾地，好像就我这个混得不好不坏的人民教师有闲工夫。

能接受这样的任务，我父亲很高兴，在长谈的过程中他一直乐呵呵听着冯金宽发表高见，好像小学生在聆听最受人尊敬的老师讲课一样。听到高兴处父亲还哗啦哗啦地搓着结满茧子的老手，仿佛在做伴奏。

看着老父高兴傻了的模样，我就没勇气出言拒绝，也不忍心。我看出来了，这件事冯金宽能找到我，委托给我，说明我这个教师对于我们家族还是有一点用的，我不能像别人一样挣大钱当老板，但我肚子里喝的墨水还是有用得上的地方，所以我父亲自豪。他半辈子在冯金宽面前大气都不敢出，人家是官儿，他俩除了孩童时候光着屁股在一起玩耍过，后来人家上了高中、大学，再后来工作，沿着官路一直往上走，越走越高，最后甚至当到了副厅级；而我的父亲，这辈子的人生轨迹，就是一直守着我们村儿，去过的最远的地方是县城，而我们市上的城，他这辈子就进了两次，一次是那年做胆囊摘除手术，一次就是这次接到冯金宽电话叫他进城有要事商量。

冯金宽能找我分派这个活儿，我父亲是很激动的。他不等我表态，就抢着给我把活儿包揽下了。

我还能说什么呢？什么也说不出来。

这时候冯金宽给我摆手：你记着，塌堡子咱就取个景，放一张照片在家谱当中就成咧。塌堡子的人，还有那些过往的事，就算咧，不往家谱里写咧。

我点头，不写就不写，不写说明不重要嘛，不值得进入家谱。

从冯金宽家出来，我问父亲，塌堡子，我咋没听说过？

父亲没说话，长长地出了一口气。

我觉得奇怪，仔细看父亲。

父亲也看我，说，我觉着还是写一写嘛，咋能不写哩？听老辈儿说，那地方生活过我们冯家三辈人哩，是我们老先人从南边刚上来时扎脚的地方，也是一步步富起来，成了富汉的地方。

我很吃惊，居然有这么个地方，我怎么从来都不知道？

父亲似乎后悔了，摇头，要不你还是听你主任伯的吧，他说不写就不要写。我只能跟你说塌堡子在哪达，你有空了去拍一下，多余的事就不要深究了。

偏偏我喜欢深究的毛病被勾起来了，第二天我就背上相机出发，按照父亲指点的路线去找一个叫塌堡子的地方。

这地方确实不好找，我先坐班车从县城来到乡里，再从乡街道出发，往一个叫羊圈门的地方赶。等我站在羊圈门这个行政村村口时，我迷路了，问了好几个人，没人知道塌堡子。我打开手机里的高德地图，给自己站立的地方定位，然后把地图放大，以羊圈门为中心，在附近寻找塌堡子。找了一圈，没这么个地名。

我换个思路，问路人，这村里有姓冯的吗？

有。一个妇女怀里抱着娃娃,歪着头想了想,往一道山头一指,就那儿一户,冯豁嘴,上了那个山嘴嘴,下去山窝子里就是。

望山跑死牛,这话太有理了。眼看妇女指的地方近在眼前,可我甩开大步走了足足一个小时,才爬上山嘴嘴。站在高处往下望,三面环山,中间一大片开阔的平地,看来以前这里都是耕地,退耕还林后田地里长满了山桃树和野草,只有最中间几块地还有人在耕种。耕地往后,快要靠近山根的平地上,有一圈低矮塌陷的土墙。远远打量一阵,我忽然发现那一圈土墙的模样,分明就是一个老堡子坍塌后的遗址。

难道是塌堡子?

管他呢,我先远远地对着拍摄,取了几张全景,然后撒开腿往下跑。

一群羊挡住我的去路。羊群像雪片一样撒在黄土背景上,这构图拍出来肯定美,我赶紧对着羊群拍摄。

刚咔嚓几下,羊群后跑出个老汉,老远喊,我刚要出门,这就赶回去,你就不要给我罚款了成吗?

我这几年常跑乡里,自然听得懂老汉的话,他把我当成专管封山禁牧的乡干部了。

我一眼就看到老汉的上嘴唇是兔唇,他应该就是妇女说的冯豁嘴了。

我赶紧笑,不是,我是来寻塌堡子的。大爷您是不是姓冯?

为了让他相信我不是抓羊的干部,我掏出身份证给他看。

他很认真地看完,翘着嘴笑了,说他不认字,但这个"冯"字熟着哩,世上的冯姓都一样,是一家人。

他对我顿时热情起来,说找塌堡子碰上他,算是找对人了。他赶着羊掉个头,我们向塌堡子走去。

老人很健谈,我还没有问,他就主动给我讲起了塌堡子的故事。

世人常说"富汉铺毡,穷烂娃滚精席"。对于冯家堡子的人来说,羊毛毡是金贵家当,能随便铺着羊毛毡睡觉的人,是命大有钱的人。

一张四五成新的毡,平展展铺在小炕上,几乎把整个炕面占据了。冯爷睡在今夏刚擀成的新毡上。新奶不喜欢铺新毡,不绵软,扎人,屁股坐着扎屁股,身子睡倒扎身子。她说就像有数不清的大头针,在齐刷刷往人的肉里扎呢。

那是你肉嫩——冯爷望着新奶的脸说,细皮嫩肉,掐一把冒水,我的心肝宝贝哟——

新奶故意板起脸,一把打掉冯爷的老手,娇滴滴嗔怪,不铺羊毛毡不说明咱穷啊?偏偏要铺,看看,我胳膊都是红的,全是毡毛扎的。

冯爷不看她胳膊,而是使劲地摇头,一颗严重秃顶的大脑袋,在新奶弹性良好的小肚皮上滚来滚去,像一个调皮的皮球。

新奶咯咯笑,她有痒痒肉,就在肚子上。

既然冯爷不提换掉新毡的事,新奶就不敢十分坚持,毕竟冯爷的脾气有时候还是挺大的。她跟他争辩,甚至拿话抢白他,那都是他心情好,不生气的时候。要是哪天她没看清脸色,猜错了心思,哪句话惹到他,情况就不太妙。

新毡确实很扎,尤其夜里,脱光了伺候他,她娇嫩得豆腐一样的肌肤就像滚在千万根钢针上,第二天在光亮处偷偷看,嫩白的皮肉上密密麻麻都是红红的小疙瘩。

新奶就暗暗地盼望冯爷不要来这里过夜,至少,不要来得这么勤,他不来,她就可以把新毡卷起来,睡在软绵绵的棉褥子上。

偏偏冯爷最留恋的不是大奶奶的上房,而是她的小厢房。

你说,像啥?软,香,弹劲大,像大大的草滩,最适合骑马狂奔啊——

新奶拧一把冯爷的耳朵,娇嗔,老不正经,小心叫人听到——

能有谁?冯爷哈哈笑。

话刚说完,门口有人喊了一声老爷。

虽然是很轻的一嗓子,却惊了冯爷,顿时败了他的兴。他有些沮丧地挺起脖子,啥事?不能等我有空儿啊?

门外的伙计犹豫着,想走,又不敢走。

究竟啥事?

伙计战战兢兢凑近门口,说今年秋天雨水多,洋芋萝卜长得好,那四十亩洋芋和洋芋当中夹种的萝卜,王掌柜说能挖一座山。前儿才开始挖,一个地边边子挖出的洋芋和萝卜,就比往年的五六亩还多,王掌柜说恐怕到时节没地方放。

冯爷欢喜得一骨碌坐起身,问,真这么多?都要没地方放了?不是有窑吗,有窑吗?两口大窑多少洋芋装不下哩?这些年就从来没有装满过。

王掌柜说就怕加上那两孔窑两口窖,还是不够。眼看秋尾巴后面就是冬,这一入冬,霜就来了,洋芋、萝卜要存不好,就会冻着伤着。

这倒也是啊——冯爷慢慢溜倒,大脑袋重新枕到新奶肚皮上,碾来碾去地滚。终究是上了年岁的人,这一发愁,额头鬓角的皱纹就全显出来了,密密麻麻,把一张脸拧成了麻花。

收成好还不高兴啊?新奶抚摸着这颗白发占了大半的脑袋,试探着问。

你妇道人家,跟你说了也是白说,唉,这事,还真有点愁人哪——冯爷撮着嘴感叹着,爬起身,下炕穿鞋,我得去找王掌柜商量,这真要挖出两座洋芋、萝卜山,我看得早想办法。

老爷——新奶黏在身后,光脚赶下炕,吊在老汉胳膊上,撒娇说,我妇道人家咋啦?说不定这事儿妇道人家偏就有办法哩。不就是多挖了几背筐洋芋和萝卜吗?愁啥?洋芋、萝卜哪里藏?窑和窖啊。现在挖窑吗?来不及了。那就挖窖啊,多挖几口,挖大点,挖深点,不要说一座山,就是两座山,也给你装下了。

新奶身子娇小玲珑,声音婉转动听,尤其她自愿想讨老头子欢心的时候,整个就更是一个妙人儿了。

冯爷不走了,笑哈哈把可人儿搂进怀里,追问,你有办法?快说出来,只要有用,我好好报答你,叫老五下回驮盐经过州府的时候,专门去铺子里给你多多地买上几盒胭脂水粉。

新奶小脸儿绷着,不笑,不说话,一对眼珠子黑溜溜、明灿灿,含着两包水,瞅着冯爷看。

冯爷的心顿时都要化了,赶紧笑:除了胭脂水粉,还有绸缎,福祥布庄新出的绸子、缎子,每样给你买一匹,不,两匹,不,五匹吧,买回来你攒着,想裁啥衣裳就裁啥衣裳,都由着你。

新奶紧绷的小脸儿霎时像冰冻的湖面绽裂,露出一圈圈好看的笑纹。

一张软乎乎的小嘴贴近老爷子耳朵,说,挖窖,地址我都想好了,就在老窑门口那片崖顶下。从秋收的伙计当中抽几个手脚利索的,今儿就开始挖起。

冯爷有些犹豫。在老窑门口那里挖,地势太窄了,巴掌大的地儿,也只能挖一个窖呀。咱家这大丰收,哪是一口窖装得下的?

新奶好看的眼里荡漾着两团清汪汪的水,水里映出一个胡子一大把的老汉。她望着老汉,睫毛眨巴,水波荡漾,姣好的面容上显出很有把握的微笑:地势儿不够,这个也用老爷您愁?可以挖双头窖呀,一个窖口,下去两个窖头,等于挖了两个窖。如果老爷信得过我妇道人家,就把活儿交给我,到时候我保证给你把事儿办得妥妥当当的。只是,到时候你得好好谢我哦——

新奶今年算上虚岁才二十一,自从进了冯家堡子,吃得好,穿得好,啥活儿不用干,养得水嫩嫩的,浑身饱满得戳一指头都能冒水。

尤其她挺起小胸脯往冯爷身上蹭的时候,蹭得六十八岁的冯爷浑身老骨头都酥了。他笑哈哈捏住小妾的下巴,好,好,这事儿就交给你了。

说干就干起来了。

窖址选在老窑旁边,挨着崖根先挖一个圆形窖口,往下走,果然分了两路,一路东,一路西,是两个窖头。

冯爷转悠过来,看了看,被这古怪新奇的样式逗笑了。新奶从冯爷脸上揣摩出了老汉内心的满意,也跟着乐了。她越发显出兴头来,更勤快了,响亮地吆喝着让伙计加紧干活。

督促伙计挖窖的新奶,因为心里头滋润,小脸上闪耀着瓷质的光泽。

还是你心思巧。那么多收成,还真把我给愁住了哇!

冯爷捏一撮黄土试试,老脸上露出赞许的笑。

新奶望着下院角已经拉回来的一大堆萝卜和洋芋,不说话,眼里却浮动着笑影。

今年确实是个丰收年啊,冯家的洋芋这才拉回来一部分,就已经是一座山了,等全都拉回来,那还得了?往年的窖明显装不下。

没想到这难题叫一个年纪轻轻的小媳妇就这么给解决了。

冯爷想想就高兴,一高兴就冲着新奶笑,六十多岁的老头子,笑得胡子撅起来,笑得像个憨实娃娃。他边笑边伸出长满老年斑的手,指向新奶的肚子,又拍拍自己的后脑勺。

蓦地,新奶的粉脸红到了脖子。看那几个伙计没注意,她小嘴儿一撮,冲着半空里很响地啐了一口。

冯爷哈哈大笑。

伙计们被笑声吸引,扭头来看,都一头雾水。

冯爷已经笑着离开了。

他信步走出堡子大门,一直往远处踱步。走出足够远,他收住脚步回头望。万丈阳光从高空落下,无数光芒笼罩了他的堡子,此刻的堡子多么像一座威严的城堡。那是他冯家的家业,是爷爷当年带着妻儿们落户这里后,一点一滴劳作开辟出来的。堡子里住着冯氏一家,堡子外是二百亩肥沃的土地。这些田地自有雇来的长工耕种。冯爷从四十来岁就继承了祖先的家业,做了这深山里的一个富户。

如今,这二百亩土地年年给他长出冯家堡子一带最好的庄稼,滋养着他冯氏一家的日子,也让他成了这方圆娶老婆最多的男人。尤其最后娶的这个新奶,真是想起来就让他从眼缝里露出欢笑的好女人,只要想起后脑勺枕在新奶那软豆腐一样的肚皮上的感受,他的五脏六腑就跟着一起颤抖。

他笑着反身走向堡子。进了大门,他踩着爬墙的梯架登上了堡子。站在高处四处远望,眼前又是一幅在低处看不到的宏大景象。田地里夏粮已经收割完毕,数十个大麦摞子就在麦场上小山一样矗立,伙计们正在热火朝天地抢收晚秋粮。尤其洋芋和萝卜,挖出来以后撒满了地,远远看过去,白花花的,像铺了一层白色的蛋。

他沿着堡墙走了一圈,越走越高兴,心里有一股豪情压制不住地往上喷发。最后他在东北边的墙顶上站立,目光远眺,世界很大,心胸也跟着辽阔,他向着正午的太阳慢慢张开双臂。他一点都不像快要七十的老人,就是站在高高的堡墙头上,也是头不晕眼不花,像二十来岁血气方刚的小伙子一样。他为自己的年轻心态高兴,高兴让他的身子变得轻飘飘的,有一种迎风飞翔的渴望。他举起胳膊对天长喊,嗷——我冯爷要是能穷,除非响河的水干枯!

响河是一条大河,从远处山谷发育,一路穿山过沟流过来,从冯家堡子眼前的沟里流到山外去了。

在冯爷的记忆里,响河的水永远都不曾干枯过。

冯爷闭上眼,听清风在耳畔簌簌流淌。这淙淙的声音像响河的水,更像他冯家的好日子,一天一天,一年一年,一代人又一代人,一直这样平顺安稳地过着。他坚信,这种好日子会一直一直持续下去,像响河的水,长流不断。所以他豪迈地气壮山河地喊着,一遍又一遍。

目送冯爷的背影走出堡子,新奶感觉肚皮上有一个地方酥酥地发麻,好像老爷子的头还枕在那里滚来滚去地碾。

新奶沉浸在酥麻而羞涩难耐的感觉里,身上几处羞于启齿的地方都跟着酥软起来。

这时她听到了一个伙计的惊叫,是一个叫双舌的小伙子。他本来蹲在下面挖,这会儿已经站起来,手里提着镢头,一脸惊慌,直勾勾看着她。

新奶的脸忽地烧起来,有一种最阴暗处的秘密被人撞破的感觉。不过,她很快就从那张被汗水糊得一片模糊的脸上发现,这个年轻人的神情没有一点点看破他人私密的满足和得意,相反,他的眼里布满了痛楚。

新奶不由得盯住这张脸细看,他不小心一镢头挖在了自己手上?毕竟太年轻了,毛手毛脚的,这就大惊小怪地叫起来了?

她再看他的脸,是一张她从未注意过的脸,很年轻,甚至还带着稚嫩。

新奶想也没想,就溜下窖去了。衣裳上沾了新土,她却不拍打,一把抓起了伙计的胳膊,小胳膊上果然有一道伤,他失手一镢头挖的。这一镢头挖得深,血正往外冒。

双舌被大家七手八脚拉上来,有人抓一把黄土就要往那伤口上按。

不行!新奶尖叫一声,伤这么重,黄土止不了血。双舌,跟我走,我给你包扎。

这个——双舌一脸为难。作为伙计,有了七灾八难,咬咬牙就扛过去了。哪有主家这么关心的?况且这主家还是个年轻女人。

有人推一把双舌,去吧去吧,新奶好心照看你,你就去吧。

双舌迷迷糊糊,跟着新奶往她的小厢房走。

人伤了,活儿不能停,有人跳下坑继续挖。狠狠挖几镢头,说人命苦了真是没办法,原以为双舌这小子一镢头挖出了个金呀银呀,不想这笨货能对着自己的胳膊下镢头!

叹着气,继续干活儿。上头等着吊土的伙计们笑,说,他没挖出金呀银,那你来,你挖出个金疙瘩来。

大家说笑是说笑,心里却不约而同地想,真要是一镢头下去挖出个金灿灿的疙瘩,最好不要叫别人看到,只叫我一个人揣进袖子里。

双舌回来了,胳膊上已经包了一片布。一片细软的新白布,包裹得很细致,一圈一圈绕在左胳膊上,最后用一根白线细细地扎住。那白线在接头处还打了个小小的蝴蝶形状的结。

哇——

伙计们齐刷刷起哄。

双舌你小子命好啊——

说说,新奶房里咋样?是不是一股香味?

你小子走狗屎运了,连小厢房的门都能进去!

双舌本来就不善言辞,这下顿时臊红了脸。他一声不吭地挣脱同伴们,跳下坑去继续干活。

双舌左手伤了,右手还能握住镢头,他一只手攥着镢把,一下一下挖掘。那镢头在黄土深处发出仓啷仓啷的声响,好像被挖掘的不是黄土,而是一窝金子银子,金子银子会疼,镢头刨下去,金银在惨叫着到处逃窜。

双舌刚挖了一顿饭的工夫,忽然又哎哟一声惊叫。

双舌双舌,你又把手挖了?你是叫新奶包手包上瘾了,故意往手上挖了一镢头吧?

上头吊土的伙计油着嘴打趣。

双舌停下不挖了,站起身看外头,眼神里有惊诧,说挖的不是手,是个窝。

几个伙计哈哈地笑,集体起哄,窝?鸟窝还是人窝?

"人窝"是个下流词儿,只有在骂人的时候才用得上。

双舌年轻人脸嫩,跟这些没皮没脸没羞没臊的老油子没法对话,只用求救的目光看远处的新奶,喊,真的有个窝,不信你们来看——里头还是热的呢——

双舌轻易不会说谎。新奶赶过来了。她低头望,窨已经挖下去半人深,为了看清楚,她干脆扭着小脚慢慢地溜下去。

果然看到了一个窝。就在靠崖面的北边刚刚挖开的窨壁上,有碗口大,圆圆的,又光又滑。她伸手去摸,感觉圆窝墙壁的土层比她的手背还细滑。

半崖还有这么好看的窝窝?这是啥的窝呢?就算是人花尽心思也挖不出这么好啊,真是世上的怪事。新奶惊奇地感叹。

说着,她退开半步,一脚踩上了什么,她觉得小脚底下软乎乎的,好像是活物。

她忙挪开小脚看,黄土里有一个被踩扁的蔫洋芋,孩子拳头大小,已被踩出了水,还缺少了半个,显然是被一镢头削掉了半边。新奶伸出指尖夹起这个烂"洋芋",念叨说,还没到冬天,咋就有冻蔫的洋芋了?

新奶捏着这个"洋芋"细看,看着看着更觉得奇怪了,这分明不是个洋芋,因为擦去黏糊的土才看出来,这东西不像洋芋一样外头包一层皮,而且从铲出的缺口上看,它里头不是洋芋的样子,是暗红色的肉。经过她的踩踏,流出的不是水,是一抹淡红的血。

新奶喊伙计给她递一个树枝,她一下一下地戳这团烂肉。

这团东西竟然一下一下收缩着身子,好像它是个活物儿,能感觉到疼痛。

这是个啥?

新奶举起来问伙计们。

大家大张着嘴巴,用茫然回应新奶的询问。

双舌的惊慌这会儿消失了,也凑上前来看这似死似活的东西。

新奶看了一会儿,似乎没了兴致,起身,拐着小小的脚走了。临走她吩咐一声,不要耍了,接着干活儿。

吃东家的饭,就得围着东家转,伙计们加紧挖窖。新鲜泥土挖出来,窖口堆不下,只能往羊圈里运送,这些绵软的黄土正好用来垫圈。

有一只羊死了。

谁也说不清它是怎么死的。

羊倌哭丧着脸向冯爷汇报后,冯爷亲自查看了一下死羊。他看到这只羊其他地方都好,毛色鲜亮,没外伤,肚子却胀成了一面鼓,口齿间隐隐有血迹。羊倌一脸惶惑地回想,说天黑前还见这羊好好的,谁知夜里就死了。死的是只瘦弱老羊也就罢了,偏偏是一只壮实又肥大的绵羊。

死羊是常有的事,病死,跌死,草料吃多了胀死,都不稀罕。这只羊肯定是野外的草吃多了,现在的草被清霜杀过,吃了最容易胀肚子。

冯爷摆摆手,叫人剥皮,羊肉喂给狗。

冯爷的羊圈里有一百多只羊,折了一只,冯爷的心只是稍微地疼了一下,就把这事忘到脑后了。

双头窨继续往下挖。又有一只羊死了,与前一只的死只差了一天时间。同样的死法。也是在夜里。没人看见它是怎么死的。等人发现,已经硬邦邦躺在圈里了。

把皮剥了,抬出去喂狗。冯爷挥一下手,脸色不太好看。

平白无故地死了两只大绵羊,冯爷再富有,也还是多少有些心疼。

东家,这羊,能喂狗吗?

王掌柜在边上提醒,说,昨夜有一只狗死了,可能是吃了死羊的缘故也说不准。

你说啥?冯爷眼前一亮,狗死了?我明白了,你们这回把羊内脏和身子分开喂狗,试试看究竟是咋回事。

这只羊被破开了,内脏丢给一只狗,外面的肉丢给另一只狗。

令人吃惊的是,又有羊死了。这回不是隔一夜,当天夜里就死的,而且不是一只两只,是八只。整整的八只。

伙计们鱼贯进入羊圈往外抬,羊睡得展展的,四蹄朝天,似乎死前它们自己也不知道自己会以这么猝不及防的速度赴死。死的全是羊群里的稍子(稍子:方言,健壮的动物。),壮实又肥大。抬出来放在大门口,齐并并排了一溜子。

这回冯爷不再轻描淡写地吩咐一句抬出去喂狗,他亲自带人查看羊死的现场,和死羊的现状。冯爷看了看,看不出眉目,他派人请来庄上懂点医术的马郎中。马郎中诊察得很细致,好像他面对的是几个病人。等看完,他说看外形是中了毒。这时有伙计来报,一只狗死了,死的正是昨天吃羊肠子的那只。

冯爷的眼仁慢慢地红起来,他飞起一脚踢在一只死羊的肚子上,大喊,这是有人在下毒!喊羊倌过来!

羊倌吓得软成一团,哆哆嗦嗦凑上前来。

是不是你下的毒?说!冯爷喊,一个耳光落在羊倌脸上。

羊倌是个又干又瘦的老头儿,怕冷一样使劲地缩脖子,却不躲。

冯爷又打了几巴掌。

冯爷不打了,下命令,从今天起,辞了老羊倌,羊不再出圈,就在家里喂养。

这天夜里起,冯爷决定守夜。入夜时分,他吩咐伙计点起马灯,明晃晃的五盏灯,挂在羊圈的四个角子上,把羊圈照得一片白。

冯爷手里提着刀子。

如果再有羊要死,他就宰,不能让羊白白地死了,扔了,糟蹋了。

伙计们陪着冯爷挤在羊圈后面一个小土窑里,强打起精神熬着。

睡眼蒙眬中,猛听得冯爷发一声喊,惊醒了打瞌睡的几个小伙计。他们惊醒后看见冯爷呆呆站在原地,望着一个地方看。

羊圈里一只羊站起来了,从沉睡的羊当中摇摇晃晃地站起来。它睡眼蒙眬地看着四周,似乎它自己没弄明白自己为何要站起来。令人心惊的一幕上演了,只见这只羊突然跳起来,足足有一丈高,它上去,又突然摔了下来,又跳起来,头胡乱地甩着,四个蹄子张开,张牙舞爪地狂舞,身上的毛乱蓬蓬抖起来,它显得肥了一圈儿,似乎身子被一张看不见的口吹满了气。

这夜没有月光,天黑沉沉的,风从崖顶上吹下来,冷飕飕的,这时高悬的马灯似乎齐刷刷没油了,顿时昏暗下去。在微弱的昏暗光线下,能看到一个白色的影子就那么舞动着,幽灵一样,毫无章法,狂蹿狂跌,似乎兴奋至极,又好像痛苦难当。

一股冷风从每个人领口往进灌,扫着脊背溜过去,脊背上凉飕飕的。一个胆小的小伙计吓得直往别人怀里钻。群羊也被吓醒了。几只羊抬起头来,不解地望着面前狂舞的同伴,它们也显得惶惑惊恐。

冯爷紧攥刀子的手开始打战,双腿面团一样往下软,他感到头皮不知不觉中绷紧了,头发一根根直挺挺扎起来。那只羊还在蹿上奔下地折腾。在四面严严实实笼罩的夜幕下,它的样子十分瘆人,像一个穿了件白色外衣的疯汉在手舞足蹈。渐渐地羊的动作幅度小下来,它终于乏了,没力气蹦跶了,但是开始抽搐。四个蹄子一蹬一蹬,脖子极力向一边拧过去,拧过去,不拧断了誓不罢休的样子。抽了一阵,羊终于软下去了,慢慢地倒地。冯爷一个激灵,忙奔过去。羊只剩下一口气了,却不甘心就这样死去,嘴里发出咕咕的声响,有殷红的液体顺着它的口角往下淌。

冯爷不再犹豫,举起了刀子。刀落下去,血溅出来,喷了他两手,热乎乎的,有些烫。冯爷愣愣地感受着这种滚烫,有些灼痛,有些麻木,一种邈远的念头忽然涌上心头。他想起自己这辈子娶过的那些女人。大奶奶二奶奶三奶奶……冯爷有财有势,多娶几房女人不是啥稀罕事。女人当中他最喜欢的,自然是最年轻的新奶,年轻得好像一朵花,才把花苞打开,粉嫩,娇柔,那滋味美妙得叫人真想死在那小肚皮上啊。

就在这只羊倒下的同时,又有一只羊跃出羊群,发一声喊,猛地乱奔起来。

同样的动作在眼前再次上演,大家再一次看傻了眼。冯爷静静看着,看到它终于力竭倒地时,他举起了刀子。

就在这只羊的血还在静静流淌,没有淌干时,又有羊跳了出来,令人触目惊心地重复着前面的同伴做过的动作。

冯爷机械地挥动着手中的刀子,血已经糊了满满两手。黏稠,滑腻,他数次握不住刀子,刀子滑落,沾上了血浆、羊粪、草屑。他一遍遍捡起来,在裤管上蹭蹭,接着往又一只羊脖子里切下去。刀刃钝了,感觉刃口卷起来了。夜仍是黑沉沉的,大团的阴云在翻动,偶尔有一颗星星从云缝里露出脸来,冷冷望一眼夜色下的冯家后院,似乎那着了魔一样的白影子和麻木行动的黑色人影都没什么意思,怕冷一样又缩回去了。崖顶上的陈年老刺黑乎乎的,像无数头野兽趴在黑暗里漠然窥探。

这是第几只?

沉默中,冯爷忽然问。好半天没说话,他的声音听上去木木的,好像要冻僵了。

十一只了,已经。

伙计颤巍巍答。小伙计的嗓子里蹿着哭音,他在努力地往下压。

冯爷悄悄打了个寒噤。他觉得全身毛骨悚然。

死亡的气息弥漫了堡子。人们阴沉着脸,做活儿的时候脚步很轻,是那种刻意压制的轻。正是洋芋、萝卜流水一样往进来拉的时刻,堡门却长久地关闭着。偶尔有伙计出来,脚步匆匆,办完事进去,那门就闭上了。仿佛有一块巨大的阴影笼罩在了堡子的头顶上。

日子艰难起来。

谁都心情不好,几乎所有人的脸上都看不到笑影。

只有新奶有点异常。或者说,她在这特殊时段还保持了正常。她依旧爱说爱笑,那张娇嫩的脸上随时都有藏不住的喜悦流淌出来。

在大奶奶看来,新奶就是个十足的狐狸精。要不是狐媚,能把个年过半百的冯爷迷惑得神魂颠倒?

狐狸精妖得很,我害怕老汉身子吃不消。大奶奶私下给自己的儿媳妇念叨。回味这话,儿媳妇羞得脸红到了脖子里。

灾难猝然降临了,每个人都活在惴惴不安当中。

羊在继续死,冯爷一到晚上就手握刀子守在圈里,一夜到天亮,往往宰倒十几只。白天里,叫伙计剥皮,扔了内脏,留下好肉。羊肉堆成了山,惹得苍蝇成堆地往来飞扑,黑压压,绿莹莹,嗡嗡嗡,嘤嘤嘤,看得人眼花缭乱,吵得人双耳失聪。

羊肉吃不完,就做成干肉片。白天挂在阳光下晒,夜晚没有阳光,就架起火用大铁锅来炒。堡子里积攒的硬柴一捆捆被扛来烧,五六口大锅支在临时搭建的露天灶台上,女人们卷起袖子,露出被阳光和火光烤红的胳膊,不停地翻炒着一锅接一锅的羊肉。白天的时候,炒得半干的精瘦肉晾在大片大片的白粗布上,远远看上去,堡子里摊成了一片褐红,遍地都是干羊肉。腥膻味儿铺天盖地,让人喘不过气来。

冯家堡子的上百只羊,连死带宰,已经折了大半,堡子里堆成了肉山。干了的肉片没地方放,伙计用背筼背,装进本来准备装洋芋和萝卜的窖里。女人们不分日夜地忙活,用干麦草打草砖,粗壮的草砖一圈一圈盘在窖地下,干肉倒进去,垒成像粮垛一样的干肉垛。

双头窖还在挖。新奶的红衫绿裤经常出现在窖口边。土越堆越多。羊圈铺过一层,就往牲口圈里垫。松软中略带湿气的黄土,铺进了牛圈、骡马圈。黄灿灿的土,像金子一样在牲口蹄下铺延。

牲口圈门口,过去喜欢倒背双手缓缓走动的冯爷不见了,只剩下花团锦簇的新奶在指挥伙计劳动。她的脸上显出难以掩饰的滋润,似乎猝然降临的灾难不是降在冯家头上,更与她无关。她什么也不关心,她只操心她的双头窖。这口窖是她出主意挖的,她就得一口气把它挖出个眉目。从这口窖上,新奶的能干劲儿一下子显露出来了,可惜,人们正忙着应付那一批又一批宰倒了的羊,没有人再注意新奶的举动。冯爷好长时间没去新奶的肚皮上晃悠了。他整夜整夜地守在羊圈里,两眼熬得血红,活像发疯的羊眼,眼眸深处隐隐含着惊恐和绝望。他不明白,大家都不明白,羊已经长久不出圈了,为何还会中毒,还在整批整批地倒毙。

那头青骡子死在黄土铺进牲口圈的第三个晚上。人们都忙着守羊,没人注意到牲口圈里的动静。天麻乎亮,添草的伙计失魂的惊叫吓醒了正在噩梦中挣扎的人们——一头大青骡子直挺挺躺在圈里。

冯爷率人查看一番,骡子的死相和羊一模一样。听到连骡子也死了,上房里传出大奶奶压抑不住的哭声。冯爷提着铡刀守在牛圈里,几盏马灯悬在牲口圈门上。羊圈那里只能暂时交给伙计去守。牛和羊比,牛更值钱。一种巨大的惊恐在心里发酵,他预感到,羊死了,青骡子死了,接下来就应该是牛了。

冯爷的预料果然不错。一夜间,有三头牛被宰倒了,另外有两只骡子死了。骡子肉回民不能吃,只能眼睁睁看着,任骡子死掉。冯家上下几十口全部陷入了从未有过的恐慌当中。

半夜,哭得两眼发昏双腿发软的大奶奶去后院小解,黑暗中,看到牛羊圈里灯火昏惨惨的,守夜的伙计靠住墙打盹。大奶奶抬头对着无边的深夜沉思,她迷茫,又无助,冯家究竟做了啥亏心事啊,竟要承担这样的罪孽?!解手时,大奶奶往崖面下的方向看了几眼,新挖的双头窨还没成功,窨口黑洞洞的。大奶奶低头提裤子,这时无意中又看了一眼双头窨,看到窨口边一个白影子在动。影子身形像人,却全身缟素,穿了死人孝衣一样,飘飘忽忽飞过来了。隐隐地还伴有笑声,哈哈哈,哈哈哈,似乎得意到了极点。

没有人知道,大奶奶是怎样走出后院扑进上房的。大奶奶自己事后也想不起来,她是疯了一样跑出来还是从从容容走出来,抑或是连滚带爬逃出来的。据大儿媳妇回忆说,她见到婆婆的时候,只见婆婆裤子还没提起,裤带上糊满了粪便,脸黄得没一点血色。

大奶奶病了,病因不详,一双眼直勾勾的,逮住人就盯住对方眼睛发呆。冯家请来的大夫说是惊吓过度,吃几服安神药,静养一段日子就好。

牛羊接二连三地折。家里的肉堆不下了,剥下的牲口皮挂满了院子。新奶的双头窨还在坚持挖。站在窨口上指点的新奶昨天穿着紫衫,今天换了绛紫色的圆襟对门掐腰薄衫,她一双小脚比昨天扭得还麻利。咯咯嗒嗒过来了,右手指尖往耳后一抿鬓边碎发,直喊,双舌,双舌,你不要挖了,咱给伤口换药去。

窨里爬上一个满头是土的人,上来了也不拍打一下身上的土,低头就走。

双舌是伙计当中最老实,但也是模样最周正的一个。新奶注意上双舌是什么时候的事儿,谁都不知道。新奶爱在双头窨边徘徊,却是伙计们都看得见的,要么踱着小小的碎步,慢慢地走,要么站在窖口望下面干活的人。

新奶徘徊在双头窖边自有她的理由,她是为了监督伙计们干活儿。但她的目光总是情不自禁地瞅着一个人看。她从来没有像现在这样用心地打量过一个伙计。她喜欢看着双舌一上一下挥动铲子的身影,看着看着,心里水水的,有些难以说清的东西在游动。

双舌跟着新奶走了,伙计们目送他们进了新奶的小厢房。

哈,憨人倒是有憨福,双舌这小子,走桃花运了。

有人笑嘻嘻说。

嘴上积点德吧,小心叫人听着。一个年长伙计悄声说,唉,双舌这老实人,这事咋说哩?终究不是好事啊。他摇头,叹息。

冯家的日子,支撑得越来越艰难,大奶奶病倒数十天,米水难进,只剩下一口气幽幽地吊着,出的气多,进的气少,一双干枯如柴的手不时乱抓乱撕,脸上的神情十分吓人。一圈羊几乎折光了,骡马的尸体在堡子外的水沟里腐烂着,没有人顾得上去掩埋,腐肉的臭味一天比一天浓烈,像噩梦一样飘浮在堡墙四周,终日不散。

冯爷猝然显出了老相,他再也没有力气爬上堡墙,甚至连在平地上走路都有些吃力。他显得落落寡合起来,见了人躲着走,似乎每个人都是虚幻的鬼影,他惧怕他们,他只想躲着他们。他总是拄一根拐棍靠在堡墙根下晒日头,一脸恍惚。短短一个月时间,他苍老得像八十岁的老人。冯爷的气势塌了,心劲也塌了。落日映照下,堡子里一片金黄。冯爷记起自己站在堡墙上发出的冲天豪语,不禁悚然。想起那些话是多么可笑,没换牙的娃娃说的一样。光阴这东西,倒起来,就像火上的冰,呼啦啦就化了,就变成水流走了。他的话说得太早,也太大了。他现在开始为自己的莽撞而暗暗悔恨。

就在冯爷感慨万千的时候,他听到堡墙一角有人在说话。

先是女人在说,咕咕地笑。笑一会,说,哎,傻子,等不了多长时间,你我就能过自由日子了,就可以光明正大地天天在一块儿了。

你不要哄我,哪有那么好的事?问话的是个男人。听上去似乎不大情愿,在嘟着嘴巴。

女人咯咯地笑了,笑声里透着一股让人禁不住发酥的味道。谁家的女人,能笑得这么好听?模样一定很招人,小肚子枕上去一定和他的小老婆一样柔软娇嫩。

冯爷嘴角露出了笑。

他被自己逗笑了。多荒唐的念头啊,冯家已经败落到了这地步,他竟然还有心思往女人身上扯。冯爷听见自己很苍凉地笑出了声。

嗨,你还没明白?事情已经明摆着,这家子的牛羊眼看着就要绝圈,等全部死光,他们还算得上富汉吗?家底儿一败,老爷子他拿啥养活那么多闲人?拿啥维持这么大一个家业?到时节我找借口闹腾,闹得他心烦,肯定就放我走。那时节,我们俩到一个没人认识的地方去,过你我两个人的小日子。你是愁养活不了我?嘻嘻,瞧你的傻样儿,放心,我攒的私房钱够咱俩用一辈子了。只是冯老头儿他到死也不会知道,他家几辈子积起来的财富,到头来会败在我一个女人手里。

难道……难道那些牛羊的死,都和我们有关?男人问,声音在颤抖。

死人,看你那老实样儿!我叫你去镇子上买的那几大包药,难道是我自己吃了?

毒药?我们、我们这么干,是不是太绝了?

绝?

女人冷笑,笑声冷得透着冰。

不这么干,你我这辈子会有出头的日子?你不要忘了,我可是冯家花了大钱买的。冯家会平白无故地放我走?

男人被女人问住了。他们的谈话中断了。

一阵风吹过,有些尘土打着旋儿从眼前刮过。尘埃迷糊了冯爷的双眼。有一刻,冯爷觉得身子在往下滑,头重得像压了千斤重物。堡墙角里一对男女起身走了。冯爷爬起来,跌跌撞撞地赶,他毕竟老了,脚步迟缓,赶着赶着,就彻底落下了。他只看到他们一前一后进了堡子大门。男的是谁没看清,只看到左边胳膊上裹着一圈白布。女人不是别人,正是他心尖上捧着爱着的女人,是新奶。

这时候一个男人的声音,低沉缓慢,似乎充满了感慨,但是很有穿透力,隔着墙飘来,带着凌空之势,传到冯爷耳朵里来,一字一字是那么清楚。

啊哈,这家掌柜的真是个命大的人啊,不但抄了太岁的家,还伤了太岁,幸好应在了牲口身上,要应到人身上,那还了得!唉,女人哪,真是祸根!

他感叹,一边走,一边说,就要远去了。

冯爷反应过来,一骨碌翻身而起,追着声音就撵,一个身影已经走过堡子墙角就要消失。

等一下——他喊。

忙碌的伙计们看到他们的冯老掌柜领着一个人进了上房,然后门就哗地闭上了,茶水也不让人往里递。天黑时分,门开了,冯爷随着来人在堡子里走动。暮色下,来人什么长相,伙计们没看清。只看见那人到牛圈、羊圈、骡马圈,连鸡窝也看了一遍,最后转到北边崖面底下,双头窖已经挖成,萝卜、洋芋都还丢在地里堆着,没有人有心思再费力去把它们拉回来装进挖好的窖里。

牲口圈里那层土就是从这里挖出来的?

来人问。

冯爷点头。

来人蹲下来把头伸进窖去仔细查看了一阵,看完脸上显出一层凝重,像落了晚秋的寒霜。

冯爷也是面沉如水。

天黑了,那人饭也不吃,就告辞走了。冯爷送到堡门口,看着他走进黑暗里消失不见,冯爷一个人又站了一会儿,这才转身进门,也不进屋歇口气,大声喊,传所有挖过窖的伙计见我。五六个伙计全来了,每个人都是一脸惶惑。

你们挖窨,碰上过啥吗?

冯爷问。

挖窨是黄土里打洞,闷头下苦的活儿,能碰上啥?

有人悄悄嘀咕。

挖出过啥? 都好好想想,比如烂洋芋啊烂萝卜啊啥的。

有人被提醒,抬头回答,是挖过一个烂"洋芋",还有个圆窝窝呢。

顿时提醒了所有人,大家争着抢着描述那天看到的景象。

这么说,是有人一䦆头剁开了那个烂"洋芋"?

听大家七嘴八舌说完之后,冯爷慢慢地问了一句。

说完,他又自言自语加了一句,就是个烂"洋芋"嘛,剁了就剁了,这样吧,你们把所有人都喊来,我有话要说。

堡子里所有的男女老少都来了。上房的双扇门大开着,冯爷站在门口看着院子里的几十张脸。

你们这几天里谁在剥羊、割肉时,不小心刀刃伤到了没有? 冯爷问。

冯爷又说,我们都知道,刀子是不长眼睛的,这段日子堡子里不平顺,你们也都忙,劳累过度,难免伤到磕碰到。谁伤了,说出来,我不会亏待的。大家好好想想,最近谁受过伤?

一个头脑灵活的伙计忽然指着一个人喊,双舌,你不是把胳膊挖了一䦆头吗? 很深的一个口子哩。

双舌? 冯爷瞪大了眼。

一个伙计从人堆里被众人七手八脚推到了人前头。

冯爷上下细看,高个子,五官端正,只是显得胆小,此时他正堆起一脸憨笑。

冯爷的目光钉在他左胳膊上。

把你袖口挽起来。

冯爷说。

冯爷本来阴沉的脸上,不知何时竟然完全地由阴转晴,露出一抹慈祥的笑意来。

双舌慢慢地撸起了袖子。

左胳膊上包着一块白色粗布。

你叫双舌?这胳膊伤了几天了?

三十二天。

啥时包扎的?

伤的那天。

换过药吗?

换过。

这么长日子还没好?

双舌一呆,右手抱住了左胳膊,慢慢地往后退,好像他怀里抱着一个婴儿,而冯爷会忽然出手伤了这娇嫩的小生命。

伤口太深,见骨了,才好得慢吧。双舌身后,新奶忽然冒出头,笑着帮双舌解释,身子却小猫儿一样软软靠住了冯爷。

冯爷沉默了。

人群也跟着安静下来。谁都看不明白冯爷是要做什么。

这样吧,今夜堡子里就不用守夜了,大家辛苦这些日子,也该好好歇歇了。今儿我已经请高人打整过了,再不会有啥事了。今夜你们放展了睡个好觉。

连天来日夜劳累,伙计们早就累垮了,听到这话,一个个赶紧回去睡了,而且一睡过去就死了一样沉。人太累时,一旦睡下,就是天塌下来也不愿再醒来。

就在伙计们睡得死沉的时候,上房里灯还亮着。冯爷没有睡,冯家的男人们都没有睡,他们守着奄奄一息的大奶奶。冯家的女人和娃娃都睡去了,留下来的是冯家的成年男子。男人们围着老掌柜,一个个面色沉重。这些日子的变故对每个人都是一种艰难的考验,谁的日子都不好过。几乎每个人的脸都焦黑发干。大家齐刷刷望着老掌柜,眼神里有深深的忧虑。

冯家的女人当中,有一个女人没去睡觉,是新奶。冯爷心上分量最重的女人。新奶自从进了冯家堡子的大门,就和别的女人不一样,冯家男人商量家庭大事,她可以在场,还可以从头听到结束。有时插上几句,冯爷也不会责怪。冯爷默许,家人当中也就没人敢反对。刚开始大家觉得有个女人在场,似乎有点别扭,时间长了也就适应了,新奶成了冯家除大奶奶之外唯一能参与家庭大事的妇女。

灯花突突地跳着,油灯一昏一暗地闪动。灯下,围住冯爷坐了一屋子的儿孙。大家的脸上落下层层阴影,加深了原本就有的忧虑。有人在悄然叹息,冯家败落到了这一步,这个打击是百年不遇的,也是叫人难以承受的。

我想了一下,牛羊就要死绝了,洋芋、萝卜还都在地里撇着,咱把那双头窖填了吧,把铺在牛羊圈里的土起出来再填回去,高人说了,那些土是太岁窝里的土,咱家在太岁头上动了土哇!

大伙沉默了。

有人脸上露出了惊讶。有人把抱怨的目光投向冯爷身边的那个女人,但大家始终沉默着。巨大的灾难,让他们变得几乎麻木,连日的劳累,他们此刻只想像伙计们一样,也能睡个好觉。

偌大的屋里无声无息。有人在悄无声息地梗脖子,把哈欠悄悄咽进肚子。

今晚就得填。冯爷环视一圈,说,伙计一个都不要惊动,咱一家人自己填。

黑暗中,冯爷领着一群儿孙无声地行动起来。垫进牛羊圈里的黄土,被重新挖起,一筐一筐提到双头窖跟前,土唰唰溜进窖底,填埋着两个黑洞洞的窖底。等填到一半,冯爷示意停止。接着有身影迅速溜进了伙计房,很快拖出一个人来。那人看样子还在睡梦里,脚步踉跄,完全沉浸在香甜美梦里。

填!

冯爷悄声下令。

黑暗当中,有人犹豫。

麻利点!

冯爷的声音冷冰冰的,弥散着一股生铁的味道。

两个扭着伙计的手同时松开,手里的身影扑腾着扎了下去,掉进了黄土里,也掉进了黑暗里。

没有人问这是为什么。作为冯家堡子冯老掌柜的子孙,大家早就习惯了遵从老掌柜的指示。

铁锨快速挥动,黄土飞一样纷纷落下,砸向窖底。窖里的人彻底惊醒了,但是太迟了,他来不及爬起,也来不及喊叫,尘土已经乱箭一样裹住他,砸中他,压倒他,埋没他。窖口铲土的人好像被某种力量所操控,疯狂地拼命向下砸着土,窖里的人终于挣扎不动,渐渐倒下。

双舌!

黑夜里,骤然响起一声惊叫。

是女人,叫声尖厉,凄惨,像有一把利剑猛然刺进了呼叫者的心口,人们的心猛地一缩。

一个女人,头发披散着,像顶了一大片黑色绸布,黑绸布在风里高高飘扬,她不顾一切地扑到窖口。

双舌!双舌!快救命啊——双舌要被活埋了——

骤然间,女人的哭喊炸裂般响起。

这喊声在深夜里响起,令人毛骨悚然,头皮发麻。

堡子内外的狗顿时齐刷刷叫成一片。

叫声像一把骤然出鞘的刀,在空气中劈出一道凌厉的风,那风还没来得及传开,就猝然中断。

女人的身子像一小口袋麦子,扑晃着倒栽进了双头窖里。

伙计和冯家的妇孺大多没有听到这吵闹,毕竟时间很短,也有几个伙计听到了,迷迷糊糊中翻个身,嘟囔一句,谁呀,不好好睡觉抽啥风?嘟囔完,又接着沉沉睡去。

冯爷转身进屋,等再出来,他手里提着一盏最大的马灯。灯捻子拧到了最大,照出很大的一片光亮。光亮挪到窖口,新鲜黄土在油灯下显得湿漉漉的,好像浸泡在大片清水当中。

有人想接过马灯,冯爷退开,他执意要自己提着。

他一直看着黄土一锹一锹累积,把双头窖完全填满,最后把窖口也盖住。他这才把马灯交给别人,亲手铲了几锹土扔上去,拍打瓷实了,一脸疲惫地命令大家去睡。临走,他又吩咐,这窖挖得不好,动了不该动的土,还是填了好。

人都走了。

夜恢复了宁静。

堡子里最后几只牛羊死去时,冯家正手忙脚乱地办丧事。大奶奶去世了。令人吃惊的,不是大奶奶的病逝,是人群当中悄然流传的一个消息:新奶跟人私奔了。也就是说,冯老掌柜的小老婆跟上家里的一个伙计私奔了。在人们交头接耳的议论中,大家得知,领走新奶的是个叫双舌的伙计,他可比冯老掌柜年轻多了,才二十出头。

这么年轻啊,人们感叹着。有人摇头,有人点头。是双舌的年轻让人们多少有些明白,新奶为啥要私奔,同时也让大家多多少少原谅了那对男女的大逆不道。

冯爷再出现在阳光斜照下的堡子前时,他完全变成了一个老人,老迈得摇摇欲坠,像大风里一枚干枯透了的叶子。他右手拄着一根棍,左手也拄着一根棍。他靠住堡子墙缓缓溜倒,坐在墙根下,面向着太阳,然后开始长久地打盹,有时一打就是一整天。有放羊娃路过,把嘴巴贴在他耳朵上喊,才能喊醒他。惊醒过来的冯爷眯眼打量一下太阳,还没落尽,他就又闭上了眼,清鼻涕一串一串滴下来,落在袖口上,衣襟上。

冯爷似乎沉陷在十分久远的往事里。

他在想什么,人们对他没兴趣。

大家更愿意猜想的,是被年轻伙计拐走的那个女人,现在到了哪儿?过着怎样的生活?会怎样幸福?

冯爷却看见他们在黄土下面一点点腐烂,直到只剩一堆白骨。那么美丽的女人,也会变成白骨,那迷人的笑脸,柔软的肚皮,也会变成难以抓住的记忆,他觉得这真是一场梦。

堡墙塌下来的时节,发出了轰天声响。落日下,巨响声中,人们看见黄土飞扬,冯家的堡子终于塌了。百年的老堡子,在一瞬间哗啦啦塌成一大片。

堡外的人们看见,冯家的儿孙哭爹喊娘,拉扯着儿女逃出了堡子。然后,大家望着已经成了废墟的堡子,哭声一片。

后来人群中有人忽然惊呼,冯爷!冯爷——

大家这才如梦初醒,纷纷寻找。是啊,那个成天靠住堡子墙根晒日头的冯爷哪儿去了?

夜里我留宿在冯豁嘴家。

他一个孤寡老人,住一个老院子,养一群羊,种几亩地,收入也算不错。

只是这偌大一个山窝子就住一个人,世外桃源般的日子,他不孤苦?

惯了。他笑,豁嘴里吹出的气息丝丝响。年轻的时节穷,再加上这个嘴难看,好女子都看不上咱,老了老了,钱是有了,可没那心劲了,还是觉着一个人过清静。

絮叨完他就睡着了,鼾声匀称平稳,听得出这老人内心是真的清静,什么都看得开想得开,日子也就过得豁达。

我睡不着,回味着冯豁嘴讲的故事,想到市人大前副主任的强调,再想想我父亲的那句话,还真拿不准这个故事能不能收进冯氏家谱当中。市人大前副主任的话自有他的道理,家谱编修刊印出来是要面世的,至少我们这片土地上的冯氏人家肯定会家家一册,说不定还要给亲朋好友赠阅,而人大前副主任还有政界的领导、同事和朋友、至交等要送,把这样一个充满香艳、迷信和黑暗味道的故事收录进来,算怎么回事,是不是有点不太庄重严肃呢?看来副主任的思考,至少是有着为长者讳、为先人讳的深远思虑的。

我释然了,既然不适合收,那我也就没必要根据冯豁嘴的讲述做收集记录了。不过我心里总觉得有遗憾,让故事就这么随着时间湮没,好像有些可惜。这时我记起有个写小说的朋友,平时最爱搜集这类奇闻趣事以丰富创作素材。我决定等忙完了家谱这件事就去找他,不过我会要求他写的时候不要出现冯爷的真实姓名,最好连我们的姓也不要出现,他可以随便换一个别的姓氏把故事讲给世人。

人妻

1

腊东梅狗墩子蹲似的在地上拆洗馒头,门口一暗,一个身影软囊囊立在门口。不用抬头,她就知道是右边的邻居,麻女人。拆洗馒头在同行之间是半公开的,算不上秘密,也不是啥见不得人的事。腊东梅没避人,仰头对麻女人一笑,说你挡着我光了,我看不到外头的欢欢了。

腊东梅的馒头店和这一排其他的店铺都是一样的格局:一扇窗、一道门、两扇落地玻璃窗。

一扇门坏了,只剩下一扇出出进进地走人。

麻女人腰一扭，不让，用身子将那一扇能活动的玻璃门挡严实了，然后一脸笃定地望着腊东梅淡笑。

腊东梅本来手里揉搓着蓬松的大黄馒头，两眼也不闲着，透过玻璃门看对面的街景呢。冬天白昼短，集来得早，散得也早，天更是黑得早，傍晚六点钟的街上其实已经没什么景致可看。三点多集就散了，集一散，那些奔奔车、大卡车把满街面摆开的花花绿绿的货物全部重新吸进了铁皮肚子，油门一踩，开走了，只留下一地破塑料、烂果子、菜叶子，被旋风赶着满地跑。门市部该下推拉门的下了，该关门的关了，不关的也掩了半扇，满街来来去去跃动的身影一个个消失了。腊东梅这个点做完了一天的馒头，开始清洗整理。如果还剩下馒头没卖完，像今天，她就把清洗的活儿挪到晚上，得先腾出时间来拆洗馒头。只有把这些黄得卖不出去的馒头拆碎了泡进大盆中的清水里，她才能腾出身子忙活一天中最后的大清理。

今儿手气差，头一拨面碱放得多了，蒸出来一共六层子全是黄馒头，卖不出去不说，还没地方放，气得她直骂自己蠢，本事不行就不要怕麻烦，还学大狗屙屎呢。这不，一把碱撒下去毁了一拨面，也给自己留下了好多麻烦。

麻女人看了一会儿可能觉得没意思，目光落在腊东梅沟子上，不动了，静静地出神。腊东梅心里冷笑，你想看就看吧，又不是个男人，我还怕你把我的沟墩子给看烂了不成？但是一股恼怒还是从心头升起，腊东梅也不知道自己在恼怒什么，说不清楚，就是觉得心气不顺。那种刚离开老家，胸口一下子敞亮的感觉正被一股看不见的云翳慢慢地侵占。

她恨恨地捏着一个馒头,把它撕成两半,然后再一回手,又撕成四瓣。丈夫苏龙昨儿就被她的动作给看笑了,说做馒头本事一般般,拆馒头倒是麻溜得很啊,从前咋没看出你还有这一手本事呢?气得她当时把一个馒头撕成了三瓣。

腊东梅穿的是一件短夹克衫,下面是牛仔裤,她知道自己这一蹲下来,屁股后头就苫不住,围裙前面长,后面只有两道细绳子挽着,白花花一块肉难免就露到外头了,麻女人盯着看的正是那道沟壕。恼意更浓了,似在心里翻了个跟头,腊东梅不动声色地往前挪挪身子,希望暴露的面积能少一点。

麻女人的目光终于疲倦了,她像一只在秋天吃饱了闲飞的麻雀,懒洋洋地在空中盘旋半圈儿,忽然落到了一个板凳上。那是一个粉红色塑料矮凳,圆圆的,正静悄悄放在腊东梅屁股后面。

麻女人努努嘴,轻轻笑了,为啥不坐呢?放着不坐,难道怕它咬着你沟子?

腊东梅不动声色地挪挪身子,把塑料盆往后移动,露出那只严重褪色的凳子。

不想坐,沟子疼。腊东梅热热地笑着说。

这样挤出一缕笑意的同时,腊东梅心里一团朦胧的雾气忽然透开一道缝儿,她恍然明白了,她是把这女人当婆婆了,所以她不自觉地拿出了面对婆婆时的心态:有些怕,却又忍不住给她一个讨好的笑。

看把你给金贵的,你长了个金沟子还是银沟子?你不坐拿来我坐。

麻女人边说边笑,笑容也是热的,同时目光已经越过腊东梅,往她身后投去。身后是面案,两张巨大的案板并排支起来,一张用来揉面,另一张专门用来晾刚出锅的热馒头。

腊东梅爱干净,到了哪儿都拾掇得干干净净,就算这小店是临时租来的,她也不甘心凑合。初来时,这屋里像跟刚刚发生过战乱一样,炉子、大锅、蒸笼、案板、轧面机、面盆挨挨挤挤,堆的、垒的、塞的、压的,把这本来就狭窄的空间塞得严严的,简直乱得没地方下脚。经过她一番整理归置,现在搅面机、轧面机并排放在靠近窗户的地方,插板虽然是旧的,但是原来烂羊肠子一样露出的线头现在已经用黑色胶带缠裹得严严实实,机子上的污垢被擦得干干净净,有些地方甚至露出了铮亮的钢色。电饼铛在烤饼机上面,也擦拭得干干净净,尤其这一对案板,真不知道前一任主人小马子媳妇都是怎么使唤的,那嘴脸没法看,到处都是面,给污垢染黑了的面,层层叠叠在案板上糊着,根本看不到案板的木头是什么颜色。

麻女人知道,小马子媳妇也不算是懒的人,只是这活儿干的时间长了,就把人的脾气心性儿都给磨得没有棱角了。

麻女人打量一圈儿,把这些变化看在眼里,无声地在心里笑:这小媳妇刚来,心气儿自然盛,不过她真是够麻利的,这才几天呀,就把这店里完全翻出个新面目来了,这么下去生意只怕要比小马子两口子那会儿还要好呢。麻女人悄悄咽了一口唾沫。

麻女人嘴一努,又没卖光啊?生意淡呢,还是做得不好?

这话问得。腊东梅把一个黄馒头生生地捏扁了,捏得像一团脏乎乎的卫生纸。

麻女人冷眼看着,她自己也拆洗过馒头,知道腊东梅这手势已经不是掰碎馒头的手法,这是在恨人呢。麻女人盯着腊东梅的手看了看,装作看不出她的心思,也跟着蹲下来,哎,这碗饭不好吃,对不对?

腊东梅冷不防一抬头,一张麻脸离她很近,就差撞到鼻子尖上来,两片松松的紫嘴唇里吐出一股韭菜味儿,有点辣,泛着臭。腊东梅慢慢地缩回脖子,装得很不在意,口里淡淡地说,好吃不好吃,反正都得吃吗,现在的社会,谁不是跑出来挣钱,有几个还窝在老家受穷的?心里说,看样子中午吃的韭菜鸡蛋饺子,来这半天还没消化完?这女人胃气不好。

麻女人被腊东梅的轻描淡写顶了回来,她有些讪讪的,目光闲闲地往案板上扫了几眼,伸手掂了掂边上这块新案板的边,重,没抬起来。在发面大缸上瞄了几下,又看看蒸笼上的屉布,心里已经估算出腊东梅今天所蒸馒头的量了。

腊东梅不理她,由着她自己张望,她只管蹲着继续拆洗馒头。

一顿做出这么多黄馒头,想想心里就窝囊,生意本来就不好,这女人要是再出去跟人奚落一顿,自己以后这一碗饭肯定不好吃。

麻女人淡淡地说些无关紧要的话:说秋活儿开了,挖洋芋掰玉米铲包菜,打工的都要带干粮出活儿,卖馍馍的旺季要来了。说完开门要走。

腊东梅怔怔地揉着一个馒头,熟馒头和生馒头揉在手心里感觉是不一样的,揉着生馒头她觉得喜悦,有一种在创造什么的劲头。现在将好好的熟馒头大卸八块地分解,她心里觉得就像在犯罪,在糟蹋五谷。虽然这些馒头并没有糟蹋,而是重新泡化后又搅进明天的面缸里,混进新的面里蒸成新的馒头,但还是有做错事情的愧疚。这要是在家里啊,那可怎么是好?真要是一口气蒸出这么多黄得让人想哭的大馒头,婆婆第一个就不会饶了她。

哎——麻女人忽然伸着一张嘴向腊东梅靠过来,神态亲昵得让人来不及明白究竟发生了什么,那张软乎乎的嘴已经挨到腊东梅耳边,声音压得很低,显得很神秘,哑哑的嗓子,说小马子媳妇鬼得很,馍馍里头放那个呢,你知道吗?

腊东梅有些吃力地伸直身子,这样蹲得时间长了,腿疼、脚麻,连脖子也直了,就像里面忽然生出来一根棍在撑着。

腊东梅扯着脖子往后躲,浓烈的韭菜味儿喷过来,她吸了一大口。不能躲得太明显,她强迫自己忍着,脸上挤出笑来,装作什么都不明白,有些糊涂地摇头,你说的是啥,我咋不知道?

麻女人一看这个人终于对自己的话有兴趣了,忽然兴奋起来,半个身子扑过来,好像要扑到腊东梅身上来,腊东梅一直躲,眼看再后退就撞到案板上去了。

麻女人干脆一屁股坐到板凳上,说你就装呀,你不要以为我不知道,我啥都知道——

话没说完,屁股下发出凌厉的碎裂声。

腊东梅赶紧往一边挪面盆,麻女人的大屁股已经结结实实坐在地上。瓷砖地面被进进出出买馒头人的脚步踩踏,带进外面街上的尘土,还有炉火边的炉渣,把本来就开始掉色的瓷砖弄得脏乎乎的。麻女人好像被这一跤跌昏头了,她有些吃力地爬起来,伸手摸摸裤子,湿了,也脏了。她忽然抬脚就踩,本来裂开两半的塑料板凳咔嚓嚓响,碎成了片儿。

腊东梅站起来,声音都颤抖了,说你干啥,你凭啥踏碎我家板凳?

麻女人狠狈地拍着裤子,仔细瞅腊东梅,好像她是头一回看到腊东梅这个人。

我脸上没长花。

腊东梅不饶人。

腊东梅心里说,是你自己要坐的,是你来缠着不走的,是你自找的,我又没请你来坐这板凳,真是脑子不够用,凳子要是好的我难道不知道坐?我蹲着腿不疼啊我。

麻女人嘴里发出一种奇怪的声音,不知道在哭还是在笑,她扭头冲出了门,本来半扇玻璃门是敞开的,她故意推回来,玻璃门呻吟着在原地呼啦啦颤抖,似乎厚重的玻璃也能感觉到疼痛。

想得美,你以为你是亲的还是热的,我凭啥要把秘密说给你?!

腊东梅目送那身影消失在右边,冲着远处笑哈哈啐了一口。

玻璃门外还是老样子，只是天空的颜色好像比刚才灰暗了一点点。

腊东梅喜欢没事儿就这样瞅着外面。有一些顾客，本来已经走过去了，又倒回来在门口犹豫，要不要进来买这家的馍馍呢？这时候腊东梅正透过玻璃门往外看，腊东梅就冲外面绽开一个热情的笑。门口的人不犹豫了，推门进来了。腊东梅的馒头店就多了一笔买卖，也有可能会因此拉定一个长期固定的买主呢。

现在这个点儿，腊东梅已经不看人了，她看狗。

腊东梅像娃娃抽打的陀螺一样，围着案板、轧面机、蒸笼和锅炉绕来绕去一整天，脚底的肉好像变厚了，木棱棱的，似乎胯骨那里有几个螺丝松劲了，累得只想瘫下来好好缓几口气。

但是还不能歇缓，得准备晚饭，同时发明天的面。这会儿还不能去二楼床上坐坐，因为硬撑着还能再干两个钟头，要是身子一挨上软软的床铺，这浑身的肉就哗啦啦瘫了，不到明儿天亮，不要妄想能再爬得起来。

所以快要关门的这个点儿，她选择蹲在门口缓缓，顺便看看外头，不耽误手里的活儿，还能松一口气，把困扰自己的疲劳散散。

但是麻女人一来，她这口气就不能舒舒服服地往出送。她得提高警惕，防着这个女人。她知道麻女人才不会没事儿跑来闲闲地打秋风，她是有目的的，可是麻女人的算盘打错了，谁叫她遇上的对手是腊东梅呢？遇上腊东梅，她要套走那个秘密，看来不会那么容易的。

腊东梅起身端起刚刚凉好的一大瓷盆开水,咣咣咣猛灌一气,喝得太快,又吐出来一大口,才觉得嘴里那股怪味儿被冲淡了。她望着远处那一群流浪狗,自言自语说,我又没吃韭菜,为啥心里这么潮?

2

往上爬楼梯的时候,腊东梅这才清晰地感觉到了两条腿的肿胀。

她拖着它们整整走了一天,站着的时候只是觉得累,但是腊东梅心里不说休息,它们就算想提意见也拿主人没办法,现在它们终于不顾一切地开始了反抗,好像要把这一整天受的委屈都给发泄出来。这时候腊东梅就分外恨这狭窄陡峭的楼梯,一边慢慢地提着腿一个一个台阶地爬,一边说,啥人造的楼梯,没长脑子还是咋的,这是给人走的楼梯吗?这就是给猴儿爬的吧。他们也不想想,人在下面站一整天,哪还有力气上来呢?

等她爬完最后一个水泥台子,刚直腰站起来,冷不防脚底下一滑,差点一个倒仰,幸亏她机灵,一把抓住了楼梯扶手,身子稳住了,脊背上早就冒出一层汗。苏龙从床上翻起来,说笨死了,比死驴还笨,这哪有我们工地上的钢筋架子难爬?

腊东梅没吭声,冷眼打量着爷儿四个人,好像这一趟爬上来把她彻底累傻了,连人都认不得了。

腊东梅看见三个娃都没写作业,并排趴在床上,六只眼珠子骨碌碌瞅着桌子上那个又大又笨重的老式电视机,看得正入迷,大儿子还咧着嘴叉子笑,笑容傻乎乎的。

一股无名火顿时从腊东梅背上冒起,她两脚一绊,甩掉了套在脚上的一对坡跟皮鞋,走了一天,汗水不断,浸湿了鞋壳,鞋窝里的污垢把袜子底牢牢地吸住,她脱得匆忙,袜子跟着鞋一起脱落,她干脆光着脚,在冰冷的水泥地上小跑,冲过去抓起床头的刷子,对着三个娃娃啪啪啪就打。

大儿子反应慢,脾气倔,也可能一下子被打蒙了,他不知道躲,死死地趴着挨打。老二跟泥鳅一样就往后滑,腊东梅哪里会放他走,右手挥着刷子,左手已经压住了老二屁股。小女儿比两个哥哥都机灵,已经从人丛里溜出去钻进了爸爸的怀里。

刷子的塑料长把打在肉上发出沉闷的咚咚声。大儿子不哭,老二跟挨刀一样夸张地叫。

腊东梅也不知道自己哪来这么大火气,好像是孩子一瞬间把她深埋在心里的一疙瘩火砰的一声给点燃了。

大儿子不吭声,咬着牙死挨,就是不开口求饶,这让她更加生气,好像儿子的反应就是一盆子汽油在哗啦啦往火上浇。她说,我咋养了你这么个老牛肉?我一天到黑在下头忙,忙得恨不能三个手挖抓,你这么大了,咋不知道把上头拾掇拾掇,你看看这还是人住的地方吗?狗窝也没这么脏吧?这还是个儿子娃呢,从小就这么懒散,以后长大了哪个女人愿意跟你?跟着你就是受罪,跟你老子一个尿样儿!

苏龙不玩手机了,慢慢从另一张床上爬起来,笑嘻嘻地说,老婆,不要这么大火气嘛,娃娃懂个啥?

腊东梅狠狠瞪了他一眼。

苏龙的话更是一勺子油,火苗子扑啦啦又蹿高了一截子,她甩开老大,又扭头来打老二。

她能听到自己的声音,有些尖厉,还有些沙哑,是一种混杂了很多东西的嗓音,好像有一股电流在身体里接通了,她不由得就要吵,就要骂,就要发泄。大儿子叫她生气,老二更叫她上火,还没挨打呢就已经哭得比女人还惨,这长大了还能有个男人样儿吗?她最讨厌那种扭扭捏捏女人一样的男人了。

骂到这里她忽然刹住了,屋子里出现一瞬间的寂静。只有电视里那些花红柳绿的古装男女在不知人间忧愁地笑着,娇滴滴的声音在这间又空又大的屋子里回旋。

腊东梅恶狠狠瞪着孩子们,说,楼梯口谁倒的水?扎吩(嘱咐)你们多少遍了,水泥地潮,还滑得很,不要倒水不要倒水,为啥偏偏不听?

女儿从爸爸怀里钻出头,赶紧举手,声音脆脆地喊,不是我,不是我,保证不是我。

老二跟着狡辩,不是我不是我,也不是我。

只有老大瞪着眼珠子,一副死乞白赖你能拿我怎么样的嘴脸。

腊东梅忽然泄了气,丢了刷子,把自己丢到床上。亚麻板支起来的简易床发出吱嘎嘎的大叫,好像它不堪重负,浑身的骨架马上就要散架一样。腊东梅习惯了它这种矫情,懒懒地把身子伸直，拉过被子盖上，吐一口气，视线有些模糊，但是她才不会叫雾气凝成水珠落下来。她狠狠抹一把眼睛，喊苏龙下去把纸匣子抱上来，她要数钱。

苏龙晃荡着瘦高的个子，那件皱巴巴的夹克外套像一张动物皮子一样挂在身上，随着他一步一步晃荡着下楼去了。

她的声音赶在身后喊，小心脚下滑，小心闪了大胯腰！

她是真担心呢，他那么高大，楼梯又那么陡峭，他每次叉着腿晃晃悠悠往下走的时候，她看着都担心，担心他一脚踩歪一路滚下去，不把腰杆跌成几截子才怪呢。

苏龙端上来一个正方形的纸匣子。

这是小马子两口子留下来的，专门装钱的。

白天藏在案板后面，盖子只盖一半，方便随时伸手进去找零钱。案板高，娃娃们够不到，防止他们偷钱。

苏龙把纸匣子塞进她怀里，笑嘻嘻地说，老婆大人亲自数钱，要不要我帮忙？

腊东梅眼睛一瞪，没时间理睬他的贫嘴。真奇怪，她本来很乏了，但看到这匣子好像顿时来了精神，坐起来靠住一个枕头，把匣子搂进怀里打开。三个娃不哭了，也不看电视了，都围过来看她数钱。

去去去，离我远点。腊东梅赶苍蝇一样赶他们。

妈，妈，给我五毛钱，多的不要，就五毛，够买一包干脆面就行。老二已经伸着手，觍着脸凑过来了。

女儿也不甘心，小嘴嚯着，从鼻子里发音，妈，也给我五毛。

腊东梅抬手摸摸女儿的脸,秋风硬,搬到这里才几天呀,孩子的小脸儿已经起了一层皮。腊东梅知道除了秋天干燥,还有一个原因是娃没人管,他们两口子都围绕着生意打转,两个大的每天去小学念书,剩下这一个没人看,跟流浪的小狗一样,成天叉着小腿儿到处转悠,还不能去远处,怕丢了。大人警告她只许在馒头店里里外外活动,孩子听话,真的哪也不去,一会儿看看火炉,一会儿进来跟在她屁股后面嗡嗡嘤嘤闹一阵,又爬到楼上去看电视,长拉拉的一天就是这样往下打发的。她这当妈的根本没时间帮娃洗把脸,润点油,疼顾一下。

腊东梅觉得自己手心里摸到了刺,心里不由得一软,笑了,抽出两块钱,说,给我的女儿,明儿去对面的小卖部买一盒娃娃油,看我女儿脸蛋粗成啥了,简直像脚后跟嘛。

女儿捏了钱小脸笑开了花,举在手里跟两个哥哥显摆。老二很不屑地撇嘴,说,我打今儿起再不和你耍了,我找那边的麻娃娃耍去。

老大不吭声,也摸他自己的脸,带着些幽怨,像女人一样慢吞吞说,我的脸也粗成脚后跟了,咋没人疼我的脸呢?

气得腊东梅劈头啐他一口,毫不客气地骂,你是个儿子娃,你的脸粗成沟蛋子有啥关系呢?你只要给我把学习闹好,我和你老子就念知感(感谢真主)了。

老大讨了没趣,不敢犟嘴,躲到远处做作业了。

腊东梅往指头上吐一口唾沫,一边慢慢数着花花绿绿的毛票子,一边跟苏龙感叹,说,我觉得人这爱钱的本性真是骨子里的,本来我这一天转下来乏得连放屁的力气都没了,但是眼里见了这钱,我咋又有心劲儿了呢?你说人是不是很贱,眼里就只有钱?

苏龙不看电视了,按遥控器暂时关闭电视,凑过来帮着数钱说,钱嘛,没人不爱呀,不是早有人说过吗?钱眼里有火哩。

腊东梅不接茬,两口子全心全意数钱。

屋子里只有指头蘸着唾沫的噗噗声,指头捋平一张张十元、五元、一元钞票的噌噌声。

苏龙还有些笨拙,腊东梅已经练习得十分利索了,拇指、食指摩擦着,一张张红的绿的纸片飞快地摞到一起,很快在他们面前摆出一沓子十元的、一沓子五元的,百元红色钞票不多,但也有几张,像红艳艳的花朵一样开在那里。最多的是一块,淡绿色的币面,有些还整齐,大多是脏乎乎皱巴巴的,这让腊东梅总是联想到白天在店门外来来去去进进出出的那些身影,青草镇常住人口不多,真正撑起这一份热闹红火的,是逢集日从各个村庄来赶集的人。乡里人花钱节省,这些钱被他们从兜里掏出来,除了带着体温,还带着大家生活里的磨难和挫折,所以从他们手里出来的一张张钱几乎都面目沧桑,皱皱巴巴,可以预料它们真是经历了太多的周转和磨难。

腊东梅觉得,一张钱刚从银行里取出来新崭崭的,最后变得发毛、起皱、卷边,甚至上面写着字,被烟头烫出洞,还短缺了边角,钱也是不容易,像女人一样,很快就人老珠黄,变得又丑又老。

腊东梅握着这些钱心里有些疼惜,有些爱怜,又有些喜悦。还好,不管它们经历了怎样的波折,这不到了她手里了,她是十分爱惜它们的,一张张耐心地捋展,放平,一张压着一张,等数够一百张,一百元,用猴皮筋一束,整整齐齐一沓子,看上去新的旧的破的都是一个样,以一个集体的面目掩盖了个体身上的伤痛。

腊东梅舒一口气,说,一百的一张,五十的没有,十块的三张,五元的二十张,这两沓子都是一块的,里面还有我昨儿余下的一百元,算起来今儿卖了三百三十块零五毛钱,抛去面钱、炭费、电费、水费,我们今儿挣了多少钱你算算。

苏龙懒洋洋躺倒,还算啥哩?一袋子面六十二,三袋子面一百八十六,我们大概能落个一百五十块钱。

腊东梅不甘心,忽然推开纸匣子,一把攥住了苏龙胳膊,你肯定算错了,难道就挣了这么点儿?不对吧,长拉拉的一天呢,我脚不沾地地忙,走得脚跟都肿了,才落这么点?我还图个啥?

苏龙甩开腊东梅,冷笑,你以为呢,这还不算房租呢,一年八千六,这还是从人家小马子手里转让折算过来的,等过了这几个月,到了明年就得我们掏了,听说房主儿嚷嚷呢,想涨租子,到时候这摊头更大。

腊东梅瞪着头顶上的灯泡发愣,灯泡吊在一根裹着褐色尼龙外衣的绳子上,这种老旧绳子现在都不用了,想不到小马子两口子还在用。线绳子松劲了,两股线有些肿胀地扭曲在一起,上面爬满了苍蝇屎,还有到了夜晚飞累了就趴在那里休息的苍蝇,显得要多脏有多脏。

腊东梅抓起一个枕巾向着头顶上甩去,枕巾轻飘飘落下来,她再抓起一个,是苏龙的,苏龙头油重,又懒得洗,枕巾又脏又重,砸在绳子上,顿时灯泡哗啦哗啦乱抖,满屋子的光跟着忽明忽暗。

几个娃首先跳起来。老大反应最强烈,妈你干啥啊?我写作业呢。

你妈发神经哩,发过就好了!

苏龙狠声呵斥儿子。

灯火慢慢平静下来,屋子里的人也平静下来了。

忽然,一阵笑谈从隔壁传过来。

在这忽然静下来的沉默里,那笑声分外响亮,也许一直都存在,只是现在这边的人心情不好,所以那边的欢笑似乎就被放大了数倍,一阵一阵刺着腊东梅的耳朵,传进耳蜗深处,接着刺激她的心。

腊东梅把钱归置进匣子,又把匣子合上,放在枕头边的小桌子上,乏塌塌溜倒,喊儿子给端一点热水来,这脚得好好洗洗,又疼又臭。

老大鼻子里哼着,才不会来伺候她呢。老二是个溜沟子虫儿,很殷勤地兑了水端过来,还帮腊东梅把袜子脱了,看着他妈的两个脚顺床沿子掉下来落进水里,他才站起来,搓着手试探着说妈,明儿给我五毛钱吧,一块我不要了,就五毛,一包干脆面的钱。

腊东梅连胀气的心劲儿都没了,感觉水热热地往自己的身体里渗,同时有一股不甘心的劲儿也在往身体里渗。她说好,明儿给你一块,但是你得给我好好念书知道吗?

等孩子们睡熟以后,腊东梅爬起来看时间,夜里十二点半,她忽然睡不着。头在枕头上滚过来滚过去,身体稍微有个翻动,床板就咯吱咯吱响,她干脆让自己像死人一样一动不动。咯吱声听不到了,却听到有老鼠在跑动,还吱吱地叫,很快从开始的一只,变成两只三只,大家在追赶,发出吱吱乱叫,好像在撕打。

腊东梅心里烦躁,忍不住骂了一声,说,小马子两口子真是懒,楼房也能住出老鼠来。

苏龙说,不会把面袋子嚓了吧?

腊东梅说,你快下去看看,万一不行,明儿买包老鼠药。

苏龙肯定在摇头,因为他身底下的床板比这边的响得还严重。苏龙说,现在哪还有老鼠药?公家早就不给卖了,我看得弄个电猫来打。

腊东梅顿时愤怒,一个电猫几十块,不就是个老鼠吗?你难道还得花那么多的钱才行?

苏龙说,好好好,我不管了还不行吗?早点睡吧,明早还得早起呢。不是早就嚷着走不动了吗?咋这会儿又精神得连觉也不睡?

腊东梅竖着耳朵听,那边的说笑声听不到了,看来都睡了。

腊东梅懒洋洋打个哈欠,刚把头放在枕头上,忽然,耳边多出来一个怪声,咯吱咯吱,咯吱咯吱。

腊东梅说,哎呀,快听——

苏龙的声音里透着浓浓睡意，说你呀，瞎操心。

苏龙也睡了。

腊东梅还醒着，听苏龙的鼾声。都说胖子身体沉重容易打鼾，苏龙是个瘦子，想不到他也打呼噜，幸好不算太严重，要是像那边的那一个，腊东梅真是不知道这一屋子的人可怎么睡觉。

一袋子面，做馒头的话，一共能做九到十笼馒头，大馒头一个一块，中等馒头一块钱两个，小花卷一块钱三个。一袋子面大概能卖一百五十块钱，刨去面粉的本钱六十二，还能剩下九十块。再刨去各种零碎费用，一袋子面净赚七十是稳当的。问题是她现在每天也就卖个两袋子的面粉量，再多了就剩下了，剩下的到了第二天就是冷馒头了。现在的买主挑剔，有热馒头选择，没人愿意要冷馒头。

冷馒头不能放到第三天，得赶紧拆洗处理了。

腊东梅想起光手掰馒头的感觉。她今晚大大小小掰了上百个，早晨顶着瞌睡一个一个揉出来，蒸熟了，晚上又掰碎泡化，叫人想起来心里就难受，这样反复重复，啥时节能熬出头儿呀？

墙那边床在响，咯吱咯吱，再加上老鼠啃什么的窸窸窣窣，腊东梅迷迷糊糊中想，这种把大房子用五合板隔开分租给两家的房东，真是恨不能钻进钱眼儿里去吧，不然也不会发明出这种奇怪的出租方式了，还有这老鼠为啥就那么多呢？明儿，真主慈悯，希望明儿的生意能稍微好上一点点。

3

闹铃响了。

铃声嘀嘀、嘀嘀、嘀嘀——从小到大，从轻柔到顽固，像一个沉在深水里慢慢浮了上来的冤魂，在黑暗里不依不饶地叫着。

那是腊东梅的手机铃声，她把闹铃上到了凌晨三点。

时间过得这么快啊，她觉得就像刚刚打了个盹儿，就已经又到起来的时候了。腊东梅苦恼地把身子往被窝深处蜷缩。

腊东梅用的是一个旧手机，苏龙不用的，很小的一个直板形状，倒是厚，抓在手心里圆嘟嘟的，有些沉。苏龙喜欢没事儿捣鼓手机上网聊天呢。腊东梅不识字，自然不懂那个，也懒得去懂，穷日子都紧困到了这个份儿上，她真想不通苏龙哪来的心思玩手机。

苏龙说现在流行触屏，这老式键盘手机除了能接打个电话，发个短信都累得人手指头疼，这烂锤子扔大街上都没人捡。腊东梅说它又没坏，你不要给我吧，我拿着接打个电话就行。腊东梅就真的办了个卡，拥有了自己的手机。一个农村媳妇能有自己的手机，这对于腊东梅来说还真是奢侈了。

没出来到这青草镇做生意那会儿，她敢想吗？肯定不敢想，就算她真的想了，也真的用上手机了，别人先不说，单单是婆婆那一关可怎么过？她甚至都能设想婆婆一脸讽刺的淡笑，说一个下苦的庄稼汉媳妇子，沟子上带个手机，你像个啥？你以为你是国家干部哩？

腊东梅拿着手机觉得自己来青草镇还是对的，就算目前艰难点，但是凡事开头难嘛，这不是才刚开头吗？啥事儿不都有个先苦后甜的过程吗？自己这馒头店才开门几天时间呢，就指望能像对面街口老杨家烤饼那么红?就指望能像下街头的马家大馒头那么旺?还是指望赶得上隔壁的麻女人?

铃声很单调,就是一个闹铃在响,声音嘀嘀、嘀嘀,在寂静的夜空里像严重缺乏润滑油的轧面机在运行,声响干巴巴的,刺得人耳朵疼。

腊东梅知道自己目前跟谁都没法比,更没资格比。一家一家的都是早来的,早就把店面盘活了,经营出了一份人脉,这生意的路子走开了,就走得顺顺畅畅的。她是初来乍到,一切才刚开了个头儿,这才试着往开了踢腾手脚呢,所以生意不好也是意料中的。但是,只有她清楚自己是多么渴望生意能赶紧好起来,好起来,才能挣到钱,才能在这里站住脚,才能掏得起房租,才能花得起水电费,才能供养三个娃念书,更重要的,是得养活一家人哪,大大碎碎的,五口子人呢,吃的穿的花搅的,到了这里,哪一样能离得开钱哩?

要是挣了钱立住了脚跟,一切好说;要是挣不到钱,那时节不光是自己心里难受,一家人日子不好过,只怕等着揭短讽刺的人更多呢,别人不说,单单是婆婆那一张嘴……想起来心里就上火啊。

腊东梅伸手狠狠按了一下手机,她已经可以熟练使用了,能在黑暗中摸索到小键盘上那个最右边的红色挂断键。嘀嘀声终于消失了。苏龙的呼吸均匀地响着。墙右边,听不到鼾声。麻女人起来了,麻女人的丈夫肯定也跟着起来了。她不是头一回发现这一点,可是不知道为什么,她忽然就觉得心里有些说不清楚的不舒服。她忽然就不想起来了,心里气哼哼的,把钻出来的身子重新缩进被窝。秋天的凌晨已经有了寒凉的气息,尤其是从后窗子那里钻进来的风,寒咻咻的,有一种透骨的冷意。

麻女人那样的女人,她丈夫倒是把她当回事,别的不说,单是这每天半夜里陪着女人一起爬起来,就是苏龙比不上的。她试着喊过苏龙,叫他起来帮自己捅炉子架火,倒水端蒸笼。苏龙很不情愿,说我又不会揉面搅面,起那么早耽误瞌睡不说,啥都帮不上你。苏龙还真是笨手笨脚,除了架火倒水添炭这些笨活儿,面案上的活儿还真是帮不上。也是她自己心软,看到他被催起来,瞌睡得走路栽跟头,靠着案板打盹,她就心疼了,想想他陪着自己实在是白受罪,干脆叫他以后不要早起来,六点钟再起来就是,那时候正是生意高峰期,需要人手。

不用人家帮忙的话是她嘴里亲自说过的,所以人家现在每个凌晨都睡得理直气壮,问题是她咋就忽然心里计较起这事儿来了?好好的,这是为啥啊?女人的心思,还真是难以说清呢,就算自己是女人,有时候也看不清自己的心思。她一边迷迷糊糊想着,一边摸索着起来穿衣下床。昨天站一天站麻木的腿,经过一夜歇缓,没把疲劳卸掉,相反,倒好像是把一些不明显的东西给唤醒了,腿肚子里好像被强行灌进去几大捧沙子石头,一动弹就重。

下楼梯的时候,腊东梅一面双手握住楼梯扶手,一面大声说,这些黑心的房主儿呀,盖的这叫啥房子?楼梯哪是给人走的?是给猴儿爬的!

身后男人和孩子睡得正香,短短长长的鼾声交替响着。

拉开灯泡,唰啦,一股子炫白的光刺满了眼,腊东梅感觉像有很多把刀子的细薄刃片同时刺进了瞳仁,那些像丝线一样缠绕着不肯散去的瞌睡终于被惊散了,逃逸了,她这才算是彻底醒了。小肚子鼓胀得像怀胎七八个月的感觉,拉开门就往外面冲,冲出门又折回身,一把捏起挂在门背后的大矿灯,这会儿她舍不得开灯,借着路灯走。外面还黑着,这个点儿,大多数人还在酣睡,这时候冒着瞌睡起来的,都是开馒头店的。卖馒头这活儿就这样,不但要做得好,人手勤快,嘴巴甜蜜,还要起得早。腊东梅刚来那天麻女人就过来看了一圈儿,临走的时候感叹了一句,说,人人都当这口饭好吃,都争着抢着挤进来,要我说啊,干这个的,下的是冷苦,受的是冷罪,起得比鸡还早,成天跟磨道里的驴一样,围着面案子转啊转,其实有时候还不如个推磨的驴自由哩——

麻女人这一句话就伤了腊东梅的心。

用腊东梅给苏龙形容的话说,那就是伤了肝花。所以腊东梅一开始就对麻女人没好印象,偏偏麻女人自己感觉不到这一点,时不时跑过来,腊东梅表面上是应付着,心里早就厌烦得没法说了。

腊东梅心里说你吓唬谁哩?这口饭好吃不好吃,我还不清楚吗?我娘家亲嫂子就是开馒头店的,我要是没亲自去学过,心里没个八九不离十的主意,我还能冒儿扑腾就开这个店?

麻女人究竟是真的感叹太苦呢,还是在吓唬新手腊东梅?

腊东梅没心思细究,但是走在朦胧夜色里,迎面的冷风一股一股吹着,腊东梅忽然第一次觉得麻女人不是提前吓唬自己,而是真的心里苦,这才有感而发。

现在她的心里就扑腾着一大堆这样的念头。

何止比推磨驴苦哩,光是每天半夜里牺牲的这两眼香瞌睡,就远远要比推磨驴苦。推磨的驴这会儿保准没有被赶起来套进磨道吧,至少还能睡个囫囵觉吧,卖馒头的只能夜夜睡半截子残觉。

腊东梅打了个大大的哈欠,忽然唰啦一声响,一道冷气裹着一个黑影子从街面上蹿了过去。腊东梅反应快,吧嗒就打开了矿灯,雪白的光柱直溜溜扫过去,一只脏乎乎的狗已经蜷缩在小王杂货店门口了。

这畜生——腊东梅骂,同时舒一口气,吓我这一跳啊——

要说在这街上做生意,最煎熬的是买卖不好,生活上最大的困难,却不是吃饭穿衣,而是水火问题。人有三急,水火就在其中。这水火来了,挡都挡不住。营业房里没有厕所,街面上也没有公厕,解决问题就得去乡政府大院里的厕所,但是乡政府离这里远,要绕一大圈子路呢。白天还罢了,这夜里人家又关了大门,所以这两边街上的人,白天装模作样去乡政府上厕所,到了夜里一个个沿街找巷子。街道上通往背后的巷子倒是多,沿着巷子往深处走,走不远就是民居和庄稼地,巷子背后不是一堆堆的垃圾,就是脏水横流,要么是建筑的死角,要么是齐腰深的玉米地高粱地,反正都是能解决困难的地方。

腊东梅不敢往深处走,稍微错过街口那盏路灯就赶紧灭了矿灯脱裤子往下蹲。憋了一夜,一泡尿大得像洪水,哗啦啦哗啦啦就是淌不完。腊东梅干脆不着急了,眼睛瞅着前后灰乎乎的夜色和高高低低的建筑,心里说怕啥怕啥?世上哪有活物怕死物的,我可是煞气重得很。——算是自己给自己壮胆子。

终于尿完了,腊东梅边提裤子边在心里狠狠骂了句粗话。骂的是谁,她不知道,也没有去想具体的对象,就是想骂人。送个屎尿都这么困难,这日子还是人过的吗?

重新捏开灯照着路面走,坑坑洼洼的石子路,路边洒满了黑的褐的灰的白的东西,那是大大小小的大便,有些干透了,有些还柔软着,都是街面上的人夜晚拉到这里的。大家随便拉,自然没人来打扫。幸亏是僻静处,白天走过这条路的,只有那些冒着土雾的奔奔车、摩托车,车轮子碾过,粪便飞扬,碾碎了一些,带飞一些,好像来来往往的车轮子是在为这里做着清扫。腊东梅忍不住想,要不是车轮子碾轧,一年下来,这里恐怕早就被屎尿给淹没了。

腊东梅今儿穿的是一双软底布鞋。高跟鞋不敢穿了,走一天会把脚走断,只有软底布鞋最甜和脚。麻女人穿的是塑料拖鞋。腊东梅知道穿拖鞋舒坦,要是没买卖的时候还可以把脚抬起来揉一揉,抖一抖,松快松快。但是一看到麻女人那个样儿,腊东梅打死也不穿拖鞋了。她告诉苏龙,你换个位置想想吧,你要是一个顾客,想买馒头,进店里看到她那双大脚上穿着那么一双烂拖鞋,就那么踢踢踏踏走着,你还能吃得下她的馍馍?你就不怕她会拿手抠脚缝,抠完了不洗手直接揉面?

气得苏龙捂住嘴,说你能不能不那么恶心人?

腊东梅首先把自己拾掇得干干净净利利索索的,想起麻女人那个邋遢样子,她真是想不通那些老买主为什么喜欢去麻女人那里买馍馍,难道她的馍馍真那么好吃?遗憾的是同行是冤家,她就是想亲口尝一尝对方的手艺,也没那个机会。她总不能自己跑去买来吃吧?这也是同行之间很奇怪的一个现象,大家各做各的,各卖各的,就算有人私底下关系好,也有你来我往走动的,但是很少有人去品评对方的馍馍。有一天腊东梅来了主意,叫儿子去隔壁买一块钱的馒头来。儿子不明白,说我们家一蒸笼馒头还放着,为啥去她家买?腊东梅哄着儿子说我就是想吃个她家的馍馍嘛,你买来了我给你五毛钱买方便面吃。

儿子空着手回来了,有些委屈地抽着鼻子说,妈,方便面我也不吃了,你的事儿我办不了。人家说今儿的馍馍卖光了,要买明儿来,可我明明看到还剩下三层呢,咋能说没了?

腊东梅生了半天闷气。

后来有个亲戚来走动,腊东梅叫亲戚帮忙才从隔壁买来了馍馍。

腊东梅仔细观察一遍,又掰开尝了麻女人的馍馍,咬了几口她把馍馍丢在案板上,看着苏龙,用了泡打粉,肯定用了,不然哪会这么软、这么暄?

苏龙懒洋洋看一眼,说这有啥稀罕的?这街上谁家不放哩?不放没人买嘛。

腊东梅抬脚踢了踢脚边的一个大纸盒子,那盒子沉甸甸的,因为一直搁在低处轧面机下面,机子转动,胶皮缝隙里漏下去的粉尘落了一层,给人感觉这箱子在这里废弃闲置很久了。其实有好几次腊东梅拉开侧面,从里面挖出一勺子白粉面,借着窗口的光亮瞅瞅,闻闻,又放回去,叹一口气,该不该把它们掺进馒头里呢?她终究是下不了决心。

苏龙说得不错,不放这个东西馒头就不好看,看着不够炫白,吃着不够蓬松。

开店之前,他们就在家里说这个事情,犹豫放不放泡打粉。腊东梅说放了肯定好一点,现在的馒头都放,咱只是少放点,主要用酵子面,泡打粉只放一点点。苏龙说该放多少就放多少,你怕啥?又不是做给你吃的,人都放,你不放你就等着吃亏吧,你以为你不放大家就能买你的馒头?

婆婆在边上冷冷地听着,插嘴说你们这些人,我觉得以后要遭瘟的,明知道那是些害人的东西,还敢往里头放,这要把多少人吃坏呀?

腊东梅本来预备放,听婆婆这么一说,她心里结了个疙瘩,放不放呢?成了难题。不放生意肯定不行,生意不行那就是自己打自己的嘴巴子了,是自己一个劲儿撺掇着苏龙点头,吆喝着把家里农活儿都停了跑出去做生意的,要是挣不到钱最后还得回到老家种地,那时候她还有什么脸面去面对婆婆那张脸?可是放吧,她真觉得不太好,祖祖辈辈都是起面做馒头,只放小苏打,现在的人竟然兴起了泡打粉,这泡打粉吃多了对人的身体好不好呢？肯定是不好的，只是大家都不太在意罢了。

腊东梅反复咂摸着麻女人的馒头，然后看苏龙，说她没熏，但是泡打粉的量很大。

苏龙在案板前揉馒头，一听这话不揉了，探长脖子，声音却压低了，带着点儿诡异，那咱放呀，熏呀，这满大街就马家馒头店生意最好，他们肯定是又放又熏；再下来何家生意也好，他们的重点是打锅盔；牛家生意好，人家重点卖油香。咱要想在馒头行里拔个尖儿，肯定得拿出跟旁人不一样的来。你说就那个一脸麻子的女人都能把馒头做这么好，咱刚开门的新手，凭什么妄想打败那么多老店呢？

腊东梅冷冷地看着苏龙。

腊东梅忽然就愤怒起来，你小声点成不成？这么大嗓子好像全世界就你懂这个。

她竟然气咻咻冲着男人发火。

苏龙好像也被他自己的主意给吓着了，他缩了缩细长的脖子，嶙峋的喉结抽动几下，他有些艰难地咽下了一口口水。

他们都不说话，好像都没有多余的力气来说话，背转身在两张案板前默默地揉馒头。酵子面发得很好，里面撒了苏打粉，又是机子搅拌均匀的，揉起来手感十分好。腊东梅麻利地从轧面机里扯出一大片面，快速揉几揉，滚成大团，飞快地切小，再滚，再切，最后变成拉长的圆柱。切刀闪着光在淡黄色的面团上嚓嚓嚓飞着剁，面团呻吟着变成拳头大的小疙瘩。

腊东梅干这些的时候苏龙就在边上看着发傻，苏龙干不了这个，他至多帮忙从机舱里往出扯面，要是腊东梅不帮忙，由他一个人揉面分剂到最后揉成一笼馒头上火蒸起来，用腊东梅耍笑的话来形容，那肯定早把满大街等着吃馒头的人都饿死了。他太慢，哪像做馒头呢，简直就是小脚大姑娘在绣花，蹑手蹑脚，出不了活儿。但是叫他啥都不干在边上看着吧，腊东梅又不甘心，那么高大的一个大男人，凭什么眼睁睁看着女人一个人忙死忙活？

如果让腊东梅一个人一天做完几袋子面，累不死也累半死。所以腊东梅一开始就拉苏龙上手，就算慢点，你也得给我帮忙。苏龙很不适应，像一根光溜溜的硬棍子，直戳戳靠在案板前，不知道自己从哪里下手才合适。细溜溜的手指揉面吧，抱着一大团面在案板上滚来滚去，越滚越粗糙，就是不见他掐成个像样的剂子出来。揉馒头吧，大手按着一团面吭哧半天，手心里压着一个扁扁子，不圆不方，是个四不像。腊东梅还不敢嘲笑，万一笑羞了他给你撂挑子不干了，你能咬他一口？

腊东梅像哄娃娃一样哄着苏龙干。苏龙一开始不愿意系围裙，说自己一个大男人，系围裙像个啥？围裙只有女人才系呢。腊东梅心里说这都是你妈从小给你灌输的大男子思想，好像我们女人就应该伺候你们男人，你大男子戴着围裙帮女人上锅灶咋啦？难道把你男子汉的身份给降低了？

腊东梅不敢明着顶撞，但她也有自己的办法，她既然能把苏龙从婆家那个家教森严的家里给哄出来，她就有本事叫他服帖。腊东梅说社会不一样了嘛，你咋还是个老思想？你男人伺候我女人有啥不好？你看看中学里那些教师，一放学一对对地并着肩膀走，男人买菜，男人拿重东西，男人抱娃娃，我敢肯定，回到宿舍里也是男人炒菜做饭哩。这才像两口子嘛，说说笑笑的，热热火火的。女人也是人嘛，女人身体比男人弱，女人就要男人疼顾嘛。

苏龙瞅着腊东梅嘿嘿地笑了，挤着小眼睛说，没看出来吗，才到街上几天哩，你就学会浪漫了，满口的新词儿，酸得人牙根子疼啊——

腊东梅把一个面疙瘩朝苏龙手背上砸过去，自己也笑得弯下腰。

苏龙虽然还是不愿意系围裙，但也有了变化，开始靠近案板学习揉面。

腊东梅把面剂子一个个掐下来，告诉他一块五的是多大，一块的又是多大，五毛的是一块的一半，把一块的面疙瘩再分成三小块，蒸出的小馒头一块钱三个。

苏龙揉出一个面疙瘩交给腊东梅，腊东梅看了看，夸他手巧，这么快就学会了。嘴里夸奖，手心里却悄悄把这个四不像的馒头给揉了揉，揉成了一个半圆形。苏龙受了鼓励，憨笑着揉下一个。就这样，在腊东梅的鼓励下，苏龙学会了揉馒头，同时也学着上笼、烧火、掌握火候，到最后揭笼出馒头。苏龙慢慢也能顶事了。

但苏龙还是指不住。在腊东梅的带领下，他可以帮着干这些活儿，如果腊东梅纯粹不管，只是旁观，苏龙起面，苏龙兑碱面,苏龙揉馒头,最后蒸出来的那馒头和腊东梅手底做出的是两副嘴脸。

生意本来就不好,腊东梅不敢大意,事事都是亲自上手。

腊东梅的犹豫持续了很短的几天,这几天里天天都有剩馒头,她天天傍晚都得拆洗一遍,洗得她闻到馒头泡进水里的味道就想吐。这天她悄悄往起面里兑了泡打粉,馒头蒸出来和麻女人的一模一样,掰开一个,起面那独特的后味里,泛出一抹淡淡的味儿,不是五谷的香味,而是添加剂的化工味儿。

这回生意会好起来吧?

苏龙望着第一锅出笼的加了泡打粉的大馒头,由于兴奋,他的瘦脸红彤彤的。

腊东梅望着满蒸笼白花花的馒头,慢慢地咽下一口口水,说人真是奇怪得很啊,人的嘴不知道爱吃啥,想吃啥,稀罕个啥,我们啥都不加的馒头他们不认,现在我们跟大家一样了,我们也加了泡打粉,他们是不是也会喜欢上我们的馒头?

4

隔壁又响起了咯吱声。

腊东梅静静听着。

苏龙也听到了,忍不住翻身,一动弹身下的床板也咯吱咯吱响。腊东梅扑哧笑了,小声说,你也不老实了?

心里有火。苏龙的声音带着试探。

腊东梅不接他的茬。

苏龙再翻个身,坐起来,声音更低,哎,你乏吗?不乏的话咱也——

腊东梅打断他,少胡说,娃娃醒着哩。

苏龙伸手摸摸儿子的头,确定儿子已经睡着了,更大胆了,下地摸黑走过来,把一只手幽幽地探进来,直接从领口进,轻车熟路,一把攥住了腊东梅的乳房。

腊东梅狠狠地推,胳膊酸,推不动,只能依了他。

放心,娃娃睡得死死的。苏龙说着,整个人也往被窝里钻。

腊东梅把身畔的女儿往边上挪挪,幸亏这张床板是直接搁在砖头上的,两个人压上来只发出一声沉闷的叹息就再没有声息了。

为了防止惊醒孩子,他们还是不敢放肆,小心地动作着。

忽然腊东梅一把抱定苏龙的腰,不要他动,嘴唇在他耳边说,你听,那边。

两个人侧着耳朵听。

那边的咯吱声断了一会儿,又接上了,很紧凑地交替着。

这么个事儿,还闹出这么大响动,你说他们要不要脸?

腊东梅愤愤地说。

是两口子嘛——苏龙说着又动作几下。

腊东梅的心思不在正在进行的事情上,而是被那边的声响牵着心,又抱住苏龙不叫他动,哎,你说,他们是不是有点勤呢?距离上次床响这才几夜呀?

苏龙湿漉漉的嘴堵住腊东梅的嘴,含含糊糊说,你就爱操闲心,管他呢,早了事早睡,明早你还得早起哩。

腊东梅忽然就来了困劲,等苏龙溜下床走人,她依稀听到墙那边的咯吱声也结束了。她蜷缩着身子,睡意蒙眬中迷迷糊糊地想,可不能再这么合租下去了,要好好挣钱,攒多了第一件事就是盘一间独立的房子,摆脱墙那边的咯吱声,同时也让儿子们分开睡,免得两口子干个事儿跟做贼一样。

怀着心事入睡,竟然梦到自己和麻女人在吵嘴,腊东梅好像气糊涂了,不知道吵架的原因,反正吵得很火,人也不顾了,就在大街上对骂,骂声引得跟集的人都围过来看。腊东梅心里知道这不合适,又不是牛羊市场,有啥热闹可看的?但她就是管不住自己的嘴,她和麻女人对着骂,你一句我一句,骂过来,还回去,谁都不饶谁,直到把腊东梅自己给骂醒。

睁开眼,闹铃在耳朵边叫,眼前还黑乎乎的,哪里有啥麻女人?原来是做了个梦。

腊东梅匆匆掺了点热水洗头。多亏昨夜临睡烧的水还有,两个电壶都满着,一夜过去已经不太滚烫了,稍微掺点凉水勉强能洗浴。

怕儿子忽然惊醒睁开眼看,她洗完脸,把罐子挂上高处的一个铁钩子,然后灭了灯摸黑洗头。

水哗啦啦往地上落,有些落到了大盆里,有些落到了外面。冷气袭人,她哆哆嗦嗦打着寒战,心里忽然想,那边的麻女人,会不会也在洗头?

看她那个邋里邋遢的样子,谁知道呢!

其实现在出来了,又不是在老家,老家时候上面有老人,老人是一天五番乃麻子不撇的细数人,做小辈儿的自然不敢马虎,多累多冷,两口子好过了,苏龙可以不洗,她做儿媳的都要换个水。现在不用那么讲究了,反正这街上杂七杂八的,回族、汉族都有,大家也都不像在老家那样细数了。

穿戴整齐,要下楼了,腊东梅猛地站住,睡梦里吵架的一句话忽然在耳边响起,是麻女人在骂她,说你没屎本事,这么开下去,迟早得关门,不是做生意的料子,就趁早死心拉倒,回家种地去吧!

腊东梅被这话惊出一头汗。

好像有人拿着鞭子在她脊背上抽了几鞭子。

泡打粉也放了,但是生意没有好转,还是冷冷清清的,再不想想办法,就这么不死不活地拖下去,只怕真的要关门滚回老家种地去。

她胃不好,又起得早,感觉嘴里一股味道苦得噬心。她慢慢咽下唾沫,望着沉睡的男人和孩子们,苦笑了。这一家子啊,都指望每天的生意养活呢,再这么犹豫下去,只怕真的要关门回去种地了。

腊东梅慢慢揭开床底下的一个箱子,箱子早在开店的时候就带来了,只是里面的东西一直没有派上用场,静静地睡在床底。腊东梅打开盖子,扯开一个小塑料袋子,想了想,戴上胶皮手套,从里面抓出一小把,然后快速合上箱子,把手心里的东西抖进一个备好的小碟子。端着碟子下楼梯的时候,腊东梅觉得自己的身子好像很沉重,粗笨得不提着气走的话就会卡住。

苏龙和娃娃都在酣睡。她回头听了听,鼾声均匀,没有一点点异常。腊东梅忽然就叉开步子大步往下赶,她好像下了一个很难下定的决心。

腊东梅麻利地揉完了一袋子面的馒头,一共七层子,一层十四五个大馒头,七层子快要一百个馒头了,都是一块五一个的大馒头。只有这种大馒头效果才最明显。

火已经旺起来了,鼓风机呜呜叫着,大铁锅里水开了,开始在黑乎乎的空气里冒白气。腊东梅不放心,跑到门口瞅了瞅,四下里寂静,除了自家的鼓风机和麻女人家的鼓风机,远远看到对面几家卖馍馍的也亮起了灯,其余的人都沉浸在睡梦里。没事谁也不会起这么早,起这么早的只有卖馒头的。

腊东梅把新揉的馒头连同蒸笼放在地上,一层压着一层,合得严严实实,最上面盖了笼盖,往一个早就备好的小铁碗里夹一块烧红的炭火,然后咬着牙发傻,又有些犹豫,有些莫名的担忧。这个过程她只是在嫂子的店里看到嫂子操作过,亲手来做,她还是头一回呢!

炭火出了炉膛还红灿灿的,她不再犹豫,麻利地将一疙瘩淡白色物体放到火上,然后跪在地上双手往起抬蒸笼。坐满生馒头的蒸笼重得像死人,她咬着牙勉强抬出一道缝,赶紧把小铁碗往蒸笼下塞。铁碗里,白色硬块刚一碰上炭火,还有点傻,就像两个陌生人刚刚见面。但是它们很快就出现了反应,像儿子偷偷买的一种叫深水炸弹的东西投进了水里,水面瞬间就炸翻了。

腊东梅面前出现了一个小型爆炸的场景,爆炸声音很低,哧哧地响着,烟雾突然就冒起来,一大蓬白烟翻着跟头,好像那白块里蓄藏着无数白烟,后面源源不断地冒着。腊东梅利索地将铁碗推进深处,手一松,蒸笼沉重地落地,将大团白烟扣了起来。

腊东梅捏住鼻子,然后呆呆地站着看。她目睹过嫂子熏硫黄的场面,嫂子很熟练,自己是第一次操作,难免手忙脚乱。她抹一把脸,才发现自己被呛得泪水横淌,泪水在脸上拉下长长的两道子。

她知道烟雾会沿着蒸笼的缝隙四窜,最后把上上下下的蒸笼都窜到。

屋子里弥漫着一股呛鼻的味道,她不敢掀门帘子,赶紧出去搭火,看准右边麻女人没出来,赶紧冲进门端蒸笼。一层一层端出来架在铁锅上,等最后一层端完,笼盖也扣好了,上面苫一片布口袋,她才长舒一口气,有一种做贼成功的庆幸。

都是大馒头,需要大火猛烧五十分钟,不然熟不透。再弯腰往炉膛里丢一铲子炭块,看着白森森的蒸气已经沿着蒸笼最下面往出攒,腊东梅放心了,进屋搭门帘,用围裙扇着空气,把空气里残留的刺鼻味道往外赶。

苏龙今天起得分外早,他趔趄着步子走下楼梯,腊东梅已经在揉第二锅的小馒头了。苏龙皱着鼻子抽了抽,在空气里捕捉着什么。

腊东梅心里虚,嘴上不饶,说闻啥呢你,扎着个鼻子,跟狗一样。

苏龙打个哈欠,忽然凑过来,臭烘烘的嘴巴贴近腊东梅耳朵,你熏上啦?

腊东梅拧着脖子躲开他的嘴,抬手扇空气,又没刷牙是不是?难闻死了。

苏龙疑惑地揉揉鼻子,上去刷牙了。

五十分钟到了,腊东梅拔了鼓风机插头,呜呜呜叫的声音和哗哗飞蹿的火苗同时停止。

腊东梅站在火炉边有些迟疑,她有点怕,感觉实在没有勇气上前揭开蒸笼盖子。

会是啥样子呢?满满一笼咧着嘴欢笑开花的大白馒头,还是别的什么样子?

她只是看过嫂子熏馒头,毕竟亲手操作还是头一回啊!

再说……再说,如果熏成功了,那以后是不是就得一直熏?这些熏过的馒头会有人买吗?会不会有人看出来?会不会把人给吃出啥病呢?这可是害人的事情呀,胡大哟,我这也是开始害人了是不是?到后世里要下多灾海的是不是?

路灯挂在一根小木杆子上,上面扣着片铁皮罩子,那灯泡从罩子下探出半张脸,像一只半瞎的眼睛,有些阴沉地看着腊东梅。腊东梅觉得很孤单,想找个人说说话,但是这会儿人都在睡觉,找谁去呢?再说这种事她敢跟人说吗?就连嫂子卖馒头的那个小镇,满街的人都知道所有的馒头都是熏过的,熏馒头已经是公开的行业秘密,嫂子每次还是做得很谨慎。小心没大错,嫂子说,还是小心点稳当。

腊东梅慢慢揭开了盖子。

一股和平时不太一样的气味随着蒸气扑面上升。

腊东梅看着白气终于散尽，她看到一个个又大又散的馒头像花朵一样盛开在眼前。

腊东梅端起一层笼进屋，然后再端下一层，等把所有的笼都端光，她没有像平时一样紧跟着把新一锅馒头搁上去蒸，她慢慢扣上门，往外出馒头。

热馒头不能压着，得一层一层摆开，她趁着热乎劲儿先挪动它们，像叫醒睡熟的孩子一样，两个手同时出动，先拍孩子的脸蛋，啪啪地脆脆地响着，带着点亲昵，还有点娇惯，边拍边带着一股往起拔的劲儿，一个个热馒头就喧腾腾懒洋洋地挪动身子，终究是不想动，也是蒸笼里空间小，它们挪挪屁股，又重新懒洋洋地坐回去，四平八稳地坐着等主人再次请它们才肯挪窝儿。

腊东梅的麻利劲儿这会儿全部派上用场了，她啪啪啪飞快拍完一层，马上往案板上摆，一块五一个的大馒头真是大，捧在手里沉甸甸的，腊东梅很快摆满一案板，接着往一个大木板上摆，木板也满了，剩下的她不摆了，只是一层一层揭开了，将所有的馒头拍一遍，算是把所有的孩子都从睡梦里给叫醒了。这样趁热动一动，馒头就不会粘在笼布上，卖的时候一个个利利索索完完整整的。

这一轮活儿做完，腊东梅出汗了，她端起手边凉好的开水咕嘟咕嘟喝一气，这时候才注意到玻璃门外半空里的曙色开始下沉。

腊东梅掰开一个馒头,先不看,眼睛朝外面的麻麻曙色看了看,闭上眼养一养神,然后才慢慢地睁开来,凑近灯光看馒头。

看完一个,她有点不敢相信自己的眼神,再掰开一个,馒头的热气稍微散去,表皮冷了,掰开来,肚子里还是热腾腾的。她凑近鼻子闻闻,没什么味儿,和平时蒸的一模一样,这一颗心才不那么歉疚了,刚揭开笼时那股子有点难闻的异味好像也在心里散去了。

腊东梅大口大口吃着馒头,边吃边擦了一把眼睛,眼里有泪,湿湿的。她拨通了嫂子的电话。

嫂啊,她喊了一声。

啥事呀?人正忙着哩,你不知道呀,秋活儿开了,生意好得不得了,一天卖十三四袋子,我忙得恨不能多长三个手来挖抓呀——你究竟啥事儿?

嫂子的声音脆生生的。

人还是要有钱,从前的嫂子过得多寒酸,穿戴皱皱巴巴,整个人的精神状态也畏首畏尾的。现在可好了,嫂子翻身了,身上脚上穿的戴的就不提了,仅仅头上的纱巾就十来条,一天里要抽空儿换两回呢,化妆品用牛奶箱子装,瓶瓶罐罐扁的圆的,看得腊东梅傻眼,她哪里知道哪个是洗的哪个是拍的,哪个又是润的?人家还分个早霜晚霜。腊东梅说都是钱多害的,像我这尿样子,一瓶便宜油一年四季抹,还不是照旧过日子?

日子过得滋润了,嫂子人也变得娇贵了,从前那个干巴巴的声音,现在在电话里嫩生生的,透着一股水。

腊东梅忽然心里不是滋味,她咽一口唾沫,压低了声音,嫂呀,我试着熏了,好得很,和你的手艺一模一样。

说完这句话她就软软地把身子靠在案板边上,忽然连张口的力气都没了。

嫂子在笑,嫂子说,你呀,算是开窍了,我就说嘛,这是迟早得走的一步,你们那跟我这里一样,那些生意红火的,谁家不靠着这一手呢?就你死脑子,一直不动手,现在好了,我也放心了,你就踏实做吧,我敢保证不出半个月你的生意就回头。

腊东梅还在犹豫,似乎她沉浸在一件心事里还走不出来。

嫂子不耐烦了,哎,你咋还不高兴了好像?快不要胡思乱想了,赶紧忙去——我端笼去了!

腊东梅捏着手机出神,手机不好,通话这么点时间就发烫了,好像腊东梅的脸,也是发烫的。

她发现自己竟然有那么一点恨嫂子。

腊东梅刚把第二锅小馒头熏完抬上炉膛,今天的第一个顾客推开了玻璃门。

为了驱赶硫黄的刺鼻味儿,她已经点燃了卫生香,墙缝里别两根,板凳腿上插三根,还是觉得不能盖过那种味儿,干脆狠着心同时点了五根,捏在手心里正捉摸往哪里插合适,门开了,一个身影挤进来。

是个中学生,背后背着鼓鼓的书包。

腊东梅心虚,怕他闻到还没散尽的气味,故意抬手扇着,念叨说,这卫生香有问题啊,咋闻着这味道呢,有点难闻。

男孩抽了抽鼻子,腼腆地笑了,阿姨我感冒了,鼻子啥都闻不到。

腊东梅快速把馒头装进塑料袋,目送孩子出门离去。

所有的顾客里,这个年龄段的孩子是最好应付的,不知道他们脑子里成天都在思考些什么,拿上馍馍就走,根本不会在意你馍馍做得好不好,不像那些碎嘴的妇女那么挑三拣四反复对比。

他是第一次来腊东梅的店,不知道今天为何忽然来这里买了。腊东梅目送那单薄的影子很快隐入已经亮起来的曙色里,心里有一点点的不忍,他也就比自己的大儿子大了四五岁吧,那熏过的馒头他能吃吗?他正在长身体啊,万一对以后的健康不好呢?

一个老汉犹豫了半天推门走了进来。

屋里的刺鼻味儿早就散尽,腊东梅心里不紧张,含笑揭开白布,让老汉自己看,想要大的还是中等的还是小的,都有。

老汉算不上老主顾,是那种隔三五天才偶尔来一趟的农村老人,腊东梅想不明白他为啥能起这么早。

老汉本来懒洋洋的,目光虚飘飘随着腊东梅的手去瞅案板,这一瞅,他两眼顿时亮了,呵呵地笑,今儿馒头不错哇,全是开花的大馒头,碱也合适,你这个媳妇子啊,原来手艺也不差嘛——我要五块钱的,快给我装五块钱的。

腊东梅装了两个一块五的,再装两个一块的,正好五块钱。

老汉把馒头提到门口借着外面的天光看了再看,回过头看了眼腊东梅,笑着走了。

腊东梅眼里胀胀的，心里热热的，想哭，想笑，感觉复杂，她还是忍住了，接着揉下一锅馒头。

好与不好，这才是开头呢，能一路顺顺利利地迈步走下去，才算真正的成功。现在最要紧的还是沉住气，拿捏得稳稳的。

等苏龙梳洗完毕带着娃娃们下楼来，腊东梅已经将昨夜起的三袋子面全部蒸完，扫净案板，解下围裙，坐在地上绣一幅十字绣。

十字绣很简单，绣的是一幅钟表，只有三种颜色，黑色钟面的底盘上交叉分布着两朵红色玫瑰，两片绿叶陪衬着，就这么简单。一天时间很长，要干巴巴坐着等人来买馒头，干坐着不是办法，为了解个心慌，她买了这幅十字绣。

苏龙在地下闲闲地走一圈儿，实在没活儿可干，他知道，生意淡了就这样，不敢多做，做多了卖不出去，只能少做点，然后两个人干熬着。

一个顾客进来，腊东梅坐着没动，苏龙用夹子装馒头。揭开苫馒头的白布，苏龙傻了，这时候天色大亮，顾客也满是喜色，本来要三块钱的馒头，临时改口说要五块的。

这一天的几十个顾客基本上都这样，本来要的不多，但是看到馒头的样子，改了主意，不是多装三块就是五块，有个老板模样的男人给工地上装馒头，他显得财大气粗，站在地下抱怨说大家都爱吃马家大馒头，偏偏今早他迟了一步，马家的货订完了，只能临时随便到这里补充点。

要是过去，被人当面这么皮薄，腊东梅肯定心里会难过，今天腊东梅不难过,她咬着嘴皮稳稳地揭起笼盖子。

老板看到蒸笼里大白花朵一样的馒头,改主意了,叫给他装三十块钱的,拎起馒头走的时候说,你家馒头实诚,同样是三十块钱的量,马家馒头要比你家的轻得多。

腊东梅含笑目送他,却不多搭言。腊东梅知道马家店里有好几股预订的固定生意呢,中学食堂是一股,街面上几家羊肉馆是一股,还有好几家工地也在那长期定做。

有固定的大股顾客当然是好事,等于生意多了一重保障。

那样的好事,腊东梅目前还是不敢妄想的。

老板都已经迈下台阶了,却忽然回过头,声音从半开的玻璃门传进来,从明儿起,我要每日在你这里订五十块钱的馒头,操个心,做好点啊——

说完走了。

腊东梅在心里喊了一声妈。

五十块钱,就是半袋子面的量呢。

下午五点,腊东梅不再坐着绣十字绣,像往常一样一直坐到外面集市散尽,然后起身查看剩余的馒头,做拆洗馒头的活儿。这样一直要持续到下午六点半。

今天才五点,腊东梅三袋子面的馒头就卖光了,蒸笼们空荡荡地码在案板上。

钱匣子里躺了半匣子花红柳绿的票子。

腊东梅看着空了的案板和蒸笼,有点不敢相信这是真的。苏龙也高兴,说要不称点肉,做顿肉饭犒劳犒劳?好运气要来了,时运开始向咱们好转了。

腊东梅强压着心里的乐,她心里惴惴的,难以踏实,因为今儿好了,明儿呢,后儿呢,以后的以后呢,她盼的是能稍微长久点,要是明儿还是卖不动,那不是高兴得太早了。

肉终究没买,晚饭照旧是洋芋雀舌面,吃过后腊东梅就早早洗了蒸笼锅灶,顺便把面也起了。起多少呢?苏龙说五袋子。看今儿这样子,再有两袋子也卖完了,可惜咱没有了。腊东梅想了想,只起了四袋子,比平时多了一袋子。她想还是稳稳地一步一步来吧,万一明儿又倒回去,晚上自己还得拆洗更多的馒头,白浪费力气。

腊东梅的馒头店生意一天天好起来,用苏龙的话说,没觉意就红了。

这话腊东梅不赞同,怎么能说是没觉意呢,心差点操碎的日子过去才几天呀。但她没在这个说法上和苏龙顶嘴,忙得她连轴转,哪有时间和他争嘴。秋天果然是旺季,顾客一天比一天多,腊东梅就每天多增加一袋子面,转眼就增加到了九袋子,现在腊东梅起九袋子能卖完,十袋子也照样卖完,有一天苏龙说要不起十二袋子吧。腊东梅摇摇头:还是稳稳地来吧,万一呢?

腊东梅心里总有个万一在那里挂着,她不踏实,总觉得自己这生意挂在半空里,她睡梦里也担忧着,怕一步踩空了,就是一个大跟头。

苏龙才没有这样的担忧,他现在挣钱的劲头更旺了,每天帮着她忙到黑,她数钱的时候他也在边上,他数钱要比女人快,一沓子一沓子数完了,腊东梅用橡皮筋捆起来,塞进床板底下。

苏龙说从前钱少我没好意思多嘴,现在很多钱,咱得存银行,不然万一屋里进贼了呢,万一被娃娃发现偷几张呢,再说,不是有老鼠吗?

腊东梅心里不踏实了,这二楼也不高,窗户那么大,真要是有贼要进来,不是难事,老鼠不是半夜常出来活动吗,还有娃娃,估计碰上钱也是会拿的,娃娃瓜,哪里晓得啥轻重,她就催苏龙抓紧去办个存折。

一袋子面粉,做成馒头,刨去本钱和炭火费电费等,能净落七十块左右,一天卖十袋子,他们就挣回将近七百块。想到七百块这个数目,腊东梅心里就暖烘烘的,那口一直悬着的气终于敢徐徐地吐出来了,蜷曲的腰也能直起来舒展一下了。

腊东梅每晚把钱清点后交给苏龙存进银行,她喜欢有空的时候闭上眼想象那折子上钱数在一天天增长的样子。

十字绣是再也没时间拿起来了,早就塞进水缸背后了。

忽然有一天,苏龙说咱雇个人吧,我们两个人太苦了。腊东梅这才记起来这段日子真是忙啊,忙得她都快一个月没和苏龙在一起了。

5

日子是闷着头一口气往前奔的,艰难的时候,从来不敢抬头看日子,远处,身后,现在,都不敢看。怕这一看就后悔,就泄气,支撑着自己的那一口气要是松懈了,该拿什么来支撑自己继续往下走呢？

腊东梅有勇气抬起头打量自己在青草镇的日子,已经是馒头店开了半年之后了。冬天过去,早春过去,晚春来了,生意终于完全顺起来,好起来。

如今腊东梅每天做八九袋子面的馒头,赶天黑卖得一个不剩,也是怪了,生意好了,手气也好得出奇,就算闭着眼睛凭感觉撒碱,也总是差不了多少,就算偶尔有一回半回失手了,多了,少了,馒头模样不好,那些买主竟然不嫌弃,爱占小便宜的,求她稍微便宜点处理给自己;爱耍笑的,指着馒头说媳妇儿,今儿馒头咋不高兴？不过不要紧,谁没个手轻手重的时节,明儿操个心就是了。

腊东梅脸上的笑就从来没断过,成天笑呵呵的。

馒头店的旧匾被摘下来,本来还能凑合挂着,可是沙尘暴最厉害那次,挂着它的钢丝断了,半个身子斜斜吊在半空里,风一来匾就在一楼和二楼中间的外墙上晃。苏龙摘下来要再挂,腊东梅一看,挂的时候没在意,这拿下来看咋这么难看呢,脏兮兮破乎乎的,早就烂场了。

重做一个吧。

两个人想到一搭了。苏龙在街东的广告铺里定做了一个新的,名字还是手工馒头店,淡绿色底子上写着五个大大的黑字,老远看着很清爽。

牌匾挂上去的当天,他们店里雇来了第一个人手小梅。

小梅是山里女子,家离青草镇三十里路,来的时候坐在奔奔车上,一路颠簸出山,落了一身土。腊东梅第一眼没看上,腊东梅是利索人,爱干净,见这女子邋里邋遢的,她心里就不热,但苏龙悄悄戳一下腊东梅的腰眼,说,咱要的是打杂的,烧火扫地端蒸笼,你嫌弃她脏就不要叫她挨近面活儿嘛,再说在你手底下调教,还怕调教不出个利索人儿?现在人手不好雇。

腊东梅还犹豫呢,女子进门就拿起笤帚蹲在地上扫,地是每晚睡前才彻底清扫的,然后再拖一遍,现在不是扫地时间,但腊东梅没拦,看着小梅扫,随口问一句,为啥蹲那么低?

小梅抬起半张脸,喊了声姐,说,我妈教给我的,扫地就要蹲,不能高把子扬,扬起来都是尘土呢!

腊东梅心里一动,看来这女子有家教啊!

小梅就这么留下来了。

还真是人不可貌相,三天后腊东梅就不觉得小梅邋遢了,她勤快,嘴甜,最重要的是知道看眼色,顾客多的时候闭着嘴闷头干活儿,没人的时候陪着腊东梅说几句闲话笑一笑,啥活儿不等腊东梅动嘴,她知道抢在前头干。第三天下午腊东梅带着小梅进了斜对街的服装店,叫小梅试衣裳,小梅瘦高,穿哪件哪件合适,最后买了一件深蓝牛仔裤、一件粉红夹克衫,脚上配了双白运动鞋。再去理发店剪了头发,把那条长长的拖在脑后的辫子给剪了,剪了个现在最流行的童花头。

腊东梅带着小梅在街上走,碰上的人问这是谁家女子呀,不是你亲妹妹吧?

腊东梅笑,说就是亲妹妹,咋的,要不要说给你兄弟当媳妇?

店里添了人,自然添了一份麻烦。白天还可以,夜里睡觉是个大问题。苏龙挪下去,每晚睡前把一块案板搬下来放在一张矮桌子上,就算是床了,小梅跟腊东梅挤一床。

有一夜墙那边又开始咯吱。

腊东梅无意中醒来听到,听了会儿,装作没听到,继续睡。迷迷糊糊中感觉左边在动,一个身躯在悄悄颤抖,抖得厉害,床慢慢地发抖,枕头里的荞麦皮也在簌簌作响,她意识到是小梅,这姑娘好半天原来一直醒着。那刚才感到她呼吸平稳均匀,难道是在装?

咯吱声断了又续上,断断续续前前后后坚持了有大半个小时,等得腊东梅犯困好几次。终于听到那边彻底消停了,腊东梅忽然坐起来打开了灯。灯泡的光扑下来,腊东梅看到小梅大睁着眼,正一脸惊恐地看着腊东梅。

腊东梅重新灭灯睡觉,从此心里对小梅有了疙疙瘩瘩的感觉,看她没有刚来时候顺眼了。悄悄给苏龙说,这女子虽然是山里出来的,但是不老实,你看才来多长时间呀,就知道打扮自己了,成天拍拍打打洗洗刷刷的,只怕不是个平处儿卧的货(善茬)。

苏龙骂腊东梅事情多,没事找事,寻窟窿儿下蛆哩。

三个月后小梅跑了。

家里人找来,是一对脸蛋红突突的夫妇,一看就是在山里常年坐着,很少出来的那种老实人。

腊东梅怕对方找自己要女儿,一见面就开始数落小梅,从吃穿用度到行事做人，虽然她的话说得巧妙，听上去顺耳，其实聪明人谁听不出她句句带着刀子。她就用这把刀子将这夫妇俩一直逼到了墙旮旯里。

一对老实人被腊东梅的话封了嘴，叹息着说自己女儿不争气，这么好的老板，不跟着干，好好的跑啥呀——背着女儿丢下的一包旧衣裳回去了。

他们走后腊东梅心里又歉疚，给苏龙说虽然小梅跑了是她的错，但毕竟人是从我们这里跑了的，是我们没看好人，她父母没向我们要人，我们要念知感，以后寻个机会给那女人买件衣裳吧，好让我这心里的难过减轻一点。

小梅刚走，秀娟就来了。秀娟不是他们雇来的，她是苏龙姐姐的女儿。姐姐得知店里缺了人手，不等腊东梅开口就把人领来了，领进门说家里山地都退耕了，川里的水浇地也就那么几亩，闲着白闲着，不如在这里给舅母帮帮忙，娃娃也学个本事。

腊东梅没法推托，只能把人留下再说，苏龙提前悄悄警告腊东梅，秀娟可是自家人，不能叫她受委屈。

腊东梅抹着眼睛，说，你说话讲点良心啊，我哪里就厉害了，小梅我待她不好吗？最后她跑了，也是对面手机店的小伙子勾引，又不是我赶她她才跑的。

秀娟胖墩墩的，说话走路都慢，做活儿也慢，腊东梅冷眼偷着留意，感觉这女子啥都好，就是饭量大，她来之前腊东梅有时候一偷懒晚饭就不做了，儿子去凉皮店随便提几份凉皮，就着馒头吃吃也是一顿。秀娟顿顿得吃饭，凉皮的话，一份是不够的，大碗的得两份。腊东梅就多心，想一个人吃两个人的量，这么下去还不把我吃穷了。

苏龙悄悄说腊东梅心眼小，计较这小事情做啥？真是女人。

腊东梅说，女人咋啦，你姐也是女人，人是她送来的，也不问问我看得上吗就送来了。

腊东梅啥都好就是嘴不好，高兴的时候把公公婆婆喊大和妈，苏龙的姐姐哥哥喊姐姐哥哥，不高兴的时候当着苏龙的面说你大你妈，你姐你哥。她不管苏龙高兴不高兴，反正你又没有把我的父母喊爸妈，凭什么我得跟着你吃亏？

有一天腊东梅发现钱匣子里的钱似乎数目不对，她没有张扬，第二天开始留了心。

一周时间过去，这天晚上临睡清点账目的时候，大家都在，一家人还有秀娟围在一张床上，苏龙玩手机，孩子们看电视。现在大家对每日挣多少钱已经没有最初那么感兴趣了，生意好，收入可观，生活也改善了，屋角蹲了个双开门的冰箱，里面冻着牛肉，隔三岔五做一顿肉饭，要么买只鸡炖上吃。

腊东梅最后把钱捆起来，推给苏龙，跳下地关了电视。娃娃们看得正有味，一个个跳着脚抗议。腊东梅抬手就给大儿子一个耳巴子，二儿子眼尖，要跑，被她撵着在屁股上踢了两脚，她没打小女儿。

腊东梅说老实交代，你们偷的钱都藏哪了？不要以为我不知道，谁都不是瓜子。

儿子本来哭得挨刀子一样，因为他们觉得平白无故挨打很冤枉,腊东梅这么一说,他们不哭了,他们心虚。

腊东梅说老大天天偷,一天三块,今儿干大了,摸了五块;老二胆小,心轻,一天一块,今儿还是一块。你们偷出去都买了啥,无非是方便面麻辣条水枪气球悠悠球儿,我也就不细细追究了,我只问你们一句,今儿我的匣子里丢的不光是五块加一块,还有五十哩,也叫人拿了。

这话一出口,两个儿子跳着脚不依了,老大哭了,老二一看情况不好,也赶紧抹眼泪,两个人咬紧牙根,瞪着眼睛就是不承认自己拿了五十块。

我赌咒,我要是拿了,我这就死在你面前——

我也赌咒,我要是拿了五十块,我眼睛瞎了,沟子烂了,出门叫车碰死——

气得腊东梅给哥俩一人一巴掌——你们都是我肚子里爬出来的,我养你们容易吗?谁叫你们随便把命赌上的——

腊东梅说着,竟然哭了。

苏龙在用手机看 CBA,这时扭过头来,说,你行啦,这打鸡骂狗的叫作啥哩?不就是五十块钱吗,我拿了,我出去吃了碗烩肉。

腊东梅的目光从来都没有看秀娟半眼,这时候她才叹一口气,正式看着秀娟——秀娟啊,你看了不要笑话,舅母挣几个钱不容易,一天挣几百几十几块几毛,我心里都有数儿哩,我还不是为了这一家人的穷日子嘛——

秀娟呆呆站着,不知道该说什么,就什么都没说。

背过秀娟,腊东梅和苏龙吵了几句,腊东梅说钱是秀娟拿的,秀娟不能留了,手不干净。

苏龙说抓贼抓赃,你不要空口乱说。

腊东梅没吭声。

一周后腊东梅把秀娟堵在偷钱的现场。

秀娟本来在扫地,腊东梅出去端笼了,脚步噔噔噔响着走远。

秀娟扫到案板跟前,动作慢下来,胖胖的身子靠住案板,好像在休息,一只手伸进后面去了。

她第一次抽出来十块钱,一看太少,放回去又夹,等两个胖胖的指头夹着一张五十的绿票子刚从匣子的小口里抽出来,门口一暗,回过头的时候,腊东梅已经靠在门口,目光盯着她的手看。

秀娟像抓着一块炭火,手一软,钱滑落下来,轻飘飘落在地上。

这时候苏龙恰好从楼梯上下来。

抓贼抓赃,这一回堵到了现场。

晚上秀娟没吃饭,但是她主动洗了锅灶,解围裙的时候,说,舅母舅舅,我不想在这里干了,我已经把蒸馒头的本事都学会了。

秀娟由苏龙亲自送回姐姐家去了。

人走了,腊东梅却忽然心里空落落的,时不时瞅着那钱匣子走神,放碱的时候手感没了,前面三袋子缺了碱,闻着一股酸味,后面的又重了,揭开笼盖,一个个大馒头咧着黄灿灿的大嘴傻笑。

秀娟这女子,就这么走了。

不过,走了也好啊,家贼难防,免得我成天盯着她了——腊东梅舒一口气。

看来以后这雇人的事是不能再有了,招一个人进门,不是简单的事情,以后不是知根知底的,万万不敢招惹。不,就算是知根知底的也不雇了,自己一个人扛吧,还年轻,多吃点苦不算啥。

这时候一个小个子媳妇急火火出现在门口,怀里抱着一个娃,说,嫂子,我叫祖儿,你见我家瓜了吗?

6

苏龙说妈又病了,睡倒起不来,饭也吃不到嘴里,咋办哩?

腊东梅默默听着,没吭声。脑子里却放电影一样回放着离开时候的那一幕。

那时候,腊东梅感觉自己和婆婆彻底结下了仇。

要说在以前婆婆不喜欢腊东梅,那只是婆婆的事,腊东梅还是尽心尽力地做儿媳妇,该做饭还是做,该烧水还是烧,每顿饭熟了都是双手圆碗端到老人面前。腊东梅总觉得老人不喜欢小辈儿,那是老人的事情,当小辈儿的该尽孝还是得尽孝。

但是离家的那一刻,腊东梅心里忽然恨起婆婆来了。

当时腊东梅在偏房里收拾细软,刚开始她尽量收敛着手脚,轻轻地翻箱倒柜,被子毛毯衣服鞋袜帽子润脸油,苏龙的、她的、娃娃的,这一倒腾,竟然很多。这些年日子越过越紧困,想不到这旧的破的褪色的衣物会这么多。都啥时节攒下的呀,她抓起一件件地看,再换一件瞅,该拿哪些又不拿哪些呢?真是难以决断。不带吧,这一出去日子肯定艰难,都带上吧,好像太多了,包包蛋蛋的,车里塞得下吗?正烦恼呢,听到了娃娃的哭声,是女儿在哭,哭声越来越近,她肯定是边哭边来找妈妈告状来了。是老大还是老二惹的?她忽然有些恼,两个当哥哥的,皮小子,都那么大了,就是不知道疼护妹妹。

忽然,一个声音透过窗玻璃钻了进来,在耳朵碗儿里打了个旋儿,她头轰一声就蒙了。是婆婆,婆婆在骂人,是指鸡骂狗,在借机给她捎话呢。

快走,快走,都快走!早走我眼前头早清净,这一天天鸡飞狗跳的,哪像过日子的样儿?

声音缓了一下,似乎婆婆被一口风封了口。腊东梅顺势一屁股坐在一堆衣裳上,这是婆婆一贯的骂人风格,她肯定咽了一口唾沫,调整下气息,然后再缓缓地拉开后面的长篇大论。婆婆的舌头有多毒,这些年在她手底下当儿媳妇,腊东梅早就领教了无数次。果不其然,婆婆的声音陡然扯长了,说寡妇站在门背后,有走心没站心吗,要走的留不住吗,那就走吧,把能带的都带上!能出气的,五个人,你们全走;不出气的,吃的用的花的戴的,你们都带上。去了我不想,你们愿意想我呢,就回来看看,不想回来就算了,我们两个老物儿老死在这院子里,是我们活该,我们没下场嘛,老了嘛……

婆婆自己把自己给说伤心了,哽咽起来了,听口气是在落泪。

腊东梅不由得挺直了脖子,她竖着双耳听完了婆婆的牢骚,一字不落,全收进了耳朵。她能想象婆婆此刻的表情,想着想着,她也禁不住伤心了,伤心什么呢?很多,杂乱,扑哗哗,气腾腾,像一把揭开了一锅热馒头,扑面而来,难以说清。心里头慢慢有了气,气头上冒着火,这火本来被极力压着,藏着,她也早想好了,就这么压着藏着,好好地离开。

谁能想到最后时刻了,婆婆还是把脸揭起来,狠狠地扇了一巴掌。这一巴掌,不轻不重,打在她脸上。她呆呆地听着,其实她多么希望能在这最后时刻,婆婆给自己一点笑脸。

咣当!刚打开柜门,一个包袱从最顶层掉了下来,她打开看,是一双硬邦邦的鞋。鞋一直塞在最深处,受了潮,黑绒布面上生出一层绿色白毛。看到鞋,她感觉有一勺子热油,哗啦泼在了已经燃烧起来的火头上。刹那间,她的眼里腾起一团雾,有些模糊,一股酸涩感哽在喉头。这是双新鞋,是准备收藏一辈子的一双鞋。她把鞋包好,重新放回去,忽然下了决心,动作重起来,乒乒乓乓地打包,衣服塞了两袋子,大大小小新的旧的鞋子一袋子,拿了几个碗,一把筷子,勺子铲子也拿了,最后把一个案板一口锅也搬下来,动静不再收敛,有意让声响大一些,重一些,婆婆听到就听到吧,不高兴就不高兴吧。

跟着苏龙走进青草镇街头那排门面房的时候,腊东梅看到了一大群狗,狗像小学生一样排着队热烈欢迎了他们两口子的到来。

那个午后腊东梅的心情和街头的环境一样乱,所以根本没心情理会这些绕在身前脚后毛蛋一样乱滚的小家伙。苏龙比她更不耐烦,扯着他特有的洪亮嗓子呵斥这些热情过度的原居民。但狗毕竟是狗,虽然有时候很聪明,但是更多的时候它们是糊涂而率性的。它们挨了呵斥不生气,你追我赶,跑前跑后,好像腊东梅就是它们的一个亲人,它们在欢迎她进驻手工馒头店。

苏龙把说过的话,又重复了一遍——妈又病倒了,屎尿有老汉伺候,只是这早晚一碗饭嘛,吃不到口里——

腊东梅本来在掐馒头剂子,忽然不掐了,捞起切刀切,老切刀剁在柳木案板上,发出笨重沉闷的声响,"咣——咣——咣咣咣——",除了熟稔的麻利,谁都听得出,腊东梅是带着气的。

偏偏祖儿好像听不懂,她还是不紧不慢地揉着馒头,慢悠悠笑着,说,姐啊,前头那一笼是大馒头还是碎花卷,我咋刚做完就忘了?

腊东梅知道她是故意打岔,替他们两口子分神呢,扑哧笑了,直起腰,右手揉着腰眼,说,哎呀,祖儿你不知道,有些事情我不想说,说起来一山两洼都晒不下,尽是眼泪了,我还不如不说了——

祖儿慢慢笑着,说,姐你有我难肠(难处)吗?你和我比比,你活得多好,我才是眼泪里泡着的人嘛——

腊东梅不说了,揉着腰笑了,说我们女人就是他娘的一个球命——苦得没法说了——不过不管咋样,老家我是不回去的,他们老两口又不是只有我们一个儿子,凭啥眼巴巴就等着我们回去伺候哩——不是还有老大老二吗?不是还有大姐吗?——

后面的话是说给苏龙的。

苏龙嘿嘿地笑,这两年起早贪黑下苦,他没瘦,倒是胖了,微微发福的肚子微微地腆着,有人喊他老板,他也不像最初那么不好意思,而是笑着,大大方方受了。

苏龙自嘲地笑,说谁叫我们是老小嘛,小儿养老,我们说不过他们啊——

自从馒头店开始赚钱,随着日子好起来,苏龙对腊东梅的态度有了转变,这转变也许是一天天发生的,也许是最近才开始,腊东梅和苏龙都没有察觉,好像这本来是生活里应该有的常态,所以他们身在其中并不知道。

祖儿却悄悄看着,抿着嘴笑。

腊东梅就望着祖儿,也跟着笑。

苏龙见腊东梅态度好了,跟着把后面的话也说出来,说,我们是小儿子多占了一分便宜哩你忘了,当时往出另家的时节,老大老二都是按人头分的家产和土地。我们呢?我们占了我们自己的一份,还有老人一份也归了我们,架子车奔奔车铡草机,啥大件儿都留给我们了,我们——

腊东梅忽然咣一声,一切刀剁空了,没剁到面上,剁到了一个闲置的碟子上,碟子是搪瓷的,发出清脆的鸣叫,一路号叫着滚到案板下去了。

腊东梅说这碟子也是你娘老子留给我们的家产,一把子烂筷子几摞子烂碗旧碟子,还算是家业吗?——你也好意思在这里说,为了这点不值钱的家业,我多受了多少气——有时节我真希望跟的男人不是老小,老小有啥好,老人的光沾不上多少,养老送终的事儿都推给老小了——

腊东梅有个优点,嘴里叭叭叭说着,肚子里胀着满满一肚子气,手里的活儿却不停,还更快了,就见那圆溜溜的大馒头一个接一个飞着从她手心里往出蹿。看得祖儿眼睛都直了。祖儿轻轻一笑,说,姐呀,你看你就是刀子嘴,嘴上不饶人,其实心肠还是善得很——最后老人要是真瘫在炕上了,回去汤汤水水伺候的还不是你——

腊东梅抬手在祖儿肩膀上狠狠按了一下,忽然那手腕子就酸得很,眼眶也酸了,看一眼苏龙,摇着头说,有时节啊,一个枕头上睡觉的人,还不如一个旁人贴心,我这心里啥时节恨过人啊,都是人在恨我——

说着哽咽了。

苏龙冲着祖儿龇牙,偷偷地笑,祖儿望着苏龙一个大男人不敢大声和媳妇折辩的样子,看呆了,好一会儿才回过头来,抿着嘴一直笑。

祖儿爱笑,人也勤义,最重要的是处境可怜,所以辞退梅子后,祖儿找上门要来这里干,腊东梅反复思考,不想再招人手,偏偏祖儿一进门就站到案板前搭手揉馒头,一边揉一边跟腊东梅说心里话,说的都是自己的难肠。

腊东梅还真是被这女人看透了,听到祖儿比自己还不容易,不再为难她,爽快地谈定一个月一千二,管饭。祖儿有个好处是她自己有地方住,她就是这街面上的人,家在中学背后,白天干活,晚上可以回去睡觉,这也是叫腊东梅愿意雇用她的一个地方。不然一个年纪轻轻的媳妇子,她雇进门来在哪睡觉就是个大难题。

谁的妈谁疼,自从婆婆身体不好,苏龙隔三岔五就回去一趟,带一包馒头,买点牛肉蔬菜水果,回去要么陪一夜,要么看看就回来了。一来老人真需要人尽孝道,二来店里有了祖儿,腊东梅也不跟苏龙计较,苏龙慢慢地就不到案板跟前沾面活儿了。他要么帮着端个蒸笼,要么烧烧火,样子慢慢地像个男人了。

有个晚上腊东梅数完钱,八百五,她留下五十,准备攒多了买点啥去看看娘家妈,人都是父母生养的,苏龙隔三岔五看他妈,腊东梅自然也想起自己的父母来了。八百交给苏龙,要他明儿去存。腊东梅顺便问了一句,我们现在多少钱了?

其实腊东梅不问心里也知道,前天刚问过,十六万四千八,两口子合计过,生意要是一直这么好,再有半年,就能凑成整二十万。二十万,想想这个巨大的数字腊东梅心头就一阵紧张,一阵滚烫,甚至有微微的眩晕,当初来的时候可是提着肚子,夹着沟子,两手空空的啊——哪敢梦想能挣这么多?

两口子已经不满足于就这样一直开个小店了,苏龙说换个店,大点的,装修换一下,搞气派一点。腊东梅不同意,腊东梅心里有个想法,卖馒头太辛苦,有朝一日真有能力折腾的话,还是换个别的啥吧,钱是挣不完的,可是自己一年一年在上岁数,以后这肩膀、腰腿,肯定都会积下病的——不过一切都还为时过早,只是像影子一样,虚虚地在心头那么一晃吧,目前还是全心全意卖馒头要紧。

腊东梅不识字,但是对数字还是明白一些的,尤其对钱数,像所有这个时代的人一样,保持着该有的敏感。

苏龙想了想,说今晚的存进去,就是十六万……四千九——对,十六万四千九。

腊东梅忽地从枕头上爬起来,你说啥?今晚的存进去一共十六万四千九?这数字好像不对劲啊——前儿就是四千八了,加上昨儿的七百,今儿的八百——

数字太大,她有点迷糊,就掰着指头算,四千八加上七百,再加八百,四千八,四千九,五千……那不是六千三吗?对,六千三,那你咋说四千九?那一千多哪去了?

苏龙怕冷似的缩了缩脖子,笑了,撒娇一般伸手来揽腊东梅。

他扑了个空,腊东梅躲开了,腊东梅说,你不要跟我耍这一套,说实话,你是不是背过我偷钱了?

苏龙憨憨一笑,你胡说啥哩,我好好地偷钱干啥?我们两口子过日子,你的钱还不是我的钱?都存进一个卡里了,就是我们一家人的资产,我好好的偷钱干啥?我那不是贼了吗?你把人当外人了对不对?

苏龙有些委屈。

他这一委屈,腊东梅忍不住心软了,她瞅着这个个头比自己高出一半的苏龙，心里觉得嫁给这样的男人也算是幸福了，尽管有时候自己气不顺了，也会嚷嚷着抱怨几句，怨自己命不好嫁给这样的男人，但是话说回来，还要嫁怎样的男人呢？细细想，这个男人还是不错的，没有啥大本事，但是也没有啥大毛病，尤其自从离开老家之后，没有婆婆挑拨，他变了好多，她做啥饭他吃啥饭，她有时候撒懒不想做了，他去买点现成的凑合一顿也成，要是在老家，他一顿都不会凑合。

要说苏龙有啥毛病，就是太懒了，一双臭脚只要脱了鞋，臭味满屋都是，熏得人捏着鼻子替他掺洗脚水——腊东梅就一面恨恨地骂着，一面笃定地指着他鼻子，你呀，也就是我倒霉跟了你，换了我看哪个女人愿意伺候你这懒货——

腊东梅疑惑地望着钱匣子，难道是自己记错了，冤枉苏龙了？

不对呀，一次两次错了，不可能三次都错。硬生生少了一千多，这咋可能呢？还是在自己亲自清点之后交给他的。难道自己这脑子真出错了？

她苦恼地拍拍头，偏头疼风一吹就疼，今儿没风呀，再说自从祖儿来了，那烧火端笼的活儿都有祖儿跑腿呢，风吹不到她了，咋又疼呢？腊东梅翻出一包安乃近吃下一片，说还是老式的药实在呀，这么一大板子安乃近才多少钱，吃一个就顶事，可比你那些感冒通啊啥的便宜还有效。

苏龙说你现在是老板娘吗，风吹不着日头晒不着，你还头疼个啥？

老板娘,这称呼腊东梅爱听,听着心里受用,她喜滋滋蹬一脚苏龙,舌头龇着牙花子,说,咋,我是老板娘,你就是老板,你现在可牛得很啊,苏老板哎,我是老板娘,那我就是老板的娘了——这啥人想出来的呀,这不是骂人呢吗?说着嘎嘎地笑,笑得头上的帽子都滑落了。笑得整个人软下去,好像没有骨头,只剩下一身软软的肉,软绵绵往苏龙怀里滑去。苏龙没有笑,好像在想什么重要的事情,反应也有些迟钝,眼看腊东梅都要栽地下去了,他才懒洋洋接住,两个手托着,靠到枕头上,他闪开了,关了电视上床睡了。

腊东梅心里的一捧火燃起来了,苏龙不帮忙是不能自己灭下去的,她有些吃惊地瞅着苏龙顶起来的那个包——苏龙这是老毛病了,睡觉喜欢用被子包头,好像总是担心有人会在睡梦里来割他的头。

腊东梅瞅瞅孩子们,早睡了,一个个发出了均匀的鼾声。

再听听墙那边,估计也睡了,能听到那个男人的鼾声幽幽地回旋。

腊东梅说,哎死人,啥意思,不给的时节你总是缠着,现在想给,你倒是啥意思?

苏龙翻个身,被子里发出闷闷的回答:乏得很,想早点睡。

腊东梅不睡,干脆爬起来,说,啥意思,还要人家倒央你吗?

苏龙又翻身向里,说,真乏了,明晚吧!

一股子困劲犯上来,腊东梅头挨上枕头也睡了。

祖儿这个人好是好,就是时间上不能保证,她隔三岔五地有事不能来,临时打个电话,说家里又闹仗了,不是两口子打架,就是公公婆婆又作难她,要么就是娃娃头疼脑热,腊东梅还能说啥,人家早就把话说在前头了——姐,我命不好,烂事情多,你给我按天数开工资吧,做一天算一天,不来的时节你少做点,少卖点,钱嘛,挣多少是个够呢——

本来腊东梅心里对她有点疙瘩,心里说你想来就来想不来就不来,当我这里是自由市场啊,耽搁我生意哩——可是听了后半段话,她还能说啥,啥都说不出口了,倒是心里暖暖的,甚至有一点感念,想不到对自己最贴心的还是这个不相干的外人,出来干了这几年,婆婆就从来没有说过半句这样的话,每次见了,倒是话里话外地讽刺她现在膀子硬了,能起来了。

祖儿的时间不能保证,倒是把苏龙养出了一个坏毛病,就是再也不愿到案板跟前沾面活儿了,借着送馍馍,买菜,买面,拉水等借口,一跑出去就是小半天,有时节干脆一夜都不回来。腊东梅想闹,也试着闹了,苏龙瞪着眼,说,钱你挣,你管,你是掌柜的,你还要我咋的?我是大男人嘛,你能拴在裤带上?

腊东梅想想也是,苏龙再出去,她过问得少了,反正这财政大权她牢牢握在手心里呢。

7

这天腊东梅和麻女人狠狠吵了一架。吵得这条街上的人都知道了。好事不出门,坏事长了翅膀飞呢,捂是捂不住的,又是在这人来人往的大街上。

刚开始腊东梅没想着公开和她撕破脸闹一场。但她躲着,麻女人不想躲,她捂着,麻女人不想捂。事情发生后腊东梅想通了,闹了就闹了吧,出丑就出丑吧,反正这冤仇结下不是一天两天了,是该揭开来挤挤脓包,透透气的时候了,再捂下去只怕她们两个人都要憋出病来了。

事端是麻女人挑的头儿。

如果不是对方挑头,腊东梅也不会黑了脸闹这一出。

冬天天气冷,两家门口的鼓风机都在呜呜呜叫,两股白气像蘑菇一样生生地在那里翻着跟头冒。

腊东梅端着一层新馒头往笼上放,麻女人正踮着脚尖往下取蒸笼,一个买馒头的女人从腊东梅身边擦过,看样子,想问什么,却又是一副不想开尊口的样子。腊东梅扭过头没理睬,现在生意好了,她用不着见谁都赔着笑脸去巴结,为了三五块钱,她觉得笑得她累。

女人皮鞋咯噔咯噔响着到对方那团白气里去了。

哟,刚出锅啊,闻着都香,快给我装上,这三层子都要,再要五十块钱的花卷,家里过事用哩。

腊东梅心里遗憾了一下,原来是个大买主啊,早知道这样刚才路过的时候自己该稍微挽留一下。

既然人家已经走了,腊东梅也就不再遗憾,埋头忙自己的。

很快那顾客拎着满满一大袋子馒头出来,是个罗圈腿的女人,叉着腿越过地上的电线,又从腊东梅家门口经过,弯弯的腿不太利索,高跟鞋撑着电线绳子走,绳子像一串烂肠子丢在地上,女人看看都走过去了,偏偏麻女人跟在身后相送,一直送过界到腊东梅这边来了,她还一副依依不舍的样子跟着。

腊东梅冷眼看着,她知道麻女人这是有意气自己呢。

忽然麻女人踩到了那串烂绳子,脚下一个趔趄,差点一跟头栽倒在地。

人是没跌倒,撞飞了前面罗圈腿手里的袋子,一个塑料袋破了,大白馒头满地滚。

腊东梅赶紧帮她捡,同时招呼站在门口的大儿子也来帮忙。儿子不情愿,嘟着嘴说又不是买我们家馒头,多管闲事!

腊东梅瞪儿子一眼,现在的娃呀,这么小就鬼得很,干啥都想着计较——她没时间说儿子,捡起一个个大馒头,这一片满地都是鼓风机吹出的炉灰,馒头一落地就沾满了灰。腊东梅有些惋惜,这么白的馍馍真是糟蹋了——麻女人劈头就是一句话,把你大的球头子不拾掇好,放在地上挡人哩——

这是在骂腊东梅了。

腊东梅觉得头扑通一声就大了,有背篓大,来青草镇这么久,有时候她也会跟顾客起纠纷,有人第二天赶来算后账说馍馍没蒸熟,有人嫌弃馒头小,也有老太太回到家又来退馍馍说买多了,腊东梅都是笑着骂着哄着,最后都给化解了,像今天这样被人逼着骂得这么难听,还真是头一回。

腊东梅觉得一股血直往嗓子眼里泛呢,但是忍住了,心里说叫她骂吧,又不能把我哪里一块子肉骂下来,我就当被疯狗咬了一口。

腊东梅以为事情就这么罢休了,但是麻女人不罢休,从罗圈腿手里夺过破了的袋子,哗啦全部倒到腊东梅面前,那些刚刚捡起来的馒头又滚了满地。

你得赔——麻女人看着腊东梅。

罗圈腿好像在给麻女人壮胆,跟着说你得赔,你家绳子绊倒的。

腊东梅把手往裤兜里一塞,咳嗽一声,说,那才是你先人的球头子,你们自己跌得狗吃屎,我好心帮忙拾馒头,我还好心成驴肝肺了?再说是我请你们从这里走路的吗?

手一抬,指着麻女人的门前——你家门前不也堆着一堆烂肠子吗,谁家都是这样,电绳子都在地上走,难道你叫我在半空里走?

麻女人气得浑身乱颤,她没想到腊东梅荏口这么硬,一张嘴就把人戗个半死。

两个女人就这么直眉瞪眼地僵持上了。

罗圈腿一看这阵势有些怕,快快地捡了一包脏馒头说我不要你们赔了,我拿回家喂狗就是,一溜烟走了。

腊东梅站在锅炉前想,这时候有个人过来给拉一把架多好,她们就不用这么绷着了。偏偏没一个人来拉架,这集市上不像乡里,乡里谁跟谁吵个架大家争着劝,这大街上你就是跟人动刀子也不一定有人管。

麻女人跟一只斗上瘾的公鸡一样,一边骂一边往腊东梅跟前冲,竟然是要来和她撕打的架势。

腊东梅哪能跟人在大街上动手哩,再说她不一定是麻女人的对手,对方身材高大肥胖,手里还拎着一把火钳子。

腊东梅偷偷看,地上除了一盆子拌湿的炭沫子,火钳子火铲子竟然都不见,往远处看,都在儿子手里提着,这小家伙刚才添了火忘了放下呀,现在麻女人要是往她头上招呼一下,她拿什么挡架?

儿子傻傻看着这里,他已经被吓呆了。

腊东梅不敢大声对骂,就低压声音和她辩解,同时盼着苏龙能马上回来。

偏偏他不知道去哪里了,肯定是被麻将摊子吸引了。

麻女人这张嘴真是厉害,还不害臊,脏话一张嘴就来,腊东梅觉得就像有一个粪铲子在对着自己抡,一铲子一堆粪,一铲子一堆粪,劈头盖脸都是。

腊东梅觉得自己简直已经满身都是屎尿了,快要被淹死了。

幸好大家都不是很熟,麻女人能知道的无非是两家隔着一堵墙做生意以来的鸡零狗碎,要不然谁知道她会翻出腊东梅的多少短处来。

麻女人问候腊东梅的父母、爷爷奶奶、祖爷爷祖奶奶,再往上,连坟坑里的祖宗八辈都问候了。

腊东梅不甘心,又觉得这样骂人不好,白花花的日头在头顶上照着呢,脏话骂出口,就是罪孽呢。她只能反复跟着对方的话把儿走,说你骂我啥,我也骂你啥,我先人祖辈不得安康,你的也一样——

左右邻居都出来了,跟集的路过的人也被吸引了,人越来越多,围了半圈子瞅热闹。

腊东梅觉得自己嘴脸胀得有脸盆大,不敢抬头看,只敢往地上看,水泥地上除了撒着一片片炉灰,没有一个坑,要是有个大坑,腊东梅真会一头扎进去把自己藏起来。

妈——妈——电话响了——你的电话——儿子的声音穿透众人,有些微弱地在远处响。

腊东梅就像快要被大水淹死的人忽然抓住了一根稻草。

她循着声音就走,小跑着冲进玻璃门。

她这一走,就等于是她输理了,麻女人响响地跺着脚,不知道在跟大家说着什么。

她听到了硫黄,熏馒头——这词儿敏感,直往她脑缝里钻,麻女人是在揭露她吗?啥都可忍,这个不能忍,腊东梅一把捞起最粗最长的那根擀面杖,这生意不做了,跟她拼了——儿子在身后紧紧抱住了腊东梅。

妈——你不要跟那个泼妇计较——

儿子在哭。

腊东梅心里忽然就清醒了,轻轻撒了手,回头摸儿子的脸,她惊讶地发现儿子的下巴再也不像小时候那样嫩嫩的绵绵的,不知道什么时候他变得尖嘴猴腮的,下巴就像被一双看不见的手捏得变了形,这么近距离看着,她觉得他已经是一个长大的男人了。

麻女人终于也回去了。

要说腊东梅心里完全不在意不胀气,那是假的,她还是很气的,满肚子的气撑着,没心思做馒头,看着之前搅好的一袋子面在和面机的仓子里醒着,都醒过头了,变得软乎乎的。

有人来买馒头,馒头没了。

腊东梅鼓起一股劲,往仓子里倒进去半袋子干面,再狠狠撒几把小苏打,搅动一阵,也没心思看碱,就那么扒出来丢在案板上,懒洋洋揉了一笼大馒头。没有熏,等要上笼了,才记起外面的火这半天没管,硬着头皮出去看,火剩下一团灰烬,她插上鼓风机吹。干活儿的同时偷偷扫一眼那边,那边的鼓风机一直呜呜叫着,一副岁月依旧的好景象,腊东梅在心里狠狠吐了一口痰。

夕阳落尽的时候,腊东梅蹲在地上拆洗馒头,满满的四层子大馒头,都得拆洗。没熏,馒头光溜溜的,掰开看,碱不大不小,其实很合适。但是买馒头的一看就皱起了眉头,咦,咋拉着脸不笑哩?——平和的女人跟腊东梅开玩笑——那些不爱说笑的,一看馒头不像平时的样子,就摇着头走了,就算是拿,该拿五元的也减到了一元两元。

你这娃娃昨儿的馒头那么好,今儿咋是这嘴脸?一个老汉不笑,板着脸问。

腊东梅苦笑,她能告诉对方,我没有用硫黄熏吗?她什么都没说。

六点钟,腊东梅决定拆洗。一个不留,全部拆洗。

天擦黑苏龙才进门,高大的身子门扇一样摇摆着晃进门,笑嘻嘻的,蹲下来往腊东梅脸上瞅——咋啦？吵嘴啦？咋搞的你两个？吃饱了胀的吗？

腊东梅懒洋洋地说你能想办法把那电绳子给咱挂起来吗,拖在地上叫人担心哩。

苏龙一脸无所谓,说怕啥,打死你我赔命。

第二天腊东梅蒸馒头的间隙,找了几个干净塑料袋把电绳子疙疙瘩瘩不结实的地方给缠了缠。

缠完抬头望天,天灰沉沉的,一副不开心的女人脸。

腊东梅叹了一口气。

晚上开始下雨了,这地方就这样,夏季比较干旱,到了秋后总是有一段时间的阴雨天,一旦下起来就缠缠绵绵的。腊东梅往房里端最后一层笼的时候抬头望了一眼高处,心里说秋雨来了,地里的活儿要停了,只怕今晚不敢多起面,我明早睡到四点再起来吧!

果然,第二天那雨水更缠绵了,街面上的楼房不像农村的瓦房,一下雨雨水会顺着廊檐滴答,这里没有廊檐,雨水汇集到一起,顺着旁侧的水管子往下淌,腊东梅为了节省水,拎着脏拖把出来到水管子下冲。

出门的时候瞅见麻女人穿了件翠绿的外衫,估计是新买的。今年要流行大红大绿吗？腊东梅望着白亮亮的水从胳膊粗的白塑胶管子里往出涌,拖把头被冲得散开又拧成一疙瘩。腊东梅想,下午我得去服装店看看,有合适的也买一件穿。

想这些的时候,她好像跟什么人赌着一口气。

腊东梅提着干净的拖把转过楼拐角，忽然听到了一声尖叫。

腊东梅脚底下一滑，一屁股坐下去，正好跌进个水坑里，结结实实坐了一屁股水。

秋雨真凉，一瞬间她感觉自己整个人都凉透了。

人们像蛰伏在水泥房间里的某种虫子，雨天街道上空荡荡的，偶尔有车辆瑟缩着疾驰而过，甩起的泥点子向后抢去。那一声惨叫和随之响起的惊恐的呼喊，很快惊动了前后左右营业房里的人，人们像虫子一样扭动着湿漉漉的身子赶来。

腊东梅伸出手想让苏龙拉自己一把，苏龙却看都不看，跨着步子从她腿边跳过去，几步就跨到事故现场去了。

腊东梅扒掉脚上湿透的鞋才爬起来，顾不得湿漉漉的身子，胡乱踩上鞋，就往左边跑。

麻女人拉电绳子的时候被电打了，打得很结实，电流将她整个人贯通了。她呈现给大家的，已经不是那个邋里邋遢的女人模样，而是一段烧焦的黑木头。她的右手还紧紧地攥着一截子电线。看样子她是要插到搁在一块砖头上的插板里头去。

雨下得更猛烈了，从头顶上往下泼洒。

仿佛那万丈高的苍穹之上有个水窖的底子破了，在不停地漏水，要把这人间一点点给淹没。

腊东梅好不容易从人群里挤到前头，一直挤到麻女人面前。有人说快去找门板来把亡人抬进去停好才对，有人说先不敢动，要快到派出所报案才合适。

麻女人的男人已经没主意了，像个娃娃一样站在那里大哭。

腊东梅听不到他的哭声，只看到这个胖男人一对肩膀在抽风一样抽搐着，抽搐着。

腊东梅看了看麻女人的脸，脸已经不是脸了，她想到了炉膛里烧败暗淡下去的炭块子。

腊东梅深深吸了一口气，在心里喊了一声胡大啊！

腊东梅的店歇了三天业，这三天，麻女人的事情有了眉目，其实也没啥处理的，她自己大雨天不注意安全，触电是很正常的。房东哭丧着脸掏了两千元埋葬费。麻女人的男人回老家给女人送埋体，去了就再没来过青草镇，店里的东西是他兄弟雇车拉走的，店门锁起来了。

腊东梅静静睡在被窝里，听雨水打在屋顶上，噼噼啪啪响，腊东梅说，楼顶上到底是啥，为啥就不漏水呢？

苏龙说，牛毛毡铺着，沥青浇灌了，还有排水管子，漏水才怪呢。

腊东梅望着头顶，这楼房刚盖起来时应该屋顶还算是雪白吧，现在挂着几个蜘蛛网，白色电线上爬满了苍蝇屎，有些地方还有脚印。腊东梅知道那是把鞋脱下来甩上去落下的，她的两个儿子打起架来，也会拿鞋子追着打对方，有时候劲用得大，鞋底子啪一声就拍到了白灰屋顶上。

腊东梅说，我要是知道她会这么快出事，我咋也不会跟她吵嘴啊——

苏龙说，你们女人就这样，心眼比针鼻眼儿还窄——有啥大不了的呢——

腊东梅说,细细地想,她也是个可怜人,你想想,每天天麻麻亮她就起来了,是我们这一排起得最早的,家里娃娃多,拖累大,又穷成那个样子,她只能多挣钱了,一大家子人的,都得养活——

苏龙说,谁都不容易,有办法谁丢下老家跑这里来,混得人不人鬼不鬼的——

腊东梅忽然爬起来,声音也高了,你啥意思,还委屈你了是吗?你心里放不下娘老子,就把事情往我身上推,好像是我害你出来的——

苏龙一跺脚,你们女人啊,一个个都是糊涂脑子,真跟你们没法说——转身走了。

腊东梅重新瘫在枕头上,瞅着屋顶,软软地说,都是真主的造化,真主给我们造化了生,也造化了死。阿訇讲过,死是在生的前头造化好的,这就是你的造化啊——

屋子里静悄悄的,只有空气在默默浮动。

8

麻女人出事,这一片连着几家铺子的人都蔫蔫的,好像把大家的魂儿给勾走了一半,尤其腊东梅,很长一段时间都乏乏的,每天除了机械地起面蒸馒头,别的上头啥心劲都没有。

其实这街上多了一个人,少了一个人,对于别人来说影响不大,大家的日子还是照旧过着。青草镇这一排唯一出现的变化是,所有蒸馒头蒸包子的店铺,不再随手把电绳子丢在地上走线,各家门口栽了小小的杆子,把电线高高地挂了起来,这样一来整齐多了。

忽然有一天,那紧锁的门重新打开了,开始装修,沙子、水泥、白灰、木头板子,喊喊吭吭吵了几天,一幅东山王家干炒货的牌子挂上去,一对年轻的小夫妻出现在店铺里。

腊东梅舒了一口气,说,这家店可算是租出去了呀——夜里腊东梅摸着自己瘦了一圈儿的腰,感叹日子真是快呀,顺手再往下摸,摸到了自己的身子,湿漉漉的,竟然有些渴,爬起来看苏龙,苏龙今晚在,被子包着头睡得很香。

腊东梅悄悄下地,掀开苏龙被子,把自己半裸的身子钻进被窝,顺手去摸苏龙。

苏龙伸出的手有些硬,似乎想往外推,终究没有推,但是腊东梅有感觉,他的热情不高,没有从前那种大喜过望的欢迎,而是有些犹豫,用胳膊抱着腊东梅,低声说,小心娃娃听着了——

腊东梅像娃娃一样娇憨地笑着,一个劲儿往他怀抱深处钻,说你啥意思,不想啊——把手探进黑暗深处去摸,摸到了,抓在手心里,有点失望,不是自己想象的效果,就趴在他身上,慢慢地用手撩拨。

青草镇是小镇,白天逢集的时候,人流量很大,满大街都是黑压压的人头,人头中夹杂着白花花的小圆帽,那是回民男女,也有小媳妇不戴帽子,搭的是粉色紫色蓝色红色的丝巾,这五彩的颜色给单调的街头涂抹了一点鲜亮。

白天的喧闹终究会散去,到了夜里就显出安静和清冷来。

夜色也昏沉沉的，这样的夜比老家的山村稍微亮一点，稍微吵一点，但还是寂静的。只有大车路过的时候，巨大沉重的轮子碾着地面发出颤悠和嘶鸣。

可能墙那边加了隔音板，又把连通的屋顶做了处理，现在那边卖炒货的小两口夜里会不会折腾呢？那小伙子会不会打鼾呢？他们会不会吵架呢？反正从此什么都听不到了。

腊东梅的努力没有白费，事情终究是做成了。但时间很短，腊东梅感觉自己的身子还没有舒展开呢，苏龙已经喘着气爬起来摸索找纸了。

站在大盆里洗大净的时候，腊东梅感觉一壶接一壶的清水淋下来，把她身体深处的邪火给浇灭了，却把内心里沉睡的一些疑惑给唤醒了。洗完后她没瞌睡，趴在苏龙枕头边抱着他的头，问他究竟咋了，身体哪里出问题了，不会是病了吧？

苏龙有些害羞，但终究是点头承认了，说身体不好，有劲使不上。说完忽然抱住了腊东梅，嘴贴着腊东梅耳朵，问，我有一天成了残疾，你会嫌弃我吗？

腊东梅心里忽然回荡着一股热辣辣的气流，心情莫名地好起来，激动起来，一点都不失望，好像怀里的这个男人成了自己的儿子，她溺爱地抱着他，轻轻说你放心，我不会嫌弃，有病你就该早跟我说嘛，咱给你看就是，咱挣钱为的啥，还不是为了有个健健康康的身体。有了病咱就看，我不怕花钱。

苏龙似乎被吓着了，一下子坐起来，坐起来又溜倒，重重地摆手，不行不行，这算啥病，还值得去看？花那冤枉钱干啥，估计日子长了它自己就好了——

腊东梅又把手伸进被窝去摸了摸,像拍着孩子的小脸儿,拍了拍,说,你给我要麻达哩是不是?不怕,明儿咱就去看,青草镇的医院不行,太小了,咱去县医院看,我关了门陪你去。

三点钟闹铃唱起来,腊东梅爬起来照旧蒸馒头,等八点钟已经把九袋子面蒸了一半,这时候苏龙才下来。祖儿也在,是六点钟来的。腊东梅解下围裙,说咱拾掇走吧——店叫祖儿来看着,祖儿你操个心,下午肯定就卖完了,你要是想再发点呢就发上两袋子面,要是撒懒就算了,不难为你——

祖儿抿着嘴微笑,不说发还是不发。

腊东梅上去换衣裳,苏龙跟上来拉住不让换,苏龙的脸色怪怪的,说不去,看啥,这点病没必要花钱,你钱多就自己看去,我可不去,你不知道,男人过了三十五岁都这尿样子,我快四十岁的人了,不年轻了,还能像小伙子一样吗?这不是病,没必要看——

腊东梅气得笑,苏龙的脸都黑了,铁了心不去。

腊东梅想想,觉得苏龙说得也有道理,也许这点病真不用看,也就不勉强了,但心里还是不宽展,总是觉得不踏实。心里搁着事儿,下去揉馒头的时候就显得心不在焉,手腕子都是软的。

祖儿在一边偷偷看,两个手在面里头,就用肩膀扛一下,说,姐,啥心事,说出来心里就宽展了。

腊东梅看她一眼,烦烦地说苏龙的事儿,你不懂——

祖儿扑哧笑了,拿手去捂嘴,嘴角顿时染了一层面粉。祖儿是那种汗毛很多的女人,眉毛凶,嘴唇周围和鼻子两边也生着一层毛毛的细绒,像男人的胡子,绒上挂着面粉,她更显得眉眼生动,竟然有几分妩媚。

腊东梅看呆了,第一次发现这女人是真的好看。

祖儿不自在了,轻笑,姐,认不得了啊?

腊东梅幽幽地叹气,哎,死货,你家里闹得咋样了?要不离婚算了,你说你真打算一辈子跟个瓜子过?你过的啥滋味啊?

说到自己身上,祖儿心情顿时不好了,脸也黑了,用手背擦一把脸,一张脸又全白了,她不知道,幽幽地说,我想离啊,可人家不离,我有啥办法?

腊东梅嘴一撇,腿长在你身上,你想走,他们还能拿绳子把你拴住?

祖儿头摇得树叶一样,你说得轻省,三个娃哩,他们是卡着我的哈喉了,知道我舍不下娃娃,说离婚的话一个娃都不给我,叫我一个人滚蛋,你说我能就这么走吗?瓜子我不稀罕,但娃娃是我身上掉下来的,我舍得全都留给一个脑子不正常的人?

这一番追问,腊东梅没法回答,腊东梅靠住案板长长地叹气,人活着啊,都有个不容易哩,各家有各家的艰难,没法说了,也说不清楚——

祖儿摸一把眼泪,说,姐你现在是老板娘当着,生意好得钱哗啦啦往进来淌,娃娃长着哩,男人好得很,你还有啥不如意的呢?

祖儿的声音哀哀的,含着无尽的悲伤。

腊东梅的心忽然就被这声音穿透了,她觉得这一刻哀叹的不是祖儿,而是她自己,她感觉祖儿都跟自己交了心,自己再瞒着那就是不把姐妹当姐妹了,有时候女人之间是需要拿秘密交换秘密的,是需要拿彼此的秘密来巩固和加深一些东西的——这一刻腊东梅忘了祖儿只是自己雇来的一个人手,她把她当姐妹了。

腊东梅压低声音说,死货你哪里知道呀,他不行了,从前都是他缠着我,三五天不来一回就火气大得很,每一回都是半个小时哩,这些日子不对劲了吗,冷清得很,我先还没觉意,这几天才发现不对劲了,起不来了嘛,三五分钟了……可不是病了,得去看看,他还不去,说男人上了岁数都这样子——

门口一暗,有人进来买馍馍,神秘的交谈顿时中断。

顾客离开后,两个女人之间却再也没有把谈话持续下去,似乎有什么已经横着插了进来,横在她们中间,那种情不自禁地让人想要往出掏心里话的欲望就这么枯萎了。

腊东梅不想说,祖儿似乎也不想听。腊东梅干活儿的间隙走神了好几次,站在地上望着某一个地方出神。祖儿也显得有些魂不守舍,一会儿捏着面愣愣的,一会儿又皱着眉头苦苦地想什么。

腊东梅夜里给苏龙念叨,祖儿这女人迟早要叫那个瓜子男人给害死——

苏龙没说话,似乎他某一方面不行,连谈论别的女人的兴趣都没了。

腊东梅终究抽空去了一趟县城,把店托付给祖儿一个人照看,她到县里一个有名的中医跟前抓了几服草药背了回来。

腊东梅亲自为苏龙熬药,每天下午,炉火上架的不是蒸笼,而是一个砂铫子,里面咕嘟嘟翻着灰乎乎的草根树叶、人参鹿茸枸杞红枣,前后熬三次,需要一个半小时,腊东梅顾不得自己腰酸腿疼,顶着集散后满地随风旋转的破塑料袋,最后熬出一大碗红乎乎的汤汁。她亲自看着苏龙喝下去才放心。

如今草药不便宜,一服一百多,腊东梅前后花了一千多,苏龙喝下了十几碗药汤,最后他自己嫌苦不喝了,腊东梅发现效果不明显,她也就灰心了,夜里搂着苏龙,很豁达地说算了,我也想通了,女人要男人,无非就是养娃娃,咱现在儿女都有了,不行就不行吧,三五分钟就三五分钟吧,只要咱两口子一条心往前过日子,只要三个娃给咱乖乖地长着,我就念知感了,睡吧睡吧,不行更好,以后我们都清净——

腊东梅发现自己其实是一个人在自说自话,苏龙始终静悄悄的。

腊东梅强压着心里的难过,觉得黑暗里沉默的苏龙更像是受了委屈的没娘娃,她一把把苏龙揽进怀里,手摸索他的头和脸,又掀起衣襟把奶头压在他脸上,希望这柔软的部位能带给他暖意。

从这以后苏龙很少来缠腊东梅,慢慢地腊东梅自己也淡了,多亏了每天的活儿辛苦,满满忙活一整天,夜里头挨上枕头就睡着了,没有精力想别的。不过腊东梅一颗心还是悬着,有时候想起苏龙的病,就觉得说不出的烦,毕竟是病了,有一种病在身体里慢慢长着,叫人咋能踏实呢?奇怪的是苏龙除了那方面不行,平时的生活起居倒是很正常,开着车东跑西跑,抽空儿也打打麻将,有时候兴致好了,会凑到案板跟前来,看腊东梅和祖儿揉馒头,听两个女人说话,偶尔也会给两个女人讲讲他从外面听来的事情。

祖儿爱笑,常常是苏龙刚提起个开头,她就笑,抿着双唇,嘴角上扬,把肉肉的嘴唇抿成一条上翘的线,五官挤成一团,笑得弯下了腰。她不管咋笑,都没有声音,这让腊东梅想起麻女人,麻女人的笑是有声音的,嘎嘎嘎,笑出的声浪在耳畔回旋。

有时候腊东梅会跟着笑一阵,有时候腊东梅没心情笑,也觉得苏龙带来的事情实在没啥笑头,但祖儿就是爱笑,好像苏龙的笑话是专门逗她笑的,她不笑就对不住苏龙这一番苦心。

腊东梅有点看不上祖儿这毛病,一个妇道人家,人家的男人一说话你就笑,还笑成那个样子,有必要吗?——转念想到祖儿的男人,就不胀祖儿的气了,据说祖儿嫁进门那男人就是个瓜子,这些年除了和祖儿养了几个娃,还能给祖儿啥?祖儿守着那样的男人过日子,活得还像个女人吗,还有女人的乐趣吗?肯定是没有的,腊东梅有点同情祖儿。

这淡淡的同情一直持续到半年后的一个下午。

同情瞬间就转变成五味杂陈。

不知道是啥人打了举报电话,说青草镇的馒头店用硫黄熏馒头,忽然一天,几个穿制服的人出现在门口。

当时腊东梅在挽花卷,本来要蒸大馒头,祖儿不在,她一个人抬不起七八层子蒸笼熏馒头,就临时改成花卷了。花卷相对要麻烦些,把面擀成案板一样大的一张,然后撒上苦豆子沫,用刷子蘸着姜黄粉和一点点清油抹一层,狠狠撒几把面薄,卷起来再切碎,一个一个用筷子压着挽,泛着淡黄清香的小花卷很快就花朵一样开了满满一案板。

这个祖儿,不知道今儿有啥事,死货,一直闹离婚,就是下不了决心彻底地离,一天天拖着,天天和男人闹事儿,有时候挨了打就不来了。她不来,腊东梅一个人要干这么多活儿,腊东梅觉得累,叹了口气。

门口一暗,拥进来三个人。

不像买馍馍的。

腊东梅痴眼看着。

果然不是买馍馍的顾客,一个稍微年长点的和腊东梅说话,基本上都是他在问,腊东梅给他回答。两个年轻的到处翻着看。案板后头,轧面机背后,门背后,面袋子前后,几乎把所有的角落都看了。翻出来半袋子苏打粉、一包姜黄、一铁桶子苦豆子沫、一桶清油,没有别的。

你馍馍里头放的啥?

早在他们开始翻看的时候,腊东梅就已经猜到了他们的来头。嫂子那里经常检查呢,所以嫂子说那东西万势不敢往显眼处放,要藏起来。

腊东梅说,起面,放苏打粉。

不放别的?

腊东梅说,有时节起得不好,就加点泡打粉。

中年人点点头。

年轻人说,泡打粉?

中年人说,学名发酵粉,这个可以用。

那没有别的? 中年人笑眯眯的,看着腊东梅的眼睛问。

腊东梅摇头,她听到自己的声音很坚决,没有。

他们走了。

腊东梅扶住玻璃门,忽然想哭,想起楼上床底下剩下的半箱子白色粉末。

马家馒头店里查出了硫黄。

据说罚款了,事情很快就传出来,在街面上流传。

腊东梅望着马家馒头店的方向看,心里不高兴,也不难过,隐隐约约觉得遗憾。那些人真是检查得有些潦草,为什么就不上楼看看呢,其实只要他们爬上楼梯,在床底下多翻翻,有什么翻不出来呢? 可惜只查出了马家一家,要是仔细查,腊东梅知道这街上只要是卖大馒头的,没有人敢说自家的馒头没有熏制。

隔壁卖炒货的小媳妇走过来,她的肚子已经明显大了起来,偏偏要穿一件瘦身毛衫,那肚子就被勒出圆鼓鼓的一个包,好像一个笨笨的大面包。

小媳妇不爱说话,却意外地跟腊东梅说了话,她拿眼睛环扫了一圈儿,不知道在寻找什么——那个女人没在啊?

腊东梅不明白,哪个女人?

那个白脸的女人——她伸手在肚子前方比画了一下,就是你们店里帮忙的那个。

腊东梅说,祖儿啊,她家里有事没来——你和她熟啊——

小媳妇忽然叹了口气,两眼盯着腊东梅看。

腊东梅被这奇怪的目光看得浑身发毛,不知道自己哪里不对了,这样吸引人,赶忙低头也看,难道是衣裳穿反了,还是纽子系错了,还是裤腰带出来了?——

都没有。

你还把她留在店里?要是我早就撵走了!

小媳妇忽然恶狠狠说。

还跺了两下脚。

有人在门口看货,她赶紧走了。

留下腊东梅,她一时间不知道自己接下来该干啥才好,就站在风里看风。

青草镇时常起风,这风跟老家的山窝窝里不一样,老家的风轻的时候摇得屋前屋后的杨树榆树叶子轻轻动,起大风的时候对面的山头上有旋风。旋风从顶一溜烟地跑下来,沿着土路跑,跑着跑着小了,瘦了,消失了。和青草镇的风比,老家的风带着土腥味儿,更粗、更硬、更干燥。

这青草镇的风叫人咋说哩?有时节觉得它就不像风,像个啥,腊东梅说不清楚,她几乎每个傍晚清扫卫生的时候都要隔着玻璃门看一会儿,风从哪里来的,不知道,风来的时候没有踪迹,只有那些破烂垃圾跟着风乱跑的时节,人才能知道原来风来了。所以这青草镇的风嘛,给人的印象就是垃圾、破烂和飞扬起来很恼人的炉灰,给人满鼻子都是废水的臭味,满地大小便的臭味,炉灰的呛人味儿,和满街新货留下的气味。还有,青草镇现在又添了拆迁和新盖房子的味儿,满大街都是瓷砖水泥沙子。

这一刻腊东梅望着风,她忽然有点怀念老家的风,那风里是庄稼的味儿,草木的味儿,炕眼洞里烧牛粪的味儿,家常日子的味儿。

为什么要撵走祖儿?

炒货小媳妇和自己并不熟悉,好像祖儿也从来没有去那边走动过,小媳妇和祖儿有仇?小媳妇这话是信口胡说呢,还是背后有啥来头?

9

大儿子小学毕业,考到县回中了,腊东梅和苏龙一起送娃入学。

苏龙拧着方向盘,腊东梅在副驾座上,后面放了铺盖、被子、褥子、毛毯、枕头加洗脸盆子、暖壶,塞了满满一车。儿子夹在一堆行李中间,怀里紧紧抱着大书包。

儿子偷偷观察前面那一对男女,他们很少说话,男人专注地开车,女人心不在焉地望着窗外看。

苏龙说,现在的娃娃条件好得很,啥都有,啥都是新的,零花钱也不缺,我那时节哪有这些?自行车捎了个破铺盖卷儿就进县城了,父母在地里忙着割糜子哩,哪有时间送我?

感叹着扭过头来看一眼,说,儿子你要好好学,记住了吗?不该去的场所不要去,啥歌厅网吧都不许去,你就给我乖乖念书。

儿子嘟着嘴没说话,倒是狠狠地白了老子一眼。

两口子把娃送进学校安顿下,就离开了。临走时腊东梅看到儿子眼里泪汪汪的,就捏住他的胳膊摸了摸,悄声说,你放心,妈不会离婚,妈闹活的目的就是叫他跟那个女人断了,只要断了妈就不闹了。

儿子咬着嘴唇低头看脚,不点头也不摇头。

出了校门,腊东梅没上苏龙的车,打了个出租到车站,又坐了班车回到青草镇。

回到店里她给二儿子和女儿穿上新衣裳,又坐班车出门。苏龙的车回来了,他觍着笑脸凑上来,老婆,想去哪里?我送你们嘛,咋能叫老婆大人多走路呢?

腊东梅不理,两只手各拽一个娃就要走,偏偏娃不愿意走路,哭着要坐爸爸的车。腊东梅把他们塞进车厢,自己也上了车。车一路开,开回了老家。

公公婆婆都在,腊东梅发现婆婆还是老样子,只是好像更虚肿了一圈儿,公公蜷在被窝里,初冬才到,他已经不敢出门随便走动了,秋冬之交他最怕肺心病复发。

腊东梅一屁股坐在沙发上,瞅着一对老人看,看着看着她视线花了,看到眼前是三个婆婆四个公公,三四张带盖头的白头,五六张拘得青紫的脸面。腊东梅低头,泪水簌簌落在膝盖上。她扯起婆婆擦炉子的黑抹布擦手,擦脸,从哽咽里挣脱出嗓子来,说,大,妈,事情我已经在电话里跟你们说了,就是这么个事,你们给个口唤吧,你们让我走,我就走,你们要是还当我是苏家的媳妇子,你们就拿个公道,今儿当着我们的面把事情做个了断。

两个娃一回到老家就疯了,青草镇虽然大,但是不自由。他们一回来就跑出去了,看奶奶喂的珍珠鸡,逗弄红眼睛兔儿,在老崖根下刨土。

公公慢慢地坐起来,靠着墙脚坐了坐,可能不舒服,又顺着墙根慢慢地溜倒睡在枕头上。

腊东梅知道真正能起作用的是婆婆,公公属于老好人,不能指望他有什么狠主意。

婆婆把一笼子洋芋倒在地上,在一个盆子里淘洗,一个一个地洗,洗完了,又开始削皮。

腊东梅没帮婆婆,她第一次像个亲戚一样坐着看婆婆干活儿。

想起十几年前,自己嫁进这个家门,从此在婆婆面前就没有闲过,不是忙外面地里的活儿,就是做家务活儿,做人媳妇的,日子永远没有清闲的时候。

做女人的,凭啥这么辛苦呢?

婆婆削的洋芋放了一盆子,放不下了,又放进另一个盆子里。

腊东梅打破了沉默,她说,妈,我进门十七年了,给你苏家养了三个娃,有儿子也有女子,我像驴一样下苦,这些年没有功劳,苦劳总是有一点点的吧——我不敢多要,只要你们当老人的能说一句公道话。

婆婆软软地抬起头,好像她的脖子里没有了筋骨,那颗沉甸甸的脑袋没有什么支撑,所以不敢用力,一用力就会嘎巴一声从中间断裂。

婆婆慢慢地摇着头,说,你们都是三十多岁奔四十的人了,你们又在外头挣钱,现在的人,只要能挣钱就不得了了,谁还把我们一对老死人当老人尊抬哩?你们的事情,我们管不了,也没精力管,你们自己看着解决去。

腊东梅不觉得失望,其实这结果她早就能预料到,老人的话没有错,她和苏龙都奔四十的人了,这事儿还真的需要老人做主吗?

之所以回来闹,也是她实在没办法没主意了,只要是一棵草就想抓住了求救才来的。

忽然,"呸"一声响,婆婆对着苏龙的脸吐了一口唾沫。

没羞耻的东西——有家有舍的,不好好过日子,是吃饱了撑的还是脑黄子涨得难受?胡跳腾啥哩?好好的家非得跳腾散了心里才好受吗?

腊东梅知道婆婆这一口痰是蓄积了好一阵才攒起来的,亮灿灿的一团顺着苏龙的眼眶往下滑,一直滑过下巴,落到膝盖上了。

苏龙孝顺,不跟他妈置气,站起来嘿嘿一笑,说,妈,谁没好好过日子啊?好好过着哩——

"咣"一声响,婆婆手里的切刀掉在地上,婆婆说,滚,都给我滚,看你们回去咋闹闹去,我们眼不见心不烦。

被窝里的公公忽然剧烈地咳嗽起来,咳得整个人抽成了一疙瘩。

离开老家回青草镇的路上,腊东梅脸色平展展的,好像心里完全不计较了,这事情已经过去了。

夜里腊东梅坐到苏龙枕边,说,我想通了,我们离,三个娃,我只能要一个,我一个女人家,三个都要我抓不大,还有存折里的钱,我们一人一半;这店你愿意就给我,不愿意我走——我们好离好散。

腊东梅一直很冷静,最后那个散字出口,她知道自己又一次落下了泪。没开灯,苏龙看不到她的泪,她也不擦,任它们悄悄地流。

苏龙把腊东梅揽进怀里,胡子楂摩擦着她的脸。腊东梅不挣扎,静静地坐着,但是很冷,冷得像一块石头。

腊东梅慢慢推开这个熟悉的身子,声音在黑暗里慢慢扩散:你会比我过得幸福,你们两个人那么相爱,不像我,没脑子的半瓜子一个,就知道下苦挣钱,到头来没好下场。

苏龙又把她抱进怀里,说,你闹些日子也就够了,今儿还亲自闹到老人跟前去了,也算是把我的脸打尽了,你还要咋?再说,一对老人都那么大岁数了,你这一闹他们肯定心里会吃力,你真是忍心——

腊东梅忽然拿头顶着苏龙的胸膛狠狠地撞,她撞得那么重,恨不能把他给撞死,把这胸膛给撞破,她揪住他头发狠狠地扯,手腕子却酸软了,那些半寸长的头发就像乱草一样在手心里滑过。腊东梅说,我有啥不忍心的?我做错啥了我?你们把不要脸的事情干下,到头来我不是人了,我成坏人了——

把两个娃娃吓醒了,老二开了灯,傻傻瞅了眼他们,不言语,又倒头睡了。

女儿哇哇大哭,扑进腊东梅怀里,小小的身子颤抖不停。

腊东梅一直强撑着的那颗心终于软了,她抱着女儿呜呜哭了起来。

"离婚"这两个字真的从嘴里说出来,她才真正知道它们的分量,那么重,重得要压垮她整个人。

真的离了,三个娃娃就得分开,无论如何都要分开,好好的一家人,就得分开,苏龙肯定是回头就跟祖儿到一起了,自己呢?带着娃娃过,日子会好过吗?要是再往前走一步,谁知道遇上的男人又是啥样的?

枕边的这一个,她和他可是一起走过了十七年啊,想不到半途上会出这种变故,以后遇上的万一也是这个样子呢?男人的心谁能保证呢?难道还能再离婚,再嫁?

她摸着自己的脸,这几个月一直闹,天天装着一肚子气,吃饭不香,睡觉也不香,她瘦得厉害,像被谁的手狠狠捋了一把,脸瘦成了薄薄的一片儿。

离婚,真的像嘴上说说那么容易吗?只是把一张存折里的钱一分为二那么简单吗?她彻夜醒着,前前后后地想,一会儿觉得一切都舍得,只要能离婚,能痛痛快快离开这个人,只要能把窝在心口的这口恶气吐出来;一会儿又想起和他一起过过的这些年,说实话,这个男人对自己是不错的,刚结婚那会儿尤其疼,这些疼惜,是刻在心里忘不了的……可是他为什么还要这样?既然心里装着我一个人,又咋能装下另外一个女人呢?他如今还能对着腊东梅说心里有腊东梅,舍不得离婚,但是要他痛痛快快离开祖儿,不要再和她来往,他又犹豫不决,没个痛快话,男人都是这毛病吗,还是只有自己的男人是这样?

这些年在青草镇住着,那些奇奇怪怪的事儿她眼里看着耳里听着,真的见了不少,也不算是那种特别没见过世面的窝囊女人,但那时候总觉得那样的事情只会发生在别人身上,永远不可能在自己身上上演。谁能知道其实早就发生了,祖儿来这里一年半,他们早在一年前就好上了,其实满街的人都知道了,都在风风雨雨地议论呢,只有她腊东梅一个人还蒙在鼓里,要不是隔壁的小媳妇那句话点醒了她,她真不知道自己这冤大头要做到哪一天!

现在明白了,回头去想,从前不经意的不理解的,现在恍然什么都明白了。可是这种明白,多么让人心疼啊——自从祖儿来了,苏龙喜欢绕着案板转,跟她们说话,说话的同时总是爱往祖儿脸上看;祖儿总是抿着嘴笑,笑得羞涩,腊东梅还以为她是真的腼腆呢;祖儿隔三岔五有事不来,恰恰这时候苏龙就有事跑出去了,谁知道他们躲在哪里见面呢?可笑自己还为苏龙的身子担忧,给他熬草药吃,吃了那么多,都是为了啥呀?

腊东梅觉得那口气又冒上来了,堵在胸口就要爆炸。她说,离婚,坚决离婚,要是不离我就不是我先人养出的女儿,我就不姓腊!

腊东梅两口子一面闹离婚,一面做生意。无论如何人还得活下去,钱还得挣,这个家一天没散,活儿就不能停。腊东梅恨着一口气,人瘦了,干起活儿来却更厉害了。从前祖儿在的时候最多起到十三袋子面,现在她起十四袋子、十五袋子。好像她跟那些面有仇,要拿它们来泻火报仇,她不央求苏龙帮忙,咬着牙抱起一袋子面哗啦倒进面缸,搭笼的时候三四层子,一口气摞上去。现在她更喜欢做的是挽花卷,一个人面对一案板面,慢慢地挽,像开花一样挽出满满一案板的小花卷,然后把它们架在火上去经历蒸气的淬炼,最后变得丰韵饱满,真的像盛开的花儿一样面对着买馍馍的人。

花卷太小,一锅子八九层子也只能蒸半袋面的量,这样一来,一整天从凌晨开始到晚上关门睡觉,她几乎一刻都不闲着,都在忙面活儿,屋子里整天升腾着一股香香的面味儿。

生意好得出奇。腊东梅却没有了数钱的兴趣,每天很晚了才爬上楼,把钱匣子丢进苏龙怀里,看着胖了一圈儿的苏龙抱着那个匣子一张张数。腊东梅瞅着他,心里一阵悲凉。真是奇怪,同样是离婚,她心里的世界黑暗得伸手摸不到前方,他居然发福了,难道他心里就空荡荡的像狗舔了一样,什么事儿都不放在心上?

苏龙欣喜地叫,一千二,今儿挣了一千二百元啊,老婆老婆你真伟大,你知道吗?你一天就挣了一千二!

腊东梅疲惫地笑笑,慢慢睡到枕头上,说,你看着存去吧,我咋现在看着钱没有那么爱了?那时节我就想多挣钱,多多地挣钱,可是我现在真的不爱钱了,挣那么多钱,好是好,可是,把家挣散了,把心挣凉了,把人也挣散架了啊——

10

要离开了,腊东梅看着苏龙把小锅炉搬进屋,她过去把鼓风机的电线缠起来收到一起,把插线板子也收起来,然后她拿笤帚扫那一片地面。

苏龙有些不耐烦,说,你扫那干啥?吃饱了没事干,手闲得难受吗?你现在的任务就是缓着,你给咱好好地缓着——

腊东梅不理他,她扫得很认真,一下一下轻轻掠过,用高粱穗子压着尘土,不叫灰尘扬起来,扫成一个小小的坟堆,然后用簸箕揽了,没去平时随意倒垃圾的地方,端着一簸箕炉灰一直走到街那边的垃圾箱跟前,看着一簸箕灰尘全部倒进垃圾箱里,这才磕干净簸箕,转身慢慢往回走。

边走边看街景。

来这里前后七个年头,七年里她从来没时间,也没心情,像今天这样慢慢地好好地打量过这个地方。

这地方叫青草镇,为啥叫这么个名字呢?好奇怪啊,难道是满大街都长满青草吗？看看陡然扩了一半的马路，再看看左边那些早年的二层门面房，再回头看右边新冒出来的这些规划整齐、外形和颜色统一的新楼，哪里能看到一片青草呢？事实上夏天的时候，楼后的那条乡道上有草，可是却不青，被尘土污染得要多脏有多脏，叶片白苍苍的，简直算不上青草。

据说那新的街道正式开通后，青草镇的集市要挪过去，这一片属于老街了，而且可能紧跟着也要拆。反正拆不拆，拆迁后又会是什么样子，她都看不到了。医院的医生古怪得很，嘴紧得很，不管咋问都不告诉她，这病究竟还能活多长日子。倒是一起住院的几个病友给她分析过，说情况好的话能活一到两年。那要是情况不好呢？她没敢再往下问。

苏龙把所有的东西都归置进屋门，就要锁门了，腊东梅过来阻拦，腊东梅说要进去再看一圈儿。

苏龙想了想，没阻拦，跟在身后想搀扶，腊东梅伸手在背后摆摆，不要他扶。她看得很慢，很细，看了迎门摆着的那个大案板，那上面他们放过多少馒头多少花卷呀，热腾腾的馒头，泛着苦豆子香味的花卷——里面的案板上，她起了多少面，又揉了多少面呀，可惜没做个记录，要是一天一天记下来，肯定是一个庞大的数字。和面机和轧面机都太旧了，使唤的时候没注意，现在站在身外看，才发现它们真是太旧太老了，好多次都想着淘汰了买新的，想想又舍不得那笔钱，现在不用换了，她这辈子是用不上了。

腊东梅伸手摸了摸三个擀面杖，从长到短，像亲弟兄一样的它们,紧紧挨在一起。多么像她的三个娃呀,一个比一个大一点,长短之间过渡得那么自然,那么和谐,没有一点突兀,她最后把最短的杏木擀面杖捏在手里。

都盘给人家了,苏龙看见了阻拦,你呀,擀了多少年,还没擀够吗?

腊东梅本来想带上它,听了这话又松了手,她现在很听苏龙的话,有时候想听,就温顺地听着,即便不想听的时候,她也不会像过去那样顶撞了。尤其温顺的时候,她会禁不住地想,这一刻的自己,是不是像祖儿一样乖巧?

上楼梯的时候腊东梅还是不要苏龙搀,一步一步往上走,她穿的是鞋跟平平的胶底鞋。可是这胶底鞋怎么那么重呢?每迈上一步,她都觉得要花费十倍的力量,汗悄悄渗出来,后脊背湿透了。她咬着牙走,她就不信,这上上下下走了那么多年的楼梯,还能把她给难住?

一共十九个台阶。

这个数目腊东梅就是闭着眼也记得清。

初来的时候没少磕碰呀,也曾摔倒过,后来彻底熟悉了,半夜三点下楼的时候舍不得开灯,能摸索着一路平平稳稳地下到楼底。她那时候是个多麻利的小媳妇呀,把个小店开得红红火火的,钱每天哗啦啦往进来淌哩——

麻女人看着眼红,一定是看着眼红,才处处找她麻烦,她们大大小小明里暗里没少纠纷,细想起来,还不都是为了生计呀?那时候是有些恨她的,但是现在回头想,她和自己一样,都是为了过上一份好日子呀,可怜她已经口唤(去世)好几年了。

苏龙看着腊东梅总算是迈上了最后一个台阶。

他悄悄舒一口气,这个犟女人啊,这辈子吃亏就吃在她那不服输的脾气上了。这都啥时候了,还有心劲儿看这里,住在这里的时候常常抱怨说不好,天天梦想着换一家大点的店面,最好能把大人和娃娃隔开睡,夜里听不到隔壁摇床的声音,晚上两口子想什么时候亲热就什么时候亲热,再也不怕娃娃撞见。

就在他背过身擦眼泪的时候,腊东梅的腿忽然软了,软得撑不住身子,她瘦弱的身子像一片骤然离开树枝的叶子,轻飘飘顺着楼梯往下滚去。

下落的过程中,腊东梅听到了风。

青草镇的风,飘在散集后空荡荡的街上,不知道从哪里钻出来的,裹着纸片塑料袋满街游荡的风,一直从街头吹到街尾,风呜呜咽咽地叫着,是那么大,简直要把整个青草镇都给卷起来带走。

我的母亲喜进花

1

你是作家苏郁玲?来人进门不坐,只在砖地上简单打个转身,手插在裤兜里,张嘴就问。这是开门见山了。

我从桌上摊开的《基层公务员素质与能力建设》里抬起头,轻微的不悦在心头荡漾,但还是有些迟疑地点了一下头。之所以点头,是出于礼貌。壶里有水,抽屉里备有一次性纸杯,一个小铁皮茶罐里装着茶叶。我站起身张罗,同时抬手指指门口的红色折叠椅子,示意他请坐。不喝茶,他摆手说。我右手在壶把手上滞留了一刻,还是倒水了,开水冲得茶叶打转,浮起一层淡淡的白沫。

您是？我试探着问，同时估摸他的年纪。他是国字脸形，看不见下巴，下巴被一圈浓密的胡须包围。他要是有五十多岁，我就可以喊他叔叔。他的穿戴还可以，浅白色夹克衫，敞着拉链，露出里头的深灰色针织衫，牛仔裤，黑皮鞋。整个人微胖微黑，有四十来岁吧。不会是农民，肯定是干部，但也不会是书记乡长级别的领导。我下了这样的结论。

场面有点冷，不是我不热情，是他的开场太突兀。如果是一般同事来访，我都能热情招呼：陪着坐坐，喝喝茶水，拉拉家常，起身离开的时候我会礼貌地挽留，欢迎有空再来。

我不是冷漠的人，再说在这个大院里，冷漠是最要不得的。尤其是像我这样的年轻人，冷漠久了，肯定要被冠以不够热情、不讲团结、为人高傲等许多帽子。低调做事，和气做人，是我给自己定下的行为准则。可是这个人忽然冒出来，冷不丁地说我是作家。这让我有点尴尬，怎么说呢？我承认我是个作家，曾经是。从大学开始，作家这个帽子我一直戴着，虽然不能取暖，但也曾经有些滋味。但是，作家这帽子有点重，我要是还在教育岗位上围着学生娃打转，还是乐意戴着这顶帽子的，毕竟也能时不时地从同事赞叹的目光中获得一点虚荣感，但我现在到乡镇工作了，一切都不一样了。

我在进乡政府之前，就已经用一片巨大的"布匹"把自己的过去包裹了，严严实实地打包搁起来。我以一副低调沉默的姿态进入了这座大院子，目的是给这个院子里的每个人留下一个寡言、稳重、踏实的形象。从前发过我豆腐块文章的那些报刊，我全部整理打包，寄存到了老家，我也改掉了熬夜写作的习惯，只有阅读习惯没改，但是阅读对象已经是《公务员法律法规全本》《领导的个人修为》等。我要和过去断绝关系，老老实实地做文秘。只要我不出去参加文学活动，不投稿，不和从前的文友们来往，相信时间一长，我的作家身份就会被大家遗忘。可是，这个人一进门，就问出了这样的话。我看着放在桌子拐角的那一杯茶，细细的热气袅袅上升，然后在杯口盘旋，好像留恋着舍不得散去，淡淡的、薄薄的，慢慢地融入空气。这个人问出这样的话，不等于是一把就揭开了别人的伤疤，露出一个精心遮掩许久的老底叫人瞧吗？想不到眼前这个人，一句问话就把我打回原形。我在脑子里飞快地琢磨这个人，能这么熟门熟路走进来打招呼，是乡政府的干部无疑，这个人是谁？见过，还是素未谋面？好像见过，在哪次会议上？又对不上号，难道是我认错人了？

我看过你的作品，发在《葫芦河》上，《六盘山》也有，还有《朔方》。写得不错啊，诗歌、散文、小说，你竟然啥都能写。尤其你那个随笔，就是写你姑奶奶一辈子人生的故事，我一个字一个字地看了，很感动，《描花的箱子》，题目也好。他慢吞吞地说，他不抬头看我，所以他不知道此刻的我已经目瞪口呆。什么叫有理有据？这就是有理有据。什么叫铁证如山？这就叫铁证如山。我心里放电影一样依次闪过这三家刊物的名字，它们分别是我们这里的县级内刊、市级刊物、省级刊物。这个人既然能一口气说出这么多刊物,而且我真的在这些刊物上发表过作品。既然这个人说得这么确凿,又叫出了我的名字,说明他不是随口胡说,说不定也是一个文学爱好者,更说不定的是,我们曾在一起参加过文学活动。如果我矢口否认,态度坚决,反倒欲盖弥彰了。

我拿定主意,续上一杯水,抬头看这个人,含着礼貌的淡笑。我说,那都是过去的事了,现在懒散了,早就不写了。

这个人似乎渴得不行了,端起水大喝一口。刚烧的水,烫得他差点吐出来,但是忍住了没吐,慢慢地下咽了,然后咣咣咣咳嗽起来。水洒了,他的牛仔裤湿了一片。我扯了一片餐巾纸递上。谢谢,谢谢,那个,那个你的文字功底真好,我有空再来吧。他边说边退步出门,告辞离开。我怔怔地望着那身影,直到这个人被一株松树挡住看不见,我才慢慢回屋,我望着桌上的杯子笑了。有意思,真是个有意思的人,都狼狈成那样了,还不忘一迭声地说谢谢,是谢我给他倒了滚烫的开水,是谢我递上的餐巾纸,还是谢我让他出了洋相?居然说我文字功底好,废话,不好能大学未毕业就弄到一顶作家的帽子戴在头上招摇?

他最后说什么,有空还来?真的假的?不会吧。

2

和我同时考进乡政府的还有小闪,一个回族小伙子;小姚,一个长相不错的女孩。小闪报考的岗位是劳务干事,小姚报的是团干部,只有我一个人是文秘。但是到了基层,当初报考的岗位和眼下具体要干的工作没关系,我们都被塞进了办公室。办公室就是个大炼炉,管你是谁,是铁是铜全部投进去烧炼烧炼再说。

就像三年前走上教师岗位那样,我进了乡政府的门,我妈的电话又跟在屁股后头催了,话题很陈旧,同时很沉重,说来说去就一个问题,我啥时候找对象结婚。我只能用老办法:一拖,二装傻,三打哈哈。这种事儿,着急没用。上次我说漏嘴了,我妈听到小闪是回族小伙子,顿时眼前一亮,就天天催着我快抓住这小伙子,说是机不可失,时不再来。我妈一个文盲农妇,都知道使用熟语了,可见她老人家确实为我的事儿操碎心了。可我妈哪里知道,这个小闪,我根本就不能考虑。我三十岁出头了,人家才大学毕业,二十啷当岁,正年轻,真正的"小鲜肉"。我在无人处揽镜自照,一笑眉梢眼角的皱纹触目惊心,再厚的脂粉也遮盖不住。就算人家好意思一丛嫩草被老牛吃,我这老牛还不好意思下口呢!

心情郁闷,夜深人静的时候,我忍不住翻开笔记本,看到从前信手写下的诗歌、随笔,毛毛糙糙地趴在纸上,懒得整理,也就没有机会发表出来让别人看到。心情不好,我终究忍不住拿起笔在纸上哗啦啦乱写,一气写完,觉得整个人都掏空了,要表达的情绪也表达了,这些日子积蓄在胸口的郁闷和劳累产生的忧伤,都随着文字流泻殆尽了。我迷迷糊糊地睡去,睡梦里隐隐觉得就这样丢了文学创作这个爱好,有点可惜。

周末要开全乡脱贫致富动员大会。领导的讲话从初稿到主任改,再修改,再三再四修改,再五修改,到最后定稿,我不知道改了多少遍,到最后打印的时候,我已经晕头转向了。装订完所有材料送到会议室摆好,领导和其他干部,包括村干部都来了,齐聚四楼会议室开会。我离开大楼,在院子里低着头慢慢走。这院子里种满了松柏,看样子年纪最大的也就二三十年吧,不过长相都不错,郁郁葱葱。在我们这种干旱的地方,能有一院松柏朝夕相伴,确实难得。

一个人影忽然从松树那边转出来,手里捏着一个包。可算是找到你了,很忙吗,作家?

又是他。我退开一步,又慢慢上前,勉强挤出一点笑:您好。上回忘了自我介绍,喜万隆,文化中心主任,我这段时间身体不好,一直请假,你应该是春节之后分进来的?喜万隆说着,伸出来一只手。我也不知道自己怎么就把手伸过去了,我们握在一起。肉肉的一只手,浅浅地抖了抖,就松开了,给我手心里留了点余温。

你气色不好,他说。我无言以对,但也确实吃惊。不过很快就释然了,没啥大惊小怪的,我从小身体弱,现在虽然衣食无忧,但是工作辛苦,加上心情不好,作息不固定,头发大把脱落。像我这样的一个大龄剩女,心情郁闷,气色不佳,很正常。

我不想深谈,准备掉头去办公室。看喜万隆那架势,我如果去宿舍,他又会跟着我去宿舍谈文学,说实话,我没一点心情,这年头谈什么都比谈文学正常。但是这个自称文化中心主任的喜万隆,拦住了我:有个事情想请你帮忙!他把手中的公文包递过来,鼓鼓囊囊的,不知道装了什么。喜万隆说,给你提供个素材,请你无论如何把这个故事写一写。我已经拉开了走的架势,跟一个乡政府的小文秘谈素材谈故事谈文学,喜万隆真是自己找不痛快。我真的不想再谈文学,我现在这样挺好的。

这是我母亲的真实故事,我是想了很久才下决心来找你的,以你目前的才华,不写实在可惜。喜万隆的调门陡然提高,好像在为自己打气鼓劲。喜万隆的这句话钻进了我心里,我像是身不由己地回了头,接过包。喜万隆没多逗留,匆匆说了句感谢的话,人已经消失在一棵松树背后。

我进了办公室,拿出一份乡政府人员名单,一个一个地看,包括姓名、性别、民族、出生年月日、籍贯、出生地、参加工作时间、工作岗位、电话号码。我找到了喜万隆,果然是乡文化中心主任,本地人。当目光在出生日期一格停滞,吓我一跳,喜万隆居然是1976年生。1976年?只比我大了八岁,可他的外貌一点都不像三十多岁啊,分明是四十岁已过,在奔五十岁,哪里像1976年出生的样子?肯定是年龄写错了,或者档案年龄存在造假。我悻悻地合上册子。

木秘书来了,五官紧皱,愁眉苦脸,永远都是别人欠了他二百吊钱不还的样子。好奇心跳跃,我拿着册子过去,手指着喜万隆一栏。木秘书淡淡扫一眼,神色如旧,声音却出奇地温和:是小喜呀,他这段时间请假,不过今儿来了,刚才见他上四楼参加会议了。说完就闭上嘴,深深的法令纹刀刻上去一样显眼,看样子就算我拿个铁棍子来撬,他都未必愿意再多说。不过这已经够了,小喜,木秘书喊他小喜,说明什么?说明喜万隆真不是我判断的那么老,不然木秘书不会喊他小喜,应该是老喜。木秘书是 1974 年出生的,1974 年出生的人能喊一个比自己大的干部为小喜?不合基本的逻辑,所以,答案只有一个:喜万隆真的是 1976 年出生。

晚饭后,我想打开公文包。是个很普通的会议包,外面没有印字,看不出是参加什么会议发的包,这种包就是会议上装材料的那种,很常见,应该是三五块钱一个。我反复看了看包,忽然不想打开。我看看头顶上的节能灯,觉得有些暗,又把台灯拧开了。

后来我轻轻拉开拉链,取出包里的内容,有点意外,也有点失望,不是我预想的那样,有一本子厚厚的泛黄的日记、一沓子写满字的材料、采访文字、报纸报道、十佳好媳妇或者好婆婆荣誉证书、乡村妇女致富带头人材料。这些都没有。喜万隆不是说是他母亲的故事吗?不是说我不写实在可惜吗?我已经先入为主地想到了一个西海固的女人。看喜万隆的相貌和气质,我断定他母亲不是县城人,跟我母亲一样,也是乡村妇女。一个乡村妇女的故事,之所以到了不写可惜的程度,说明这妇女和众多西海固妇女有所不同。可是,又怎么与众不同呢?

我懒懒地做着想象,同时,一个故事的大概在脑子里一点点浮现:喜万隆的母亲,应该是一个从小没有父母的孤儿(这样才能凸显这妇女的命运坎坷),孤儿长大后懂事孝顺,人见人爱,是个好姑娘,嫁人后是一个好妻子,好儿媳,好母亲,这时候故事发生了,小媳妇的丈夫殁了。小媳妇的考验来了,是改嫁还是守寡拉扯孩子?这是一道天大的人生难题。寡妇出门再嫁,理所当然的事,只要她自己愿意,没人拦挡。喜家寡妇坚决不再嫁,留在喜家拉扯孩子、照顾老人。她柔软的肩膀扛起了生活的担子,一身泥一身水,一天一天熬着艰难的日子,她熬白了头,熬弯了腰,终于苦尽甘来,娃娃长大了,儿女争气,譬如喜万隆,考上了大学,参加了工作,端上了公家的饭碗。喜家寡妇顶着白苍苍的头发露出了欣慰的欢笑。她的故事在四里八乡流传,很快具备了传奇色彩,引起了媒体的注意,他们都来关注、采访和报道了。喜家寡妇甚至当选了某个年度的县级或者市级十佳好媳妇荣誉……我想象的凭据就是喜万隆这句话:这是我母亲的故事,你不写可惜了。

作为从小失父,亲眼看见了母亲几十年艰辛的儿子,喜万隆是个很懂事的孩子。一般的不孝儿,不会眼巴巴地告诉别人他母亲的故事很感人。有了工作,改善了一家人生活条件的喜万隆,现在有个心愿:把母亲的故事写出来。在儿女眼里,这样的母亲足够伟大,也确实值得书写。喜万隆自己想过要写吗?很有可能想过,但是他发现自己写不来,或者写不好。所以他想到找一个作家来写,不知道什么原因,想到了我头上。我怔怔地看着公文包猜测,也许喜万隆听到办公室新来的几个年轻人里有个叫苏郁玲的,就留意了一下。凭他也有爱好阅读的习惯,他知道这个人是我,在县城小有名气的小作家,所以他就来找我。

思路理顺了。我不得不佩服自己的联想能力和自圆其说的本事,这也和我多年来写小说有关。这几年,我把我出生并长大的那个乡村里大大小小有意思的故事都搜罗来,变成了文字。也有一些外村的人听到我写故事,专门写乡村普通人,就找到我要给我讲故事,希望我能写一写,其中不缺乏喜万隆母亲这样的故事。大多数是贤妻良母的感人故事。西海固这片土地气候干旱,六盘山周围分布的五个区县都缺水,很早以来就是贫穷地区。贫穷的历史源远流长。尤其20世纪六七十年代,大家一直挣扎在贫困线上。可以粗略推算出出生于20世纪50年代的喜万隆的母亲,寡居的日子正好是那个年代末。包产到户前,也正是西海固人挨饿受穷的漫长日子。

想到这里,说实话,我有点意兴阑珊。如果故事真是这模样,我不想写,没兴趣也没热情重新拾起已荒废半年的笔。这样的妇女,实在是太普通太常见了,普通到在西海固任何一个山沟里,一抓就是一大把不敢说,但是三五个山沟里绝对能找出来一位,一点都不夸张。过去的西海固的妇女谁不是这样生活呢?尤其我的奶奶辈母亲辈那些人,一辈子面对着贫瘠的土地,春天种,夏天锄,秋天收,寒冬腊月守着雪窝子开始碾麦场。她们无怨无悔地承担着生活里绵绵不绝的苦难。可以说每一位西海固妇女的故事都是感人的,都值得好好书写。至于喜万隆郑重其事地找来,说他母亲值得写,不写可惜,我觉得这只是一个儿子眼里对自己母亲的认识。在儿子看来,世界上还有谁能比自己的生身父母更可亲可敬呢?

公文包里还有几本杂志,有《葫芦河》《六盘山》《朔方》,还有一本是《小说选刊》。这几本杂志里都有我的文章。我烦躁地翻着书,内心极度郁闷,这人什么意思?眼巴巴交给我这些我自己早就拥有的过期杂志,究竟是什么意思?真是莫名其妙。

从《小说选刊》里掉出一片布。一片严重泛黄的普通粗白布,硬硬的,只剥开一层,我就看到里面裹着一张照片。

3

公务员培训通知下来了,我暂时离开岗位,参加培训。

脱产培训,为期四十天。在办公室闷着头下苦了这些日子,一旦离开,真有种脱离苦海的感慨。培训期间的管理自然没有全日制学校那么严格,除了按时听课,课余时间可以出去玩,访友、约会、购物逛街都可以,不用记挂那些没完没了的办公室的活儿,更不用时刻为刻板的公文拟写和讲话材料费神,这四十天我过得轻松愉快。

培训结束回到乡政府的第二天,午饭后我刚放下碗,拿餐巾纸蹭着嘴上的油痕走出食堂,一个人忽然从门帘下冒了出来,是喜万隆。喜万隆两手插在裤袋里,浅白色夹克、牛仔裤、黑皮鞋,身材微胖。看身材和衣着,他可以算得上帅男一枚,但是一张脸破坏了生态平衡:他的胡须很浓,黑漆漆一大圈,把一张嘴严严实实地包裹了起来。眼神倒是清澈,本来漫不经心有些随意,在撞见我的那一瞬,他忽然眼睛一亮。我赶紧低头,微微点一下头,侧着身子就要离开。可是,他退开一步,不进门,站在台阶下拦住了我。

啥意思？我气恼地在心里喊，这人不会脑子有问题吧？郑重其事地跑来找我写你母亲，可是送来几本过期杂志，外带一块破布一张旧照片，没有一点文字材料，你让我写什么？就算你母亲不识字，至少你也得给我提供你自己少年时代的日记，让我从那陈年文字中去打捞和你母亲有关的生活细节，或者你现在写点回忆性文字也好。就算你文笔不行，那也没有问题，你只要给我提供素材就是。退一步讲，你也可以给我提供你母亲之所以伟大到非写不可这种程度的证据，诸如荣誉证书啊报纸电视等媒体的报道啊什么的，你一个字腿儿都没有，你让我写什么？再说我真的没兴趣重操旧业，我现在是乡政府文秘，正一心一意地憧憬着能在这条路上一点点往高处走，几年后也熬个副乡长啥的当当。

想请你吃个饭，有时间吗？喜万隆问，手还在兜里，两条腿一虚一实，身体的重量靠那条实腿支撑，虚立的脚跟在微微晃动。我得承认，不看那张脸的时候，他这个人是有那么一点点的潇洒。没有时间，我赶紧摇头说，明天市上要来基层调研，我得修改座谈汇报材料。那后天呢？他看着我，目光很直。我忽然心头一跳，他的眼睛好亮，眉毛睫毛跟胡须一样，浓密得像野草，就在这黑扎扎的簇拥包裹下，一对纺锤形眼睛里闪出的光聚成两束，好像要射穿我说谎的心。我也不知道自己怎么就点了头。他说，那就后天吧，周六，应该没啥事。说定了，到时候我等着。

快步回到办公室，我有点微微的悔意，这不是神使鬼差吗？我们不熟悉啊，怎么就随便答应了吃饭？这合适吗？很快，我就摇头,轻笑,给自己开解,怕什么?同事之间正常的来往嘛,也值得大惊小怪?就算抛开同事这一层,不是还有个作家和文学爱好者之间的关系吗?不就是随便吃个饭吗?如果觉得吃人家的嘴短,以后找机会回请他一次就是,反正在一个单位共事,还怕没有机会?

　　吃饭地点在冶家余面馆,我们乡政府在一条巷子里,出了巷子才是正街。巷子僻静,两边都是民居,马马虎虎盖了一些门面房,生意冷清,所以大多是小商店。我们吃饭得走出巷子到正街上去。我们一前一后走着。我穿了高跟鞋,五点的街道上集市早就散了,清风裹着各种垃圾满地飞舞,行人寥落。我的高跟鞋敲击着地面,发出的声音竟然很清脆。我生来双腿有点微微外八字,为了掩饰生理缺陷,只要有机会我就穿高跟鞋,然后碎步快行,竟然有几分淑女味儿。

　　路过本乡最大的清味苑饭馆,我抬头扫了眼绿色底板上的大幅白字。不去这里?过门不入,擦身而过,继续前行。有一点点的失落,像细碎的蝇子掠过空气一样在心里晃了晃。以前参加文学活动,哪次不是在大酒店就餐?最不行也是清味苑这样的中档饭馆,真有点后悔轻易答应这个邀请。政府食堂的饭不错,洋芋碎叶子面,牛肉菜蔬都不缺,挺有家常味道,自己掏腰包吃自己的,要比莫名其妙地跑出来蹭吃理直气壮得多。

　　喜万隆在一个小门店门口收步,为我打起了门帘子。这种长条状透明塑料帘子又厚又重,稍不小心就会扫到脸上,打得脸火辣辣地疼。谢谢,我说。进门前不忘匆匆抬头扫一眼店铺头顶的小牌子:冶家氽面馆。以前没来过,在众多大大小小的饭馆当中,似乎也没注意到它的存在。

进了门倒是挺意外,虽然是小店,却拾掇得分外洁净。墙面和地板都保持着洁白,就连桌上的小筷子笼和调料盒,也显出八九分本色,不像常见的那样糊满油腻污垢。两碗氽面,一个小菜。喜万隆没有征询我的意见,随口跟一个头戴白帽的男人吩咐。郑重其事地请我吃饭,却只是一碗氽面,我觉得憋屈,再次悔不该轻易出来这一趟。屋子向阳,小窗户清明透亮,窗台上搁着一盆绿色植物。小小的环境竟然分外安静清幽。面对面相坐,悔意再次浮上心头,我真是看不透我自己,这么随便就跟一个不熟悉的人出来吃饭,我欠这一顿饭吗?还是一碗十二块钱的氽面。

我其实不姓喜。喜万隆说。

我感到意外,这才抬头看他,第一次正式和他对视。幸好有惊奇,遮掩了我眼里的羞赧。

我姓王,喜是我母亲娘家的姓。他边说,边扯了餐巾纸擦拭玻璃杯,动作不急不慢。小餐馆图省钱买的是劣质纸,纸片在杯口上发出吱吱的声响。我知道这种纸脆弱,擦拭几下纸片会像干透的驴粪一样,绽开丝丝缕缕的裂纹。相片里有我母亲,那是我母亲留在世上唯一的相片。

我默然,但是脑子里早就活跃起来,隐隐的好奇心之下,竟然还有一抹微妙的惊喜在雀跃:故事来了,难道要超越我预想的版本?

那张裹在白布里的相片我已经看过,看得十分仔细,就差弄个放大镜来,像考古专家挖掘文物那样仔细观察研究了。观察的结果是,那是一张普通的相片,只能算是再普通不过的日常生活照。这样的相片,我家里就有,母亲和她的兄弟姐妹,父亲和爷爷奶奶大伯父小姑姑,都留下过这种记录一家人在某一时段里生命存在状态的相片。是那种用老式相机拍摄,然后将胶卷泡在水里洗出来的相片,四周有半齿轮状的剪痕。

喜万隆送来的就是这样一张黑白相片,像最初的黑白影片一样散发着古意。所以,即便在这个早就数码相机当道,胶卷在当下的年轻人听来就是传说的时代,喜万隆这张带齿轮花边的黑白相片并没有让我惊讶。相片里有喜万隆的母亲,这一点其实我也早就想到了。我昨夜甚至还借着灯台细细地寻找过,辨认过,试图从外貌和五官以及气质上寻找出和喜万隆相像的那一位。

我没有找到答案,因为喜万隆长什么样,毫不夸张地说,我并没有看清楚。把一张年代久远的相片里的某位少女和一个有着一大蓬黑胡须的大汉联系起来,我失败了。

我看着喜万隆擦杯子。他不擦了,吹了吹杯子,开始倒水。茶是早泡好的,倒进杯内清澈碧绿,闻着有股茉莉花味。

一共六个女子,都是喜家湾的,用我们今天流行的那句话来讲,她们都是我母亲少女时代的闺密,喜万隆说。

我没笑,有什么好笑?称谓变了,本质没变。这么说来,那另外五个姑娘是喜家姑娘一起玩耍的好姐妹。但是喜万隆微微地笑了,指头轻轻敲着桌子一角:我妈叫喜进花。

我淡然地听着。我知道,一个人要是想讲故事,一定会毫无隐瞒地讲出来;要是不想讲,我就是追问也没用,况且,我真的不想再碰文学了。

我真是希望这个本姓王却随了母姓的男人不要绕了一圈子之后告诉我,喜进花从小双亲早逝,嫁进王家不久就坐寡,然后就是寡妇历尽艰辛拉扯培养儿子,今天儿子想通过一种叫文学的手段告诉世人,他的母亲当年是怎么样树立起了一个坚强女人的形象。

这类题材的文学作品我早年看多了,早就审美疲劳了。一种刚涨起来的情绪,迅速回落。我毫不客气地想,回请就免了,这个人的这碗面,是我们之间最后的交往。一碗十二块钱的籴面,难道值得我巴巴地回请? 更重要的是,我不想听到喜进花大义守寡、弘扬妇德的俗套桥段。

面上来了,喜万隆把其中的一碗双手推到我面前。我伸手拿筷子,他抢先拿了,用餐巾纸擦,像擦杯子一样擦了几个来回,掉个头,筷子尾巴向着我,递了过来。

谢谢,我听见自己木然但不失礼貌的客气声,忽然想起从前也曾马马虎虎交往过几个男友,对方自己找来的、同学介绍的,也有我反过去主动搭讪的。好像每次吃饭,都是我在张罗着擦餐具,还真没有谁这样细心地照顾过我,心里禁不住一酸,那也算恋爱啊? 勉强算是吧,马马虎虎来往几次,都无疾而终了。好像没有什么过硬的原因,也好像细细碎碎的都是跨不过去的坎儿。要是遇上像喜万隆这样照顾我的,我会不会因为受宠般感激,进而怦然心动?嗨,这都哪儿跟哪儿呀,我想偏了,就这位大叔?嘿嘿,怎么可能?我无声地摇头,把瞬间涌上的无聊赶紧驱散。

你以前知道这冶家伞面吗?吃过吗?喜万隆问。我摇头,再摇头。我懒得说话,意思在两度摇头的动作里:没听过,没吃过。我们这个乡是回汉杂居,回族美食遍地都是。在著名的手抓羊羔肉、烩牛肉、蒸碗羊羔肉、油香蘸蜂蜜、清油葱花饼面前,我没有理由单单注意这家隐藏在杂乱市井里最不起眼处的小面店。

可惜了,喜万隆说。他的筷子开始在碗里搅动。他揭开一个小白瓷罐子,挖一勺子油泼辣子调进饭里,随着搅动,一片红艳艳的油辣子铺了一碗,再配上碗口的绿色香菜末,顿时有红有绿,白面皮,黑木耳,牛肉丸子,真是相映成趣,让人顿生馋意。我也是个辣椒狂,我已经隔着空气闻出来这家的油泼辣子不错,用的是纯正胡麻油,辣椒也是当年的新鲜辣椒,不然泼不出这扑鼻的香味。但毕竟我们彼此不熟悉,就算再馋,姑娘家的矜持还是要保持的,我只挖了少半勺油泼辣子。

伞面的全称叫生伞面,他一边吃,一边说,不再看我,甩开腮帮子往嘴里扒拉饭,话却沿着和饭菜入口完全相反的方向一句一句冒出来:为啥叫生伞面呢?是因为做饭的肉完全不炒,生肉下锅,菜也不炒,也是生下。

我开始吃。我管他炒不炒,反正我用不着做饭,想吃出来吃一碗就是,何苦要知道那么多?但是,我心里的好奇已经蠢蠢欲动了。这都是多年写作落下的坏毛病,听到新鲜事儿就马上想听,想知道来龙去脉,因为见多识广是作家最起码的素养之一,孤陋寡闻还妄想能写出好作品?就算下了决心放弃文学,但是坏习惯难改,我还是有些认真地听着。

选好生肉,牛羊肉都可以,瘦肉最好,洗净控干,搅碎成末,然后将生姜、葱花、花椒、味精、盐放在一起搅拌,匀称以后倒一股子清油,得是生油,再搅拌,完全搅好以后放着备用。面粉最好是高精粉,老家磨的白面也可以,盐水调面,和好后揉揉,分成剂子,扣起来醒醒。我边听喜万隆神侃,边懒懒地喝了一口汤。我顿时惊喜:这面不错啊!

这小半年,食堂吃腻了,或者哪天厨师有事关门,我就要在外面解决。街面上的大小饭馆几乎吃遍了,连那些凉皮店、麻辣烫馆都没放过。清味苑饭馆也进去过,那里面菜不错,就是太贵,偶尔犒劳一下自己可以,常吃不现实;面却一般般,和外面小馆子里差不了多少。想不到这冶家余面却让人眼前一亮。连着喝几口,噙住了汤汁,慢慢下咽,轻呼吸,深体会,一股清爽中裹着醇厚的美味沿着五脏六腑游走扩散。

生余面要做好,第一是肉,第二是面,面好肉好,就可以开锅下面了。水开了,把切好的菜下进去,葱头、西红柿、蒜苗、大葱。别看饭馆里只放几样菜,其实好多菜都可以放,越多越香,水翻跟头的时候把肉余进去。喜万隆说,腮帮子随着咀嚼蠕蠕地动,腮边两道咬肌明显鼓胀起来,一抖一抖地滚。

我默想"籴"这个字,入水,可不就是直接放入水中?什么人把这样一个生僻字搬到了一碗面上?生籴面,生,籴,独特,又形象。我含笑望着喜万隆,开始认真地听。

搅拌好的肉末腌制好了,不能直接倒进水里,要用三个指头捏。就这样,一抓一个疙瘩,丢进开水里,筋道要恰当,不然就散了,得让它熟了还是一个圆圆的丸子。喜万隆边说,边把筷子交到左手,右手的食指中指大拇指撮在一起,做出一个捏的姿势。

我夹起一个丸子入口,慢慢吃。清香满口,油而不腻,果然是少见的美味。一碗面上铺了十几枚丸子,我不得不暗暗赞叹,这家面馆实诚,没有偷工减料。

肉熟了再下面,出锅后撒上香菜末子。喜万隆说着,端起碗喝干了碗底最后一口汤。

好吃吗?喜万隆问我。这亲昵的口气吓了我一跳,抬头看,一对亮闪闪的眼睛近在咫尺,正在一眨不眨地望定我。一般般吧。我极力压制心头的慌乱,故意口是心非。以后常陪你来吃,可以吗?喜万隆说。我往后退缩,木椅子在屁股下发出吱嘎一声呻吟。喜万隆没有继续追进,大胡子包围着的嘴角翘起微微的笑,他喊掌柜的出来结账。

出了冶家籴面馆,我告辞。我不想跟喜万隆一起走回政府大院,便撒谎说自己要买点零碎东西。他要是某位领导,或者一位帅男,我倒是十分愿意陪着他进出,也乐意让大院里那些眼睛看到这一幕,至少会给人们这样的印象:这姑娘和领导啥关系?看样子不错嘛,不熟悉能一起进出?有可能是亲戚。或者,这姑娘不错嘛,能和帅哥一起出入。不管如何,都能暂时满足我虚荣的小心脏,至于这位大叔嘛,我们还是分开走为好。

喜万隆的手又插在裤袋里,不置可否地目送我。我都走出去好几步了,他忽然追上来说,我妈喜进花,十八岁嫁给我大。一个下雪的早晨,我大和我妈出门,走到一个没人烟的豁口,我大把刀子从背后戳进去,戳碎了我妈的内脏。

空气骤然凝固。

有种错觉,恍然袭遍全身,分明有人将一把刀子戳进了我的后背。

初冬下午六点的街道,实在没什么景物可供观赏。风吹过,店铺、树木,偶然一个行人,冷清、萧瑟、凄凉,一切都笼罩在向晚的一种灰白混沌中。西北山区的小乡镇,冬景实在是单调至极,乏善可陈啊。

我仰头望了望天,不回头,只把声音留给身后那个人:喜进花的故事,我写。

4

乡政府办公大楼是前年盖的,不知是投入太少,还是严重偷工减料,反正给人感觉这栋四层高的楼不像楼房,而是调皮孩子玩耍时用砖块加纸板堆砌起来的玩具房。墙体严重脱落,雨水从楼顶顺管子流下,浇到墙上,将白蓝相间的涂料冲刷出一道一道伤痕,楼内转角拐弯处密布着裂开的口子。楼顶渗水,一道巨大的裂纹已经从四楼延续到三楼楼道。领导们住在楼上,大办公室和几个小办公室全部在一楼;灶房和接待上级的餐厅在平房里,计生中心、文化中心等在一栋独立二层楼上;大多数干部住在老式平房里。

喜万隆带我去他的办公室,办公室在二楼的文化中心。

沿着空寂的楼梯上去,楼道里空荡荡的。不锈钢扶手上落着厚厚的尘土,不知被谁家孩子调皮的手划过,留下一道道痕迹:横七竖八的线条和圆圈,歪歪扭扭的汉字,某个人被夸张变形的头像。

在挂着乡文化中心牌子的门口,喜万隆开门。喜万隆的房里异常干净,一张床、两张老式办公桌、两把椅子、一排硬座椅、两张铁皮书柜占据了一小半面积。按照乡政府干部的习惯,那书柜后面还有地方,里面应该用砖头砌出一个小空间,堆放着乡政府分配的过冬取暖的煤炭。除了大办公室的秘书们办公地点和宿舍分开,其余干部都是一间房,上班、睡觉都在里面。冬天清闲,很多干部都在家里猫着,上班的没几个人,大院里冷冷清清,文化中心更冷清。

喜万隆的单人床上铺着一件磨毛绒床单,铺得很板正,好像用刷子扫了无数遍才有这效果。被子和枕头叠起来搁在床头,被套是浅绿色,枕巾是浅绿色,被子像豆腐块,枕巾苫得端端正正。我真怀疑他是拿了一把尺子量着尺寸和方位,才折叠摆放出这种效果。目光淡淡扫过,我心里暗叫惭愧。相比之下,我的屋哪像女孩子的卧室,倒是和喜万隆掉个个儿才更恰当。我们的习惯是,椅子上坐可以,床边上坐也可以。冬天冷,一般坐床边,我看了看,没敢坐,怕自己一屁股下去这方方正正一丝不苟的床上就乱了。一个大男人家的,这么细致?或者,是老婆的手笔?肯定是老婆。乡干部带老婆一起住单位过日子,不稀罕,常见。尤其刚结婚在城里买不起房子的,正好在这里凑合三五年,度过买房子还贷的过渡期。

老火就这样常住,他们老两口还带着俩孙子呢,老婆专门接送孩子上幼儿园。不过老火家房子里真是够乱,简直没地方下脚。俩孙子像小土匪,一刻不停地折腾。老火老婆是乡下女人,邋遢惯了,大家也都看习惯了,没听到谁笑话过老火。有时候心里烦乱,想跟别人说说话,我会去找老火老婆闲聊。

再看喜万隆的屋里,地面上的白瓷砖,说一尘不染丝毫不夸张。四面墙上除了挂着副挂历,没其他杂七杂八的东西。一个铁皮脸盆架上,一个香皂盒子干净得闪光,两块毛巾一高一低分别搭在架子上。那毛巾分明是旧的,却很干净,洗得发白。按照正常习惯,应该是一块面巾,一块用来擦脚。连擦脚布都这么干净,这两口子该有多爱干净啊。我偷偷吸气,看这干净又整齐的程度,他们应该还没有孩子,或者孩子留在别处,没带到这儿来。连连暗叫三声惭愧之后,我被床单上的图案吸引:大片浅淡的绿色草地上,一对圆嘟嘟的熊猫抱在一起做嬉戏状,两个小家伙都憨态可掬,尤其经过卡通风格夸张处理,脑袋比身子大了两倍,越发显得胖乎乎肉嘟嘟地可爱。一个大男人家,还身为一位主任,竟然铺这样一件明显是孩子才喜爱的卡通图案的床单,是不是有点好笑?我瞅着一对笑眯眯的熊猫笑了笑。

通过铁皮柜子的玻璃可以看到,里面全是和文化工作有关的读本。这应该是能够显示他本职工作的一些东西。站在床边位置,我才看到铁柜后面,藏着一张木柜。喜万隆从床尾过去,打开木柜,慢慢地拉开柜门。

满满一柜子书!我简直看呆了。真不知道他哪来这么多书。柜子有半人高,分上下两层,下层从《葫芦河》《六盘山》到《小说选刊》《小说月报》,全是文学期刊,更让我惊讶的是,它们都按照时间顺序,一本一本摆放在一起。上层是图书,左边是世界名著,右边是中国书籍,甚至包括《二十四史》《本草纲目》。在《本草纲目》旁边,整整齐齐码放着几十本书,不是某些干部用来装点门面的理论书籍,而是清一色的连环画。这些连环画分里外两层,一本挨一本,书脊向外摆了两层。有《小兵张嘎》《小英雄雨来》《红旗谱》《青春之歌》《渔光曲》《封神演义》《聊斋志异》《朱元璋演义》等。还有四大名著的连环画,一本不缺。譬如《红楼梦》,按照《乱判葫芦案》《熙凤弄权》《黛玉葬花》《查抄贾府》《宝玉出走》等顺序摆放。我尤其注意到《宝黛初会》,正是我小时候看过的版本,人物描画逼真,笔法细致,每一个人物的面容都饱满圆润可爱。《宝黛初会》是我少年时候最喜爱的一本连环画,可惜的是后来丢了,为此我还哭过鼻子,后来每每想起,都觉得遗憾无比,很想再买一套收藏,却不知道哪里有卖。

我心里的羡慕咕嘟嘟地往上翻涌,爱书的毛病又犯了。我真想马上借回去重新看一遍,重温一遍小时候的阅读快感。从这精心摆放的架势看,喜万隆对这些连环画很看重,所以我悄悄压下心里的欲望,没敢贸然开口,只是在柜前浏览。我把所有的书目都浏览了一遍,有些我读过,有的我甚至都没有见过。我们都不说话,我有点疲惫,我心里一片平静。这世上,有人把书装进脑子里;有人把书摆在案头枕边;有人读书为了提高修养,淡泊明志;有人攒书为了装点门面,拿来唬人。喜万隆是什么意思,给我看这么多书,是想说明什么,表明他学识渊博?难道这么多书他都读过,汲取过其中的养分?

我无声地冷笑。

我母亲是左边第二个,右边的辫子从背后拿过来,搭在肩头,右手轻轻捏着辫子梢儿的那个就是。喜万隆忽然说,同时缓缓合上书柜门。这种单位早年配置的老式书柜,我只在大学图书馆存放古籍的一个角落看到过。那些古籍都是从右翻页,竖排版,纸页泛黄,字体坚硬烦琐,清一色的繁体字。我也只是当古物而好奇地看看,没兴致借阅那些天书一样的老书,老书们就蹲在这种老书柜里,静静地沉默。

想不到喜万隆这里还存着一个老柜子,幸好这种纯实木柜子十分结实,不然这么多书,不把柜子压垮才怪。他的手停在柜门左右两侧的两片半荷叶状黄铜拉手上,似乎在犹豫。

我在脑子里快速搜寻画面。那张泛黄的相片呈现眼前:六个女子,从左往右数,第二个。这左边第二个女子就是喜万隆的母亲,她应该是圆脸还是长脸形,刘海偏左还是偏右,露出白白的牙齿微笑还是抿嘴而笑?至于辫子嘛,六个女子都是长辫子,都是双辫子,这是那个时代西海固乡村女子的普遍打扮。至于这左边第二个女子是不是把右边的辫子抓在手里,我还真是记不清了。

为了从中找出喜进花,我曾经对相片苦苦观察过,一个一个地看。她们都十六七岁的样子,花样年华,都在笑,一个个都很高兴,我敢肯定那是她们从心底里流露的笑,是真正的喜悦,不像现在的孩子,动辄苦着一张脸,好像有无尽的烦恼。她们六个女子并排站立,只照了上半身。可能是照相师傅的技术有限,那半身照截取的比例严重不合适,从她们的大腿部位截取,去掉了下半身。虽然是半身照,但是所有人的裤子都能看到,是那个时代的粗布裤子,款式又宽又大。我反复观察后,锁定最右边一个女子是自己要找的人。我昨夜还对着灯光细看过这女子的五官,想不到是左边第二个女子。说实话,现在我想不起左边第二个女子的具体面目,似乎她在笑,五官的轮廓就在眼前,却就是无法放大拉近了细看,更无法和喜万隆的五官神态一一契合。

我淡淡地笑:很漂亮啊,你妈年轻的时候。

这话肯定不会错,因为相片里六个女子的长相都差不多,用我们这个年代的审美标准来说,其实她们算不上漂亮,甚至土里土气。从发式到衣着,到站立的姿势,到面对镜头的姿态,都和那个年代惊人地契合,带着天真,透着浓浓的朴素,还有点傻里傻气。

喜万隆没接我的话茬。我也默然,我知道自己这马屁拍得实在是有些拙劣。喜万隆的手在黄铜荷叶上滞留片刻,又轻轻拉开了柜门。他难道要主动借我那套《红楼梦》一看？但是，他从古书中间抽出一本。拿出来后，我才发现不是古书，是一个本子。本子很厚，却轻，似乎是早些年的纸张经过时间的过滤，把其中的水分榨干了。米黄色皮革封面，印着毛主席头像和一行字：为人民服务。

我接过本子，同时抬头看喜万隆，骤然撞上了一张新鲜逼真的男子脸。我的心忽然乱跳起来，不经意间，我们竟然离得这么近，近到我看到了他脸上细密的汗毛、浓黑的胡须包裹着的嘴，嘴唇竟然饱满鲜红。

你坐下看。喜万隆说，转身去倒水。

幸好喜万隆没有注意到我这一刻的窘迫。死妮子，你干什么啊？我悄悄骂自己，人家早就有家有室，是已婚男人。小女子就是春心萌动，也不能对着这么一个胡子拉碴的大汉胡思乱想，想作死还是咋的？不作死就不得死，苏郁玲你清醒点。半池刚刚漾起波澜的春水，就这样被我恶狠狠地溺毙在萌芽状态。

是一个笔记本，我小心翼翼地翻开。首页，空白。第二页，有时间和姓名：1989 年 1 月 23 日，农历腊月十六日。喜万隆。字体规整，一笔一画，透着认真，但也能看出一丝力道上的欠缺和稚嫩。

1989 年？喜万隆如果真是 1976 年生人，那么 1989 年的时候，他应该是十三岁。十三岁，按照那时候乡村孩子入学年纪稍迟一点计算的话，十三岁的少年应该是小学五六年级的学生。五年级或者六年级，是到了能独自写日记，并且把日记保存起来的年纪了。我明白了,这应该是喜万隆的日记。之所以给我看这本日记,是因为应该从这一时段开始,喜万隆知道母亲喜进花的故事了。他将在这本日记里,讲述一个少年心中对母亲的感知和记忆。

十三岁的少年,将写下什么样的文字?

我承认,这一刻我的心忽然很激动。一种将要揭开别人隐藏许久的秘密的那种心理,有点光明正大,却也不得不坦诚地承认,还有点窥探的窃喜。

日记的第三页,没有字,有一张画像。铅笔画,画面有些模糊。画在右边的纸上,左边的页面上也印着一个淡淡的铅痕面影。不用说,这是因为年代久远,铅痕脱落浸染的结果。画面上的一个女子,梳着一对辫子,麻花状的辫子,一根藏在脑后,一根越过肩膀,搭在前面。如果身体开始发育的话,这根辫子应该就落在如花苞般微微鼓起的少女乳房之上。右手抓着辫子,目光望着前方,微微含笑。虽然面容模糊,但是那笑容真切饱满。

我心头怦然一动:这不正是喜万隆刚才说的相片上左边第二个女子吗?喜进花。

十三岁的少年喜万隆,把母亲喜进花画在了自己日记本的扉页上。这说明了什么,表达着什么,还需要多问吗?

喜万隆双手捧着一杯水,他没有用待客常用的一次性纸杯,水盛在一个卡通图案的敞口白瓷杯里,水面徐徐冒着热气。一张脸被水汽隔开,他定定望着我。我想说点什么,但嗓子里涩涩的,找不到合适的话。我突然觉得手有千斤重,慢慢地翻到了日记本的第四页。

意外的是，日记本第四页也不是文字，同样是一幅画，铅笔画。画中是一位女子，麻花双辫，右边辫子压着花苞般发育的少女乳房。女子面带微笑，笑容深情，笑容恒久，似乎在注视着眼前的人。这一幅画要比前一幅画清晰，笔法也娴熟，但差异也只是一点点。看得出还是一个小学生的手笔，而且没有经过培训班学画练习，只是一个乡村孩子独自在那里所做的笨拙至极的描摹。

下面应该是文字部分了。我翻动纸页，硬硬的乳黄色纸张在指尖凝滞。我注意到这种20世纪80年代印制的笔记本，在每一页右下角的乳黄色纸上的淡绿色横线末尾，印有一朵小小的花。五个花瓣，梅花还是桃花、杏花？都不像，都相似。淡雅、温馨。无声的点缀，使一张纸平添了一份生命存在的气息。目光久久在页尾踟蹰，我不知道在担忧什么，忽然觉得心在膨胀，火辣辣的，湿漉漉的，眼眶发紧酸涩，双手酸困。十三岁的少年，把什么样的沉重和伤痛用画作定格其中。三十多年后的汉子，又把什么样的难忘和心思捧给了我？心间有微微的懊悔，也许，我就不该答应。

一个洁白的影子，鸽子一样滑落，一片水花裹着热气四散。我听不到白瓷碎落在瓷砖地上的脆响，只感到心如失控的鼓点一样狂乱擂响。

喜万隆将我紧紧揽进怀里，我的上半身贴着他的胸膛。他的手劲真大，似乎要把我一直按进他的胸膛深处。可是他的胸怀怎么就这么宽阔深广呢,像一片茫茫的海。我像一叶孤舟,在海面上漂浮。我挣扎啊挣扎,用力啊用力,可就是走不到尽头。我想就这样沉落下去吧,一直沉落,永远都不要到达尽头。

日记本落在床上。杯子碎在地上。门是敞开的,窗户也亮着。我很怕,怕有人此刻路过门口看见这一幕。可我又盼望时间能够定格,将这一刻无限拉长,让这样的拥抱恒久。迷迷糊糊中,我觉得自己在做梦。

5

老火老婆在门口择韭菜,门帘打起半边,她能看到外面的院子。院子里的人,也能看到她的半个身子。

办公室没活儿。我心烦,凑过去给老火老婆帮忙。两个人坐在小马扎上,一边闲聊,一边信手择着一根根碧绿的韭菜。她择得一心一意,我却心不在焉,抓一根韭菜,连叶带秆拆分,分解成一把零碎,再抓第二根。

老火在套间里,里面电视声音很大,动画片正演得如火如荼。不见两个孙子捣蛋,定是被动画片吸引住了。大白天的,套间里亮着灯,炉子在里面,外面只有一个俗称扯炉子的通炕。这种炕,炉盘和炕连在一起,外面烧火做饭,烟火蹿进炕肚子,既能做饭又能取暖,是早年流行的一种取暖方式,节省煤炭。但也有弊端,排风不利的时候,容易打倒烟,煤烟中毒率比炉子高得多,打死人不稀罕,所以现在这种炕大多淘汰了。

上次的雪在对面的花园里还有残留,有人把雪扫起来堆在松柏树下,如今还没完全消融。一个人影在远处走过,雪青色羽绒服,牛仔裤,脚步轻捷,背影熟悉,我忽然心头撞鹿。同时恍然明白,为什么这几天我干啥都提不起神,老是思想抛锚,心里莫名失落,好像把什么丢了。神经紧紧绷着,我总是担忧有什么不可预料的事情要发生,但分明又在暗暗盼望着真能发生点什么。看到他,我就知道自己这般纠结究竟是为了什么。

闲闲地把一根韭菜撕扯,撕成几段,还不停,直到扯得更碎。寒冬韭菜贵,老火老婆看了肯定心疼。我不管这一茬,懒懒地装作无意地,提到了喜万隆。

小喜啊?老火老婆笑了,笑容欢实,但也有点清淡地说,小喜那娃嘛,说起来是个好娃。她忽然看了我一眼,我心头一惊,赶紧低头,装出啥都不懂的嘴脸。好像我是路人甲,老火老婆说的这个人是路人乙,我们没什么关系,我只是无聊闲谈时无意中扯到了他。老火老婆将目光移开。凭感觉,我知道她没有起疑。老火两口子都是老陕,说话腔口硬,给我的感觉是说家常也像在吵架,但从这淡淡的口气里,我也捕捉到了一丝欢喜。说到喜万隆的时候,老火老婆是欢喜的,这说明了什么,说明喜万隆这人不错。

老火老婆话不多,但是爱憎分明,这些日子的交往,我已经知道这个女人的脾气。她说好的人,那肯定就是好,至少脾气和顺,为人正派,怎么都能划拨到好人一边;她撇嘴角的人,那肯定是色鬼赌棍,或者地痞流氓,或者人里的油子,借钱不还,贪图便宜,还常干别的坏事。

娃是可怜娃,老火老婆主动说,没妈嘛,碎碎的(小的时候)就成了孤儿,是他外"na"抓大的。唉,这娃也算是争气,考上大学咧,今儿个也有咧工作。可是你不知道,这娃心思不好……

我呆呆地听着,一捆韭菜快要择完了。那些择过的韭菜摊在眼前,像一池碧水,在我眼前晃荡。老陕方言里的外"na",这个"na"字我不知道怎么写,听音是四声,发声干脆凌厉,应该是外祖母吧。喜万隆说过,他是在外奶奶家长大的。可是,心思不好,又是什么意思?

喜万隆的话在耳边徐徐道来:我没有见过父母,在我五岁之前,我不知道人活在世上是有父母的,我一直以为我就是外奶奶生出来的。有一回,我和舅家的娃娃耍,我们打架了。比我大两岁的姑舅哥,指着我的鼻尖说我是野娃娃,叫我滚回自己家去,我哪里肯信,哭着去问外奶奶。她老人家搂着我,告诉我不要听别人满嘴胡说,我是她生出来的,她的家就是我的家。但是,你知道吗?有些事情很奇怪。如果说五岁之前的我生活在一个封闭的黑屋子里,我不知道外面有光亮,我把黑暗当作世界的全部,我也就从不想去看外面的光亮,可那次事件像有人把窗户推开了一道缝儿,光透进来了,我的眼睛看到了光,我怎么还能继续安心在黑暗里待着呢?我开始想方设法找窗子找门,我渴望找到光亮,我想弄清真相。你知道吗?半年之后,我终于找到了答案……

当时我听到我们的呼吸声在窒息一般的空间里一起一落地回旋。我们抱在一起,我的耳朵贴在他左边胸口,我听到一颗男人的心脏在跳荡，一起一落，有力、惊险、激荡人心、充满诱惑，像巨大的瀑布从万丈悬崖上倾泻而下，冲撞着无比巨大的石头。有一种渴望，我不敢流露，但是在心间真实地膨胀：我想一件件脱光自己的衣衫，跳进这漫天瀑布，让万丈白练裹挟我，席卷我，吞没我，撕扯我，粉碎我。我渴望赤裸裸地在其中沉落，沉落，我渴望一直沉落下去，哪怕就这样坠入万丈深渊，就这样粉身碎骨，我也愿意。那一刻我觉得十分心疼他。十三岁开始为母亲画像的少年，五岁明白了人世的真相，那是怎样的打击和隐痛。他怎样独自面对这残酷的真相？又怎样在漫长的成长岁月里，消化这恒久的磨难和孤独？

我抬头望着门外高处的天空，痴痴发呆。我回味那一刻我们抱在一起的余味，似乎有余温还残留在心口。现在他在别人嘴里被描述，这一刻，我像那个五岁的男孩一样，也惧怕着真相。

老火老婆择完最后一束韭菜，长出了一口气。她不急于淘洗韭菜，她硕大的屁股压得马扎变了形。老火老婆说，娃是个好娃。她忽然有些愤愤地说，不吃烟，不喝酒，不要钱，不胡日鬼捣棒槌，就是心思不好！

我一脸的淡定。我的心却高高地悬起。

吃不吃烟，喝不喝酒，要不要钱，是这里的回族衡量一个男人好与坏的基本标准：烟酒是不允许的；要钱，就是赌博，赌博败家，古来就不是好事。至于胡日鬼捣棒槌，是比较笼统的说法，包括了方方面面，也可以用在某一件事情上，反正胡日鬼捣棒槌的人和事，肯定不是好人和好事。

老火老婆嘴里的喜万隆,居然样样不沾,这么看来,似乎是完美的人,可是心思不好,究竟何解?心思不好,我反复琢磨这用词。什么意思,似乎有点用词不当,也不好理解。可是从老火老婆嘴里冒出来,浓郁的老陕口音,却又让这用词具备了一种不容置疑的力量,似乎这样用词是正确恰当的。是不是指婚姻?既然本人品性没问题,那么能让别人提起来感叹惋惜的,就只有婚姻大事了。他老婆没工作?是母老虎?不能生育?或者,正在闹离婚?

我眼前现出那间办公室,那张单人床,那纤尘不染的四壁和地面,那一尘不染的床铺,那豆腐块一样的被子。种种迹象表明,他的女人勤快又干净,是持家的高手。可是,这一切和我有关系吗?一毛钱的关系都扯不上。我何苦给自己找不自在。他,包括他的记忆和忧伤,自有他生命里的女人去分担,我何苦一头扎进去?难道我能挽救一个人的苦难?真是自不量力。只是一瞬间,我的心情一落千丈,糟糕至极。我真是糊涂,明知道结果,却还是放任了自己。这么下去,我只会把自己给毁了。心头有微微的悲凉,就算那一刻近到互相听到了心跳,但是我半句都没有多问他个人的情况,包括年纪、家庭、婚姻和子女。

我站起身准备走,老火老婆还沉浸在自己的感慨里:我看着娃挺好嘛,是个好娃嘛,咋就是说不上媳妇呢?这一耽搁,就四十岁过咧。老火老婆的语气忽然温和起来,你不知道,我见他的时节,他还是个小伙子。大家都争着抢着给他说媳妇,说两个不成,说一个也不成。说了那么多,就是一个都不成。

我不走了，怔怔地看着老火老婆。

唉，说到底，怪娃自个，也怪他命不好。他家里那个情况，把娃害呢嘛！老火老婆抖着韭菜说，那样家庭出来的娃，说到底，和别人家不一样。老火老婆一个劲地摇头。

老火忽然出来，到门口一仰脖子，一口浓痰欢快地飞射出去。我看到花园里残留的雪，顿时脏了一坨。你们在说小喜啊？这时，众所周知的"老色鬼"老火插嘴了，笑眯眯地说，要我说啊，这个尿脑子有病哩，多攒劲的女子他最后都看不上，不是这不好就是那不好，总是能挑出毛病，要我说嘛，就是皇宫里的娘娘，也不是十全十美的！老火说完，进屋去了。

这老尿，胡叽哩！老火老婆说，不过话说回来，理端着哩。女人嘛，能过日子能生娃就成，不知道他要个咋样的！

我笑着告辞，心里思谋那个"尿"字，这里的人口头常用的一个字，骂人的时候用，开玩笑的时候说，甚至有时候大人喊自家娃娃的时候也随口就来，带着溺爱：尿人、尿娃、老尿、碎尿，灵活搭配。老火说喜万隆是尿娃，他老婆又随口骂他老尿，常听他张口喊孙子碎尿。哈哈，这生动、有趣、形象且富有创造力的方言词汇，真是饱饱地蕴含了民间智慧。

我碎步走在回去的路上，高跟靴子在乡政府红砖地上发出清脆的咯噔声。迎面的风清爽凛冽，好清新啊，深深呼吸，感觉堵在胸口的一团雾瞬间散光了。我觉得老火老婆很好很好，真是个好女人好大嫂啊。喜万隆竟然把自己耽搁到了四十岁，你可真是啊，那么多女子你竟然没谈成，是人家看不上你，还是你看不上人家？你究竟想找一个什么样的女子啊？

只要哥哥你耐心地等待哟，你心上的人儿就会跑过来……哪首歌里这么唱来着，歌词有点意思啊！

6

冶家氽面馆，成为我们约会的据点。

每次都很简单，两碗生氽面、一小碟腌酸菜。现在我已经知道这小菜不要钱，是免费送的。面端上来，喜万隆挖一勺子油泼辣子，我也挖一勺子。我渐渐没了最初的矜持。喜万隆会伸筷子把我碗里的辣椒夹掉一些，说是女孩子家，吃那么多辣子干啥？刺激肠胃，会落下胃病的，对皮肤也不好。喜万隆的语气看似严厉，但我知道那严厉下面掩盖着一种呵护。我再伸筷子从他碗里夹那疙瘩辣椒，夹散了，但我嘴上不饶：难道你就不怕辣出病？

他咧嘴一笑，再剜一些辣椒大口地吃，辣得吸溜吸溜的，却眉眼里全是笑。看得出，他是真心喜欢辣椒。

我心里有点小郁闷，怪不得我们会好上，仅仅是吃辣椒这一项，就是最大的共同爱好，难道不是这样吗？辣椒和最平凡普通的一日三餐紧密相连，顿顿头对头地吃辣椒，闻着彼此身体里的辣椒味，还有什么理由抗拒和反感呢？说实话，我对他的依赖感越来越强烈。我三十岁之前一直活得像个特立独行不需要人照顾的女汉子，现在我喜欢每顿饭前打一个电话，在电话里娇滴滴地说，喂，万隆，我们去哪儿吃？喜万隆很配合，朗声回答，氽面吧,上午吃的食堂,下午我们吃汆面。

我们的交往从遮遮掩掩躲躲藏藏,到逐步公开并肩出门吃饭,然后一起沿着小街散步;溜达完了,又并肩返回。有一次风大,我穿得单薄,风一过,身子像落叶一样随风摆。喜万隆很自然地挽起我的胳膊,紧紧地夹在他臂膀下,厚重的身子替我挡着风寒,一路把我护送回宿舍。巧不巧?老火老婆开门泼水,瞅见了我们风中"大鸟护小鸟",身子紧紧偎依的一幕。

夜里,我借着灯光看那张相片。左边第二个女子,喜进花,不管我什么时候拿起来看,她都和她的同伴们笑脸相迎,目光清澈地看着我。喜进花因为微笑,眉梢、眼角和嘴角都呈现微微上翘的姿态。

百无聊赖,我在喜进花脸上寻找喜万隆的影子。我已经看清了喜万隆的长相,国字脸,浓眉大眼,高鼻子,小嘴,嘴唇鲜红。刚才分别的时候,我们拥抱了一下。我试探着摸了摸那胡子,胡子微带卷曲,像一大把乱蓬蓬的蒿草,营造了一片葱茏景象,把下巴、嘴唇都给包裹起来了。近距离打量,他真的不老,长相和四十岁的年龄是相符的。初次见面给人五十岁大叔的错觉,都是这把大胡子惹的祸。为什么不刮掉?我没问。我知道有些事不能急,也没有急的必要,假以时日,彼此什么秘密都不再是秘密,还是慢慢来吧。我知道急吼吼刨根问底的女人不可爱,再说我们只是在谈,有些东西还在培养阶段。我们不是谁的谁,我不想做那样没水平的事。

我知道自己纠结的不是区区一把胡子,是老火两口子的那番话。那老两口真是老得不可爱,给人老奸巨猾的感觉,说话不通透,含含糊糊,说一半留一半,还不如不说呢。可偏偏是那些欲言又止的半截话,在我心里生了根。起草文件的时候,给领导送会议通知的时候,吃饭的时候,和喜万隆肩并肩走路的时候,面对喜进花相片的时候,我都一不小心就走神,陷入一种怪异状态,心思虚虚的,飘得很远,担忧,烦躁。

喜万隆,他四十岁之前没少处对象,听那意思,一个接一个谈,可为什么最后一个都没成?诚如老火所说,是他看不上人家?一个看不上,两个三个四个五个呢?不是一个一个走马灯一样换吗,难道都看不上?是因为长相,因为品行,还是因为别的?难道十个里面就没有一个长相漂亮的?就没有一个擅长针线茶饭的?就没有一个温良恭俭让的?喜万隆是 1976 年出生的,参加工作就开始说媳妇,应该是 20 世纪 90 年代中后期。据我所知,那个年代的女孩子还没有被社会娇惯出贪财贪色、贪吃贪喝、好穿好戴、追求精致享受的坏毛病,基本保持着吃苦耐劳朴素无华的品质。就算是念过书有工作的女性,也要比现在的女子务实得多。被介绍给喜万隆的女子,应该各方面的都有,包括有工作的,没工作的。按老火老婆的说法,刚走上工作岗位的喜万隆,长相说得过去,就算从如今四十岁了还残留的风度看,当时二十啷当岁的他应该算得上风度翩翩,又没有吃喝嫖赌的恶习。那么,他在女子那里不抢手,似乎说不过去。如此说来,难道真的是他太挑了,看不上身边的女子,看不上乡政府大院的同事们介绍的七大姑八大姨的女儿、侄女、侄孙女、外甥女等等,也没看上同学和同学的同学的同学。他谁都没看上，一晃荡奔四了，把自己硬生生地给耽搁了。如果真是这样，我倒欣慰，甚至有点小得意。我竟然从一开始就隐隐地盼望，是喜万隆没看上她们，那么多或丑或美或高或矮的适龄姑娘，他一个都没看上。他就是这么超尘脱俗、与众不同。他视众女子如尘土，要是反过来说，是别人一个个都没看上他，我难以接受。我宁可他是个花言巧语游手好闲的花花公子，也不希望他是个所有女人都看不上的老实疙瘩。这是什么样奇怪的心理，我自己也不知道。我眼前的喜万隆，看上去还算靠谱，至少要比我大学期间相处的男孩子都靠谱，比我做教师的时候找我的一个娘娘腔也让我觉得坦荡。既然是过去式，为什么不能潇洒地摇摇头就过去？可是我还是在意的，在意什么？想求证什么？想知道什么真相？我说不清楚。不明确、不明朗、混沌、迷惑，所以我纠结，所以我挣扎。

　　我伸手摸索，那个年代的相片，没有经过压塑处理，放置时间长了，品相已经不再完好，下边沿有细碎的裂痕，画面是常见的西海固山区初夏风光，因为在这四季分明的地方，只有夏季苜蓿才能长到半人高，并开出满山满洼的花儿。照片里一面山坡，向着远处延伸，分割出一片片梯田，田里种着苜蓿。她们的下半身被截取在镜头之外，但是裤子四周环绕着点点片片绿意，细碎的紫花挑在绿叶绿枝之上。花儿甘愿陪衬，环拱着六个妙龄女子。因为这份心甘情愿的陪衬，那一年的那一茬苜蓿，就这样永远留在了一张相片里，要不是这样，我又怎能知道我尚未来到人间的某一年,苜蓿曾经这样深情地碧绿过。

我用自己的想象,一遍遍给这黑白画面上色。

母亲打来电话,嘘寒问暖一番后,叹一口气,出现了短暂的停顿。知母莫若女,都这些年了,我还能不知道她老人家的心思?这一次没等母亲开口,我抢在前面告诉她,我有对象了,开始谈了。我能感到母亲是怎样地惊喜交加,连手机里传过来的电磁波都在颤抖。母亲马上抛出了一串连环问题:真的有了?谁?叫啥名字?哪里人?有工作吗?长得咋样?脾气咋样?多大了?家里都啥人?母亲是农村妇女,我家一直靠种田过活。母亲还保留着一个农村妇女择婿的标准,一部分是为女儿考虑:毕竟是要一辈子在一起的人,不敢马虎;另一部分是为大家考虑:男方的家世如何,牵扯到以后父母常来常往走亲家的事情,所以也在意这一点。母亲没有问这女婿存款多少?有房子吗?有车吗?家在县城吗?在母亲朴素的见识里,只要这个男人愿意和自己的女儿结婚,愿意把这个让母亲发愁的大龄女儿变成一个能控制柴米油盐生儿育女的女人就行。听母亲激动的声音,她真是恨不得给这个独具慧眼的好男人深深鞠躬,说一个赛俩目(穆斯林之间最美好的问候语)以表谢意。

我没像平时那样,说起婚姻大事就马上要挂电话逃避,我说,妈,他人很好,还是个小领导(文化中心主任,这没有任何行政级别的头衔,算领导吗?我窃笑),要不我带回家给你看看?母亲欢喜得感赞了一声,就没声音了。我猜想她老人家一定是喜极而泣,抱着电话抹眼泪去了。我说,妈,妈,说好了,这周末我给你把人领回去。母亲估计是擦了一把老泪,说,女子啊,抓紧点,今年冬天就把婚结了。我说,妈你放心,这回牢靠,跑不了。

挂了电话,我看相片里的喜进花,喜进花一直看着我,微笑的目光似乎含着一种深意。我愣愣地盯着她看,慢慢地感觉这少女的面容在一点点扩张、涣散、漂移、游离,最后满脸皱纹,头发雪白,腰身也出现了佝偻。喜进花看着我笑,似乎有什么话要跟我说。

喜万隆,真的牢靠吗?真的跑不了吗?真的是我可以托付终身的男人吗?谁能告诉我一个明确的答案?为了让母亲高兴,我竟然头脑一热就脱口说出了结婚这样的大事,可谁能知道,这是不是我的一厢情愿呢?喜万隆真的愿意和我谈婚论嫁吗?那么多女子都没看上,会看上我?凭什么?因为四十岁大龄,狗急跳墙,还是遇上了真心喜欢的?我会是他的真爱?我对着镜子看自己,镜子里显出一张凄然苦笑的脸。

女人活在这世上啊,不管身为工人、干部、富二代、官二代、文青还是教师公务员甚至明星,不管你品貌如何出众,赛过貂蝉、昭君,都不能把自己耽搁到朱颜黯然、嫩草泛黄,越往后越没市场,真的比被挑剩的残次品还掉价。嫁了吧,无论如何,逮住喜万隆这棵树先把绳子挂上去再说,不找这棵树,还能找哪棵树去?我都已经过三十岁了,真不敢指望有三十岁以下的男人在等着我,成就花好月圆的美事。

我终究没勇气跟喜万隆说出带他回娘家见亲人的想法,小九九盘算了几十个来回,越盘算越没底气。我知道自己战胜不了心底最后残留的那点自尊。我近乎固执地认为,这种事无论如何都不应该先由一个女孩挑破了提出,我提出来,让人家怎么看我,迫不及待了是不是?都自己跳出来赤膊上阵了是不是?我磨不开这层脸皮啊!

母亲等不见准女婿上门,干脆自己找来了。村里有人开农用车来街市上磨面赶集,母亲不顾远路颠簸,一路扒着农用车风尘仆仆地来了。

很巧,母亲找到我宿舍,喜万隆也在。

喜万隆的表现很出乎我意料,也让我说不出地感动:他毫不生疏,也不拿捏,他看出我们是母女,见了我母亲的面就说赛俩目,张嘴就喊姨娘,喊得很顺,毫无生疏感。可第一眼的时候,我母亲肯定被准女婿那圈汹涌的胡须吓了一跳,也可能把他当成了五十岁的大叔,但是她老人家毕竟是从生活的风雨里过来的人,眼睛雪亮,很快接受了喜万隆这个人,包括他那与年龄不相称的黑胡圈。

母亲乐呵呵地走了。我想,同一天当中,两件让我头疼的大事得以顺利解决,大半归功于喜万隆。首先,当着母亲的面,他明确表态了,他要娶我,我们很快就结婚;其次,母亲之所以那么愉快地接受了比我大八岁的老青年,都是喜万隆表现得好,一口一个姨娘,端茶倒水嘘寒问暖,那份殷勤和诚实劲儿,连我这个亲女儿都嫉妒。

夜里,我慢慢看那本1989年的日记本。不是我预想的日记本,里面一个字都没有,一张一张全是画,铅笔画,画的是同一个人,同一张面孔,同一个姿势,同样的发型和衣着。每一张米黄色纸页上,都画着一个喜进花。为什么不写上时间呢?我深感遗憾。我问过喜万隆。

　　写上时间,我就能够依据不同的时间,推断喜万隆作画时的年龄,然后根据年龄推断他当时的内心状态:孩提时的烂漫无知,少年时的略懂忧伤,青春期的孤独和叛逆,大学以及大学以后逐步趋于开朗。每个人活在世上,大致都要经历这样的生理和心理历程。喜万隆的回答模棱两可,只是点了点头,允许我可以把本子带回去慢慢看,但是不能给别人看,也不要弄丢了。

　　我数了数,从第一张到最后一张,一共画了四十九个喜进花。我看着末尾那一张,看得出最后还有一张,只是被撕掉了。是空白页才撕掉,还是画了后撕掉的?如果画了,是不满意还是别的什么原因才撕掉的?我怔怔地看一会儿,又觉得纠缠于这样的问题没什么实际意义。我又一张一张看画,每一个喜进花的母本都是那张相片中的喜进花。从第一个到第四十九个,全部都是。看着看着,我忽然觉得好冷。我抬头看外面,夜色浓黑,乡政府院里夜宿的人不多,幸好我斜对面是老火两口子家,前面是厨师家。老火家的电视还在演,声音一阵一阵透进窗户。

　　我拨通喜万隆的电话,拿着电话的手在颤抖,我不知道自己要跟这个人说什么,这么夜深了找他什么事。电话嘟嘟嘟地响着,像一颗失落的心,在寂寞地跳动。我后悔打这个电话,从交往到现在,我们没在彼此的房间留宿过。说实话,不是我多么坚守自己这具身子,而是他从来都没有提出过这类要求,他像个迂腐的古代书生,不管我们夜谈到多晚,他最后都起身告辞,彬彬有礼,丝毫没有唐突的意思。这一刻我忽然有点恨,恨他,为什么恨,我不知道,也不愿细细去想。恨就是恨,说不清道不明,根本没道理可讲。

我感觉喜进花的面孔被搬到日记本里,用铅笔一笔一画勾勒呈现出来,刚开始是模糊的,渐渐地明晰了。少年始终没有经过专业美术训练的画技,在一次次重复当中,无师自通地获得进步。刚开始是信笔涂鸦,后来有点素描的味道了。他画得很笨,一点都不知道技巧。他一笔一画地涂抹着,把相片里那个女子搬到日记本中,没有时间注释,无从推想他是集中一段时间画出,还是慢慢地一点一点所画。我感觉应该属于后者,画了好多年,十几年,二十几年,直到遇上我,他才完成了画作?越往后翻,画面越阴沉。这是一种奇怪的感觉。我以为灯泡亮度不够,是不是老火家又增大了电炉子瓦数?好像不是。我把台灯搬到枕边,雪白的光影里,淡黄的纸页显出一种奇异的洁白,灯光漂白了它们。纸上的女子,从相片的六个女子中被提取出来,孤零零地落在纸上,两边的姐妹不见了,身后漫山的苜蓿不见了,她像个没有伙伴没有依靠的影子,孤零零地落在一片印着淡绿色格子的米黄色上,她的形象要比相片中孤单,甚至有那么一丝狰狞。

我按住了嘴,心在狂跳。确实,是狰狞。她在狰狞地望着我。明明她是笑着的,笑容真实而烂漫,但是也有点拘谨,是乡村孩子面对镜头时,不由自主会有的紧张。我至今讨厌那些对着镜头摆出各种姿势,或者上大餐一样早就摆好甜美笑容等待按下快门的人。我觉得一个人的本真,正是体现在这略带羞涩和紧张的表情里。十来岁的花季少女,不知道自己要呈献给世界一个什么样的姿态,抿着嘴,傻傻地怯怯地微笑。一切尽在这微微一笑里。

喜家湾是个什么样的地方?

农村,山里,不通公路。我们小时候赶集,靠步行。喜万隆给我的答案很简洁。

漫山洼的苜蓿绽开一大片海洋般的紫色花朵。阳光正好。一个走村串户脖子里挂着照相机的精明小商贩,他的出现像一阵新鲜的风,带来了山外世界的某种东西,也撩拨了少女们骚动的心弦。谁不爱美,谁不想在最美的夏季以花开为景,把自己装进花开的记忆里去?于是六个关系极好的姐妹,互相招呼,手拉手站到了一片绿苜蓿当中。她们中如今已经有四个人不在人世,一个生孩子难产,一个坐农用车翻倒出事,一个去年肝硬化去世。其中最早也是最年轻就去世的,正是喜进花,当时二十一岁,要是活着,现在应该是满脸皱纹、子孙满堂的奶奶辈了。喜万隆如是陈述。

我把相片夹在日记本当中,看了看手机。喜万隆没有给我回过电话来。我关机入睡,蒙眬中有伤感,有失落,有些说不清楚的情愫隐隐地在心里翻涌。

7

喜家湾比我想象的要难走。

嘉陵摩托车出了乡政府,出了街道,沿着一条乡级公路疾驰。我全副武装,头戴大头盔,衣服外面套了喜万隆的一件长皮衣,腿上绑一对护膝。依我的性格,不用这么全副武装,骑个摩托车嘛,有啥可怕?我又不是没骑过。喜万隆不容我推辞,他亲手给我穿戴。带着男人味儿的皮衣裹上身子,我就不想挣扎了,觉得挺好:被一个男人这样精心照顾,还有什么理由拒绝?福气来了,敞怀纳福吧,哪有拒之门外的道理。太刻意,就矫情了不是?喜万隆自己却是家常打扮,只是戴了头盔,手上套了对大棉手套。

我们跨上坐骑,出发,去喜家湾。

我这丑媳妇,要被带去见公婆喽。但是我的欢呼,还是被我硬生生地吞咽进了肚子。喜家湾是喜万隆的外祖家,这个在外祖家长大的孩子,要办人生中最重要的事了,所以他说得回去一趟,给长辈说一声。喜万隆口中的长辈,自然不是爷爷奶奶爸爸妈妈,这些他都没有,他的长辈是外祖母和几房舅舅舅母。

不买点啥吗?我提醒。意思是我头一回去,空脚扎手不好看。没必要。他的声音从头盔里传出,闷闷的。我也变得闷闷的,刚才高涨起来的情绪,好像被人当头扇了一巴掌,把兴头给扇回去了。头回见面,不带东西,合适吗?我在心里嘀咕,嘴里却懒懒的,什么都不想说。

沉默中,我静静听着风声混合着老式嘉陵摩托车的巨大嘶号。我裹紧皮大衣,把身子紧紧蜷缩在喜万隆身后。幸亏这具身子足够壮实,微胖的身板像一堵墙替我挡掉了当头大风,不然这风劲瞬间就得把我刺个对穿。为什么不买辆别的摩托车,豪爵也不错啊。这老式嘉陵摩托车声音大不说,还特别耗油。我想问,还是算了,隔着头盔,说话不便。我就这么靠着这结实的后背,一路前行,也是一种幸福。

天气不错,几乎没风。但是摩托车用飞驰的速度搅动了空气,撕裂了空气周围稀薄脆弱的平衡,瞬间就翻搅激荡起巨大的旋涡,带起一股疾风。风冰凉透骨,紧贴着摩托车追赶。

好像有十万大军在身后追杀,刀光剑影,声势震天。我们像在风上飞驰。我一阵一阵地恍惚,感觉不到是摩托车,而是一架能飞的什么器物,正载着我们飞翔。我们被空气托浮起来了。空气被摩擦,被点燃,被激怒,被撕碎。我身后一定有无数声音在追赶,在呼喊,要抓住我们,要撕扯我们,要和我们一起羽化乘风,要和我们一起地老天荒。

我想到了喜进花。四十九个喜进花,一张一张画在纸上,目光清澈地望着世界。喜万隆是一口气画完的,某个夜里,他情难自已,情绪奔涌,就着油灯的光照一口气画完了四十九张。他把从小积蓄在内心的郁闷一口气发泄了出来,一笔一笔,浸透无尽思念。不,不是,不是一口气画出来的,是一年一年,慢慢地画出来的。每一年的腊月十六,喜进花遇害的日子,他就看着那张唯一的遗照,把母亲的形象从照片里搬到日记本里,搬进心里,让一笔一画化作思念的雨滴,滋润少年心田里疯长的思念之草。

还有这辆破嘉陵摩托车带来的疾驰,我明白了,喜万隆为什么独爱摩托车。骑着摩托车疯狂地奔驰,借着速度和大风奔赴一场死亡,这也是一种方式啊。像一笔一画地画像一样,画像属于夜晚,疾驰属于白昼。一动一静,都是排遣的手段,都是诉说的方式。

我紧紧地抱着这具身子,我竟然有种要陪喜万隆地老天荒的渴望。我两眼干涩、发酸、冒火、湿润。我要嫁给这个人,我要和他天天在一起,我要给他生一大堆儿女,我要像疼爱孩子一样疼爱这个男人。

我不知道这样疾行了多久,车速毫无过渡地骤减。在震天的颠簸中,摩托车拐上了一条铺满沙子的小路,看样子是村道。车速柔和多了,但是道路越来越难走。爬一道陡坡的时候,摩托车像发怒的公牛一样号叫着,我能感到喜万隆的手拧着油门,在不停地给油,给到了最大极限。这种路,也就适合摩托车和农用车行走,换了小汽车,马力小的话挣死都爬不上去。爬完坡接着是几道连环大转弯,长带子一样的山路,紧紧贴着山洼劈挖出来。路势随山势,山转路转,山直路缓,山弯路紧。我怕自己掉下去,一直抱着喜万隆的腰,胳膊早就僵直得没感觉了。

喜万隆忽然扭头,掀起头盔下面的出气孔,说,看到了吗?那个山湾就是喜家湾。我目测了一下,不远了。再打量这个隐藏在大山褶皱里的村庄,民居已经能看到了。

我忽然想到一事,问喜万隆,学校呢?你小时候在哪儿念的书?早过了,喜万隆深深呼吸,扭头冲来路点头,说,就是那道最陡的山坡子下面,和村部挨着。

我深呼吸,压制惊讶,其实也没什么大惊小怪的。山里娃娃不都这样?我那时候念小学不也得每天走读?只是这喜万隆要从家里去学校,也太远了点。粗略看过去,走一个单趟也有七八里路,还那么陡。每天来来去去的,靠一双腿,辛苦是可想而知的。我不甘心,继续追问,小学五年都在那儿念?喜万隆再次掀起头盔:嗯,初中开始住校,在县回中。

转了一个缓坡,摩托车在一个麦场里停下。

喜万隆把头盔取下挂在把手上。我爱美,不愿意以这副变形金刚似的装扮去见人,就卸掉所有的防护装置,抖抖鞋面上的土,跟着喜万隆进门。

常见的农家院子,几间土坯房,房子陈旧,很有些年代了。我注意到屋顶上是灰苍苍的老式蓝瓦,屋檐下露出的椽子上挂满陈年蛛网和水痕,台阶用水泥墁了,但是很潦草,显得漫不经心。屋子里倒是干净,看得出持家的女人是勤快人。老式桌子,大炕,进门摆一对大沙发,沙发旁边安一盘烤箱。

一个男人站在烤箱边,炕上的被窝里爬起一个女人,女人赶紧整理歪斜的头巾。回来了?男人说。嗯。喜万隆闷声答,说了个赛俩目,又给炕上的女人说了一个,场面有点冷清。

男人在沙发上坐了。喜万隆双手抱住烤箱的炉火筒子,一边取暖,一边嘴里发出嘶嘶的吸气声。我有点内疚,这一路上,喜万隆真是冻得够呛。

居然没人让我坐，可我也不能总是棍子一样戳着。烤箱边有个小木凳，我自己照顾自己，在凳子上坐下。屋子里有微微的煤烟味，像一个幽灵在悄悄回旋。我抬头顺着炉筒子看，看到高处的哨眼留着个小洞，这下放心了。要不然这屋子夜里关了门后，会煤烟中毒的。

这是小苏，喜万隆说，奇怪的是他不看对面的男人，也不看炕上的女人，就像对着空气说话，我们要结婚了。喜万隆僵硬的语调忽然松弛下来，我听到他长长出了一口气，好像把一个沉重的秘密终于公之于众。

我真是惭愧，不管如何都应该带点东西来，这是起码的礼数。两对目光射向我，好像我是个聚光的器物，吸引了这两个人的目光。被这样赤裸裸地瞅着，我感觉不自在，难为情，就低下了头。我还感觉到，这一男一女看向我的目光不够友善。

气氛阴沉沉的，谁都不说话。炉盖子上的铝壶发出咝儿咝儿的鸣叫，壶嘴口一缕热气，幽幽地飘升。我感觉自己一脚踏进了一个怪异的环境，不敢贸然说话。早知这样，我就不来这喜家湾了，这不是让人活受罪吗？

喜万隆不是带我见长辈吗？外祖母呢？这又是谁家呢？

屋顶的布顶棚看样子有些年头了，尘烟熏染，又黑又暗，依稀看得出是那种地摊上成堆扯的化纤布，三五块钱一米。墙上挂着一个很大的相框子，里面密密麻麻贴满相片。我眼睛近视，这么远只看到相片里有人，影影绰绰的，都长什么样，我看不清。相框子旁边贴着一大片贴画。

我低头沉思,一分一秒地挨着这艰难的时刻。难道是没有带礼物,他们不高兴了,还是什么原因?一杯水冒着热气递到我面前,抬头看,那炕上的女人不知何时溜下来,给我倒了水。我赶紧站起来,双手接水,冲她笑笑。

我做饭去,女人说。嘴里这么说,人却并没有走,站在烤箱边,一边烤火,一边专心看我。我不知道自己有什么,值得这么反复地看。微微的气恼在心里滋生,难道是嫌我长得一般般,他们就这样不高兴?我生得普通,算不上美女,要不然也不会耽搁到现在。可我们之间是你情我愿的事情,我又没哭着喊着非得嫁给你家。我知道自己的面孔慢慢地僵硬了,说实话,我也是娇生惯养的,这样的冷遇还从未遇到过。

半老的男人忽然很重地吸一口气:啥都没有,这婚咋结?我们的话你不听,不知道存钱,现在猛啦啦地说要结婚,要不我明儿拉着牛卖去!女人的脸抽搐了一下。羊也卖了,连圈抬了算了!男人又说。

喜万隆似乎这会儿才暖过来,把手从铁皮筒子上取下,没吭声。

牛羊都卖了,拿啥耕地?你穷日子不过了?女人忽然开口,嗓门要比男人亮豁得多。女人抬手揉揉眼窝:就是帮凑,也不能我们一家,都是当舅舅的,叫老二老三都卖牛去,凭啥我们一家子当冤大头?女人越说越气,似乎有一口气一直憋着,现在终于找到了一个泄气的出口,她就要把这浊气都吐出来才痛快:两岁的时候领回来,要吃要喝要穿,缝缝补补,头疼脑热,生疮害病,就差没把我们折磨死！后头又念书,零花整花年年都是一疙瘩钱。几十年来我们都受了,现在也该到他们出一股子血的时候了！我看到女人的嘴角泛着一层白沫。

男人对女人这番话深有同感,梗着脖子点头:对着哩,对着哩,当年我念着就一个老妹子,老妹子留下的一点骨血,遭罪得很。我是大舅舅,我不撑头管,没人管,就领回来抓养了这些年。现在娶媳妇是大事,你这辈子也就这一件大事。你结了婚成了家,我们一批心也能放下了,妹子和大、娘在后世也能安然了。

我轻轻抿一口水,水甜丝丝的,带着一股山泉水的清甜。喜家湾人吃的是泉水,喜万隆给我讲童年往事时讲到过。喜万隆说他小时候很调皮,骑着毛驴赶着羊群,在山泉里脱光了耍水。在喜万隆的讲述中,他的童年时光寂静又幸福,虽然有时候冻点饿点,但那是那个年代西海固山村孩子都在经历的生活,是整体生活水平低下造成的。

可是,真的像喜万隆说的那样幸福温暖？我听出来了,这苍老的男子是喜万隆的大舅舅,女人自然是大舅母了。这对老夫妻陈述喜万隆从两岁到如今的过程,我从他们的语气里,听出了大舅舅的无奈、大舅母的厌烦。还有,外祖母大概已经不在人世了。喜万隆只告诉我,外祖父是他上初一的时候口唤(去世)的。喜万隆的回忆里,外祖父出现的频次不多,不到必须出现的时候,一般是缺席的。那个反复出现的给予他呵护和温暖的角色,总是外祖母。我还曾经嘲弄他,一个男孩子,为什么那么依恋外祖母呢？现在我隐隐明白了,在这样一个家庭里,从一开始,大舅舅和大舅母对凭空多出来的一张嘴,能好到哪儿去呢?尤其大舅母,只能是十二分地嫌恶。要知道那时候的人家都是多子女,拖累大,日子困难,再多出一个和自己的孩子争抢吃穿的外来孤儿,这孩子的境遇,是可以想象的。而且,从眼前这屋子看,这家人的家境至今还是相当困难的。喜万隆参加工作十多年,为什么不给家里改善条件?他至今住着单位宿舍,没房没车,他的工资都哪儿去了?

我仰头看喜万隆,忽然觉得这个人我了解得并不多。就算已经到了谈婚论嫁的程度,可我对他真的了解吗?我怔怔地发呆,自己是不是有些轻率了?我们在一起,说得最多的就是往事:喜家湾、外祖母、童年的喜进花、童年的喜万隆、艰难的求学经历。对于成年后的喜万隆,从参加工作到现在的具体情况,我没有多问,他也不愿意提及。我们像绕开一个水潭一样,不着痕迹地绕开那个似乎隐藏着什么秘密的区域。

喜万隆有三个舅舅,这三个舅舅只有一个妹妹,就是喜进花。在喜万隆的回忆里,舅舅们对女孩时代的喜进花很好,宠爱得不得了。喜进花出事后,这份疼爱自然而然地移到了妹妹的遗孤身上。难道喜万隆对我说的都是假话?他颠倒了事实,用一个完全和事实相反的景象回避了一个孤儿寄人篱下的成长过程。如果不是这样,眼前这气氛又从哪里来的?看他们之间的样子,没有长年累月的积淀,一朝一夕是不会孕育出这种氛围的。喜万隆为什么要跟我撒谎?难道他是个虚伪的人?可从交往以来的处处细节观察,他挺坦诚啊。

喜万隆掺热水洗了小净,从抽屉里摸个白帽戴上,冲我笑笑:我去给外奶奶上个坟,你等着,我很快就回来。外祖母果然去世了,他却是第一次亲口跟我说。我们在一起说过那么多往事,往事里的外祖母都是活着的。外祖母倾尽所能地爱护着外孙子。眼前的现实是外祖母已经不在世上了,我默默坐着。男人上坟,女人一般不用去,这个我从小就懂得。大舅舅跟着去了。

门帘连续晃动,眼前又冒出来两个男人,身后尾巴一样紧跟着两个女人。从长相看,我便知道这两位是大舅舅的亲兄弟,二舅舅、三舅舅,那两个女人看年龄应该是二舅母、三舅母。

我又一次做了聚光的容器,几双目光全聚拢过来,恨不能把我从外到里看个对穿。都是喜万隆这王八蛋,早知道这样打死我也不会来的。

舅母中最年轻的那个拉起了我的手,应该是三舅母。三舅母年轻时肯定是个美人,即便现在鬓角堆满了皱纹,笑起来还是眉眼生动,声音也和婉。她摸了摸我的手,细声细气地说,真是个好娃娃,跟了我家隆子,就是我家一口人,以后好好儿过日子,舅母这批心就放下了。然后,抬手抹眼泪,娃娃啊,隆子是个苦命娃,你可得好好儿对他。我点头,不知道该怎么安慰她。这番话应该由喜万隆的外祖母跟我说,却被这个小舅母说了出来。不管怎么说,我的心里有了一丝暖意,以后真的要对喜万隆好,至少不辜负这殷切的托付。

暖意还没有升华为感动,他们已经开始吵架了,越吵越厉害。争吵的内容一开始就很明朗。二舅舅说,大哥说得好,家家都卖牛凑钱,凭什么?当时是谁不顾死活把个没人要的拖累领回来的?三舅舅在地上转了半圈,脸红红地说:大哥有善心,爱做好人,就叫他一个人好人做到底。隆子结婚的钱他一个人拿,凭什么给我们分摊?大舅母屁股上着了火似的,呼一声跳起来,声音里拖着哭腔,你们说这话就不亏心吗?是你们大家的妹子,是你们大家的外甥,凭啥我们一直受拖累?他那么小就领了回来,我一把屎一把尿地拉扯,我从我家娃娃的嘴里省下饭菜喂大了他。困难的时候,你们一个个都在哪里?现在还要叫我们一家出钱,我这就一绳子吊死去!她说到做到,就往门外跑,被三舅母拉住了。

场面比电影还热闹。我冷眼旁观,一阵悲凉在心头翻滚。这就是喜万隆的喜家湾亲人,这就是呵护他成长的那群人。从他们斤斤计较的言语里我不难猜想,在过去的成长历程中,孤独的少年吞咽了多少苦难,遭受了多少白眼。为什么喜万隆从来没有跟我提过半句?只是今天出发前不买任何东西的举动,才让我感到不合情理。现在我知道了,其实这很合情理,这样的几位舅舅、舅母,不给他们买东西也罢,什么都不买也说得过去。要是他们这样对待我,我连回来一趟都懒得回来。

现在,他们都吵着不愿意卖牛。因为卖牛是为了给喜万隆凑钱,凑钱是因为我们要结婚。可是为什么要他们凑钱?喜万隆自己没有结婚的钱吗?我没要房子、车子,连最基本的金首饰我也决定象征性地买点就可以,用不着那么奢侈。但彩礼钱我说了不算,我娘家养我这么大,仅仅供养我上大学就花了不少钱,好歹得让父母落几个辛苦费吧。现在的通行彩礼价是五万,算上办喜事花费,没有七八万这婚没法结。难道喜万隆连这笔钱都拿不出?他的钱都哪儿去了?工作十多年,就算大手大脚花,常年吃馆子,也还是会攒下一笔的吧。我无声地摇头苦笑,喜万隆这个人,我真的难以看清楚。

我注意到喜万隆的舅舅、舅母们,穿戴都很普通,家常衣裳甚至有点破烂。除了小舅母蹬一双短皮靴,其余人都是布鞋。冬天了,布底鞋其实挺冷。再看看几张染满风尘的面孔,我心里一阵难受。这都是些被生活反复蹂躏的人,看得出他们的日子都不富裕,现在要他们出一笔钱,而这钱又不是为自己的儿子办喜事,说实话,换了我也不会痛快。

局面变得复杂了,大舅母的话惹恼了老二、老三和他们的女人。大家乱纷纷指责不在现场的大哥。我知道了,当初喜进花死后,两岁的喜万隆成了无家可归的孤儿,是老大出头把孩子领了回来,等于为他自家的生活埋下一个烦恼无尽的炸弹,这些年为了这孩子的吃穿用度,他没少受老婆苛责。两个弟弟怕麻烦找上自己,早就言明谁揽承的麻烦谁解决,谁拉的屎谁擦屁股。现在大舅母提出让大家分摊费用,但两个弟弟想继续置身事外,大家为此吵得不可开交。

我觉得头大了不止一圈,喜万隆居然有这么个家庭背景,以后我还能指望有清净日子过?回去就分手吧,婚还没结,悬崖勒马还来得及。可是,父母那里我怎么交代?他们都已经兴冲冲地为我筹备上了。还有,错过了喜万隆这个大龄老青年,我还能找到和自己相当的未婚男人吗?再找只能是二婚了。在喜万隆和二婚之间,我需要选择吗?

门哗啦一声开了,前头走进大舅舅,后面紧跟喜万隆。

大舅舅笑呵呵的。我发现这老头笑起来模样挺可爱,一张泛红的圆脸显得憨态十足,我顿时想起金庸笔下的周伯通。吃惊的不只我一个,一屋子吵闹顿时冻结。什么情况?出门上坟时候还愁眉苦脸,怎么一趟坟上回来就变了个人,难道这老头在老娘坟头上捡到了金疙瘩?喜万隆还是老样子,给几个舅舅舅母挨个说一圈赛俩目,然后抱住炉筒子暖手。

大舅舅摆手让大舅母快端馍馍来,快泡茶来,又乐呵呵地说做饭吃,外甥媳妇来这半天了,还没吃一口热的呢。大舅母被大舅舅一百八十度的大转弯给转晕了,黑着一张瘦脸从抽匣里往外端碟子。

大舅舅看一眼喜万隆,又看看自己的弟弟、弟媳妇们,隆子跟我说实话了,结婚的钱不用我们出一分,他早攒够了,这些年的工资都攒起来了。喜事就在集市上的大饭馆里办,又体面,又轻省,我们啥心都不用操,到时候领上全家老小去凑红火就成。

我们吃了大舅母做的一顿家常面。回去的路上,我们沉默着,只有破旧的摩托车那消音效果很差的金属管子里,放屁一样滚出一串串的呜呜声,响彻在风里。

8

婚礼上,我顶着乡街理发馆做的新娘发型。理发馆师傅手艺粗陋,发型高高翘着,有些狰狞,缺乏新娘该有的妩媚。我心情低落,被一种奇怪的情绪拖着一路往下坠,总是提不起来。好像本来喜庆的心情,被这个难看的鸡冠头给破坏了,其实我知道不是这样的,我清楚自己的心病在哪里。喜万隆牵了我的手,从娶亲的车里牵出来,一路引进清味苑餐厅。

  餐厅今天被我们承包了办喜宴。我们在这里招待贺喜的单位同事,还有他的同学和我的同学,送亲的娘家人,喜家湾的人,一共包了十一桌。我在人群里看到了喜万隆的大舅舅。我左看右看,人群里只有这老头一个人,他一双眼笑眯眯的,看得出是真心为喜万隆高兴,我示意喜万隆快过去招呼。喜万隆却一扭头,装作没看到。

  婚礼由喜万隆的一个同学主持,因为不专业,主持得漏洞百出,说几句就断了,结结巴巴,连续冷场。需要长辈上场,这一回大舅舅被请到了台上,他没有料到自己会被揪出来推到大众面前,顿时一张脸红透了,搓着手,一个劲地傻笑。喜万隆不笑,一张脸不像新郎该有的脸,黑得像一块铁。让给长辈说赛俩目的时候,喜万隆对着大舅舅说了,但是什么称呼都没有。喜宴结束,大家都散了,娘家人也坐着车走了。大舅舅没走,他挤到我们身边,在衣兜里摸索,摸出一沓子钱,递给喜万隆:这是舅舅给你的,你留着慢慢花,现在成家了,你就是大人了。以前哪怕是四十岁,在舅舅眼里还总是个娃娃,现在彻底是大人了,好好对你媳妇,好好过日子,想你外奶奶了,就来喜家湾给上个坟。

  大舅舅个头矮,说话不利索,听得出这段话他一定打过腹稿的,说得还是不利索,说完已经冒了一头汗,他用袖子揩了汗,冲我们点点头,出门走了。

我说,大舅舅不是已经在账簿子上搭过情了吗,为啥又给?你也能拿?喜万隆捏着钱,怔怔地,不看钱,只看我。喜万隆忽然说,除了这老实疙瘩,他们都没来!一个都没来,我终究不是他们的亲骨肉啊!我不知道咋劝慰,但我知道了喜万隆今天不给大舅舅好脸色的原因。大舅舅不容易啊,我在心里叹息。

洞房设在喜万隆的办公室兼宿舍。经过厨师和老火老婆的布置,屋顶简单地挂了两道拉花,正面墙上贴了个大大的塑料喜字,床边斜贴一幅喜得贵子的年画,画中一对双胞胎小子咧着肉嘟嘟的小嘴傻笑,这一切好歹是营造出了一点新婚的喜庆气氛。

我今天撑着脸给所有人笑,一路笑下来,两颊的肌肉都酸了。我对着镜子卸妆,先把拙劣的鸡冠头一把把拆散,然后对着窗户看。暮色在外面落下来,尽管我不愿意承认,但是一丝悲凉还是随着冷清,一点点渗透了心壁。这样的婚礼,实在是太过潦草简陋了。家具几乎没添置,还是喜万隆原来使用的脸盆架、脸盆和水桶。我把自己的一些日常梳洗用品搬过来了。床上是我母亲买的陪嫁,大红太空被、大红毯子、大红枕头枕巾。我看着这层层叠加的大红,还是心酸。我就这样嫁了,马马虎虎、迷迷糊糊、简简单单地嫁了。我一辈子的大事,就这样交代了。尽管我亲口跟喜万隆说,我看重的是人,只要你喜万隆这个男人对我好,愿意宠我一辈子,喜事将凑些是可以的。那些用钱堆砌出来的繁华只是表象,我在意的是表象背后的实质。可我发现这一刻我还是伤心的,觉得作为一个女人,我对不起自己。对于女人来说,关键时刻的表象,哪怕明明知道是白烧钱营造的华而不实的假象,我也是在意的。我其实和所有女人一样,这一点我不能免俗。

躺在红艳艳的被窝里,我赤裸着自己,身边响着喜万隆的鼾声。我觉得灯光下的大红色一点都不喜庆,相反怎么这么庸俗呢?好像用什么血液浸染出来的,我甚至能闻到一股陈旧的腥味。喜万隆刮了胡子,可见他是看重今天这个日子,看重我这个人的。刮掉胡子的喜万隆,至少年轻了十岁。娶亲的时候,当他一身新衣出现在我娘家门口,母亲看清楚这就是她那个一脸胡子圈的老女婿,高兴得眉开眼笑,跑到我跟前隔着一层红盖头叮嘱我,一定好好过日子。我用小拇指刮着喜万隆没有胡须的下巴,这下巴光洁白净,皮肉下能看到隐隐藏着的胡子楂,睡梦中的他竟然有几分唇红齿白。我细细玩味着这张面孔,鼻子眼睛嘴唇下巴脸型,搭配在一起像一个人,像谁呢?我不知道,但绝对像一个人。这个人不是喜万隆本人,是另外的一个什么人。

我知道喜万隆在他外祖母的坟头上完坟后,告诉愁得要死的大舅舅,他不会再拖累舅舅,结婚的钱他自己出,不能让舅舅们卖牛卖羊。他是有积蓄的,工作这些年,存了一笔款。大舅舅被这突然的喜讯欢喜傻了,望着坟头流泪,这可是卸下了他心头一块大石头啊。之后我问过喜万隆:你真的攒了一笔钱?是不是一笔巨款呢?我们在县城买房子吧。我是以玩笑的口吻说的。我不愿意自己像那些只盯着钱的女人一样庸俗。我要留给喜万隆一个不爱钱、不在意物质的脱俗印象,多年的文青身份,别的毛病没有,我硬是培养了一身藐视铜臭的本事。

喜万隆列了一个长长的单子让我看,上面写着婚事所有的花费,说,你不用管,钱的事有我。我想他果然有存款。这个男人,看似沉默,一副对生活不怎么在意的态度,却原来早就做足了准备。我想,就踏踏实实跟着他过日子吧。

我的手在喜万隆脸上画圈圈,画着画着,心头一亮。对了,我知道喜万隆长得像谁了,像喜进花。我觉也不睡了,跳下去搬来日记本,抽出老相片,将眼前的喜万隆和相片里的喜进花作对比。不知是当年那位走村串户的照相师傅技术实在臭,还是摄影设备太过简陋,相片的颜色严重失真,尤其身后那漫山洼的苜蓿,全部蒙着一层奇异的虚白,就算黑白照无法呈现苜蓿碧绿的本色,至少应该是黑色和灰色,无论如何都不应该是白色,这分明像画技拙劣的孩子在画纸上洒错了颜料。喜进花的衣衫本身是什么色已经难以深究,呈现在我眼前的,是和苜蓿一样的白色。抓在喜进花手里的那条右边辫子,辫梢上也绑着一段白色的头绳。六个女子,只有喜进花浮动在一团虚虚的白色里。我忽然觉得这白色是那么阴郁,它似乎是真实存在的,但细细打量的时候,又给人感觉在虚虚地浮动,似乎这种白色本身并不存在,只是眼睛临时出现的幻象。我揉揉眼睛,不甘心,再翻看喜万隆给我的日记本。厚厚一沓铅笔画像,四十九张喜进花,一幅又一幅在纸页上安静地注视着时间流逝和人事变迁。每一张喜进花都笼罩在一团虚浮的苍白下。

喜万隆他捕捉到了这种虚浮,并且呈现在画作中。一张一张又一张,他这样重复和坚持,难道就是为了捕捉这一抹可能并不存在的虚浮?他的方式,有点变态。我被这突兀的念头吓了一跳。很快我发现这念头其实早就藏在心里了,细细想,喜万隆的方式确实是有一些固执在里面,说严重点,固执其实就是一种轻微的变态。

相片里的大片白色在眼前扩大再扩大,高处的天空和云朵、低处的山洼、阳光下微笑的女子,都淡去了,模糊了,只有大片苍白在浮凸,在拉近,在扭曲,在变幻,湿漉漉的,似有大片的洪水正在汹涌而下,把整幅画淹没。然后继续滚滚而下,把我也给卷走。不用再作辨认,我已经知道,喜万隆和喜进花的相像不是八九分,而是整整十分。太像了。十六七岁的少女,五官刚刚摆开,眉梢眼角含着不知人间忧虑的微笑,笑容是那么云淡风轻。微微的羞涩中,一刹那间绽开的舒展,有一种惊心动魄的美。四十岁的中年男人,鬓角嘴角都有了细密的鱼尾纹,那把大胡子常年遮掩了秘密,一旦清除了这种遮蔽,这秘密就一览无余。少女和中年男人之间,中间只是隔了三十多年的跨度,其实他们的长相就是一个模子刻出来的。喜万隆之所以年纪轻轻就蓄起胡须,还故意蓄得那么狰狞,是为了遮掩一个秘密:他不想让所有见过喜进花的人,见到他的时候一次次惊叹,感叹他们之间的酷似,他不想伤疤被一次次揭开。伤口好不容易愈合结痂,却要承受一次次的绽裂,新鲜的血液再次沿着干硬的疤痕流淌。那些做出伤害的人却不知道,或者不愿意知道,他们依旧过自己的人生,他们不曾设身处地地想过,一个人要忘掉心头的创伤需要付出怎样的代价。

喜万隆睡得很甜,睡相像个孩子。他抱着肚子,头从枕头上滚落,嘴角流出一串亮闪闪的涎水。我合上相片,灭了灯。我把喜万隆抱在怀里,他流着涎水的下巴搁在我双乳之间。我说,你经历了多少苦难,你愿意告诉我的部分,我全部收在心里;你不愿回首去看的,我也能用我的天赋去想象。没有父母的孤儿,要在舅母苛责打骂下一天天度过日子,那时候的你是怎样地孤单啊!为什么,为什么我不在你身边?为什么我不是你的姐姐或者妹妹,那样的话我们就可以在一起,我们在寒冬的长夜里紧紧拥抱,我们在年复一年的日子里相伴成长。我们一起面对残酷和磨难,我为你分担。

蜜月在新房里度过,七天婚假,我哪都不想去。我们关上门过日子。每晚相爱过后,我们抱在一起。喜万隆讲故事,我听故事,故事的主人公是喜进花,那位没活着见到外孙媳妇的外祖母嘴里的喜进花,从童年时候说起,到长到豆蔻年华,到出嫁王疙瘩,到喜得贵子头胎生了喜万隆,到中途婚变闹离婚,到最后命丧野外。喜万隆讲述的时候,我的脸就贴在他心口。我留心过,他始终很平静,呼吸平稳,心跳正常。他的声音缓缓的,稳稳的。有时候我听着听着困了,恍惚中有种错觉,这个男人讲述的故事的主人公不是自己父母的,而是别人的故事。只有别人的故事,他才能这样冷静。他越是这样,我就越是心疼。我为这个四十岁的男人心疼,为那个二十一岁就离开世界的年轻女子心疼,也为一种说不清楚的东西心疼。我紧紧地靠近他,他的肋骨一根一根抵着我的身子,我都能感觉到这种肋骨的膈,肋骨硌出了我隐隐的疼痛感。这疼痛是隐秘的,是欢快的,是辛酸的,是幸福的。这就是幸福吗?是基于深深同情之上的怜悯,还是从内心深处的怜爱?我不知道,我是那么沉溺于这感觉,我把它当作幸福紧紧地抱在怀里。

我说,万隆,我想看小人书,我想看你所有的藏书。喜万隆紧紧地箍着我说,都给你,包括我这个人,一切都是你的。我想,这就是海誓山盟吧,这就是不分彼此吧,这就是要一辈子在一起相濡以沫吧。我悄悄落泪,这一定是幸福的泪,至少其中含着一种叫作幸福的成分。我不让他感到我的泪,泪水悄悄地在脸上蒸发,我看见窗外的黑夜在门玻璃上望着我。

打开书柜的时候,我发现喜万隆交给我的钥匙里少了一把。我打开了最顶层、中间层,我看到了那些精心保存的连环画,还有世界名著。我发现其实最下面还有一层,只是前面有铁皮柜子挡着,需要蹲下来才能发现。我发现了,就好奇,想打开看看。这个最狭窄的门里,藏的又是哪些图书?喜万隆顺着我的手指看,看到我的手指的是老书柜的最下面。我注意到喜万隆愣了一下,接着扭过头刷牙,满嘴的泡沫像幻影一样在眼前膨胀破灭。我说,不嘛,我就是要看看。不管是锁着啥好书,珍本还是孤本,还是哪位名家的签名本,反正我都要亲眼看看嘛。

喜万隆坚持刷完了牙,洗脸洗头,对着镜子润脸。我从身后抱住他的腰,瞅着镜子里还算英俊的男子:你该刮胡子了,这么快就冒出一层,夜里扎得人家脸蛋疼,他甩开了我。

尽管这动作很轻,但我毫无防备,还是摔倒了。我身子一软,撞在了脸盆架子上,半盆残水被撞翻,我脸上火辣辣地疼。喜万隆轻轻拉起我,我对着镜子看,左眉骨破了,幸好伤口很小,只是出了点血。对不起,这是我们相识以来,喜万隆第一次跟我道歉。

那书柜最下面一层里藏着什么书?我的好奇心像虫子,在阴湿的土壤里滋生,迅速长大,一天天蠕动,竟然弄得我十分不安。有几次他不在家,我试着用别的钥匙开,也用铁丝捅。一把巴掌大的黄铜锁沉甸甸地挂在那里,根本打不开。

喜万隆,你这是什么意思?我们都是夫妻了,你还有书藏着不给我看?夫妇一体,连身体和财产都是共有的,都在共享,为什么要对我还有所保留?夜里,我们赤裸着身子纠缠成一团,你中有我我中有你的时候,我会蓦然想起那把大锁。它已经不是一把普通的锁了,是什么呢?我也不知道,反正我不愿意去想它,却还是忍不住会想起它。

幸好婚假满了,我开始上班了。一头扎进琐碎繁忙的工作中,我竟然很快忘掉了那把黄铜大锁。

婚假结束之后几天,我从办公室回新房取手机充电器,到门口听到屋子里有人在吵架。

我疑惑:谁呀,跑我们屋里来骂人?难道是喜万隆在手机里跟谁争嘴?我应该推门进去,但举起的手忽然有点软,迟疑着就是落不下去。我看看自己脚上的软底鞋。婚礼那天穿着高跟鞋走来走去一整天,把脚伤着了,需要穿一段时间的软底鞋来保养。软底鞋走路无声,我都到门口了,屋子里的人还在吵。我看看左右没人,身子贴近门口,伸长耳朵注意听。这一刻我忽然感觉自己就是一个庸俗的妇人,和那些喜欢争风吃醋满嘴八卦的女人没什么区别。但我就是渴望听,我依稀觉得喜万隆是不是以前有什么桃色新闻一类的公案,这会儿结婚了,旧相好闹上门来了?

办公室的门很薄,根本不隔音。一个声音陡然提高了调门,钻进我耳朵:你明明说只是倒个手,这都两个月了,你不还本,利息总该按月清吧,你不能让我替你清利息吧?不是,喜万隆,说话的人似乎在恳求了,我是看同学的面子才贷给你的,你说你到头来总不能害我啊。有人在喝水,咂得茶叶吱吱响。这个应该是喜万隆。我知道喜万隆的这个喜好,喝茶的时候喜欢顺着杯子边沿吸溜,发出很大的声响。说话的声音已经拖着哭腔了:问题是数目太大,要是一两万三五万的我都认了,我给你把烂窟窿补上,问题是现在窟窿这么大,你这是要逼我上吊啊!我还想继续往下听,喜万隆忽然咳嗽了,连续咳了三声。我赶紧往旁边躲,一直躲进楼道尽头的过道里。我知道他这是要吐痰了,而他爱干净,决不会把痰吐在屋里。果然,门开了,喜万隆伸长脖子把一口痰吐在楼道的水泥地上,伸脚踩住碾了碾,又进了门。

我慢慢走出来,走过楼道,下楼,走向政府院子。头顶上是大晴的天,阳光真诚地照耀,热烘烘的。我低头看,脚底下一个瘦瘦的影子像一缕忠诚的灵魂,不离不弃地一直跟随着我。我抬脚去踩,踩到了影子的心脏部位,影子伸缩着躲避,但终究躲不开,被我踩到了。我不知道影子的心被脚步践踏疼不疼,影子不会说话。痛苦和欢乐,影子从来都不会说出来。我第一次有了心事。这是我和喜万隆新婚以来的第一次。我把自己听到的那番争吵在心里反复掰扯、连接、拼凑、推测、猜想,试图依靠零碎的片言只语还原出一个事件的真相。

我隐隐觉得有些事不会像我预想的那么美好。

不管喜万隆屋里是谁和谁争吵,不争的事实是,有人欠了钱,一笔贷款,比三五万还多的一笔款,能逼人上吊的一笔钱。有人贷款不还,有人在催款,当然,这背后还牵扯到同学情谊。究竟是谁欠了谁?欠了多少?我隐隐觉得老火老婆那说了剩半截的话正在一点点浮出水面。

夜里,我搂着喜万隆的脖子说,亲爱的,对于我们以后的生活和人生,我想听听你长远的打算和规划。喜万隆的嘴巴忽然堵住了我。他吃蒜了,就算刷过牙,大蒜的余味还是散发出来。经过体温的发酵,这蒜味里有微微的恶臭。我有点恶心,这味道实在是不敢恭维。我从他的强吻里挣脱出来,喘着气坚持问我刚才的问题。我说,长远的打算,或者叫人生的规划,既然成立了家庭,就该为这个家庭的健康发展有个奋斗目标啊。喜万隆从鼻孔里喷出粗粗的气,胳膊紧紧地箍住我说,傻女人,踏踏实实过日子吧,胡思乱想啥呢?我不会亏待我老婆的。我甩着头固执地从他身下挣扎出来。我的声音带着火。我说,我们婚是结了,接下来肯定是生娃,买房子,供孩子上幼儿园,上小学中学大学,这辈子需要尽早谋划的地方实在太多。有些事可以马虎,但是买房子是迫在眼前的大事啊,难道我们要在小宿舍里生娃过日子? 说到最后我委屈了,声调微变,嗓子是扁的,忽然有种想哭的冲动。亲爱的,他发起新一轮冲击,狠狠地重重地亲着拥着疼爱着,我被这忽然涌上的冲动裹挟,身体跟着也热了。我脑子里迷迷糊糊的,一个声音在耳边说,你放心,房子会有的,日子会好起来的,只要我们相爱,只要我们愿意过得幸福,我们终究会幸福的。我还是担忧,挣出一丝的声音:可是钱在哪里啊,我们有钱吗?他说,钱不是问题,钱有,我们不缺钱。他说得很肯定,很有力,这承诺就跟他的身子一样有力。

我迷迷糊糊地跟着喜万隆颠簸,在迷迷糊糊中开解自己:也许是我想多了,也许是有人在他办公室里在说别人的事情。我们是幸福的。他亲口承诺了,他会给我幸福的。

9

不知道是不是我嫁给了喜万隆的缘故,老火老婆对我变得特别好,看我一回宿舍就喊我过去聊天,有时候做了啥好吃的也送我一碗。看着我吃,她笑眯眯的。我受宠却不惊,装作憨憨的模样,笑嘻嘻地说,姨,再这么下去,喜万隆该骂我胖成猪了。

老火老婆笑得更欢实,说,小喜这娃不得对,女人嘛,就要胖点,大腔子,大沟子,才能生出大娃嘛。哎,你们结婚都一年多咧,你这肚子咋还不见大?目光在我胸脯和屁股上游离。要是过去我早面红耳赤了,现在结婚了,再这样就做作了。我厚着脸皮笑说,姨,我们先不要娃,我们都忙,哪有时间考虑生娃的事。老火老婆好像被这说法吓到了,呆了一呆,走了。

夜里在一起,我察觉到喜万隆光溜溜没戴避孕套,吓我一跳,我问他啥意思?喜万隆已经射完了,软软地溜出来,开灯擦拭。忙活完了,他才搂着我肩头说,我们都老大不小了,还是早点生娃吧。我直直地瞅着喜万隆,他洁白的下巴重新冒出一层胡子楂,又黑又密,气势汹汹。他不刮,说要重新留一把大胡子,现在这胡子已经成功包围下巴。他不看我,用手指捻着自己的下巴,好像要数一数胡子究竟有多少根。我说,万隆你开啥玩笑,再说你一个干部留一圈胡子,不怕领导说你?他说,胡子长得快,三五天不刮就一个黑胡圈儿,情况领导都知道,再说了,我不是见了领导尽量绕着走吗?就是怕挨说。

我们沉默,一时没什么有趣的话题可以继续讨论。

我们最近都不讲喜进花了。其实关于喜进花,喜万隆能讲述的实在有限。从外祖母和舅舅舅母们嘴里听来的那些陈年旧事,他在新婚那段日子里,几乎讲完了。同时,我们对这件事的热情,好像也大大减少了。我不再缠着问,喜万隆也就不会主动提起,就连把喜进花用文学方式写出来这件事,他也不提了。

我感受着一个男人把欢愉的果实留在身体深处的余味。据说它们像一群蝌蚪,在水里游啊游,逆流而上,要寻找那个可能存在的爱人。可我觉得更像是一尾鱼,只有一尾大鱼,没有竞争对手,孤独地挣扎在枯萎的滩涂上。它携带着一个男人的忧伤,不知道自己该不该去寻找那个等待自己的女子。喜万隆之所以这么快改变主意,是不是和老火老婆有关？是老火老婆给他提了醒？老火老婆,我闷闷地想,忽然觉得我和枕畔这个人的关系,未必赶得上老火老婆那样知己。

我不喜欢再去老火房子里闲聊,没事就把自己关在屋子里,落下窗帘看书。老火老婆端着什么来了,敲门,我不出声。她在外头嘀咕说,刚才还在呢,咋这么快就走了。她走了。我抱着书喘气。我开始呕吐。我的鼻子比狗还灵敏,在办公室里闻到打印机里的油墨味恶心,闻到纸张里的草浆味恶心,闻到主任身上的汗腥味恶心；走在楼道里,闻到两边墙上被水冲刷后又补刷的涂料味恶心；走进喜万隆的房间,闻到一种洁净的味道,也恶心。我一犯恶心就想跟喜万隆撒气,是他害了我,他未经同意就把种子撒进我身体里,现在我变成这样,他怎么能置身事外没有责任呢？

灶房里的饭菜让我反胃,冶家余面馆的余面我也不想吃。喜万隆买了简单的锅灶,亲手给我做饭,做熟了端到枕边,一口一口喂我吃。我说,喜万隆,我们把娃打掉吧,我刚在办公室站稳脚跟,这么早有了孩子,肯定受影响,弄不好我就被调出办公室了。调出来就是普通干部了,哪还有上进的机会？一般来说,乡镇的行政干部进步的机会,也就是某一阶段,错过了一时,有可能就是一辈子。

喜万隆把牛肉切成细碎的丁儿,和洋芋西红柿菠菜炒成臊子,给我做臊子面。可他做的哪里是臊子面,等吃到嘴里,面条泡成稀糊糊。我嚼一口,忍着再嚼下一口,嗓子深处一股腥热逆流上来。我念在喜万隆腰系围裙忙碌大半天的心意上,强逼着自己往下咽。咽了三次,第四次泛上来,由最初的一口,变成了满满一大口,把胃里那些稀里糊涂的液体都给带出来了。我扑到脸盆上喷出一大口,接下来是搜肠刮肚地干呕,苦胆汁都要呕出来了。喜万隆的大手赶过来轻轻拍抚我后背,替我拿水涮口,递毛巾擦嘴,又忙忙把半盆子呕吐物端出去处理。他那么爱干净,却没有嫌弃我的意思,容忍了我一次又一次不讲道理的狂吐。这是个体贴温存的男人,应该是好丈夫。可他就是闭口不提那句话,他知道我在等那句话,可他就是不提。他好像在赎一种看不见的罪,跑前跑后干那些最细碎的活儿,用这种不断的重复来消磨我的耐心;更像一个任劳任怨的老好人,在打动一个就要变心的朋友。

夜里趁着两具身体热腾腾地搂在一起,我说,喜万隆,你就那么想要娃?咱再往后推推行吗?等我有了充分的心理准备再要娃好吗?这个娃,我连一点点准备都没有。你看我都这样了,啥都吃不下,吐出来的比吃下去的多得多,这样对胎儿发育也不好啊。喜万隆不说话,起身下地,却不开灯,就待在黑暗当中。我拼不过他这份耐心,爬起来看。视野蒙眬中,我看到他坐在窗口桌子前。窗外苍灰的夜色透进来,我只能看到一个黑乎乎的人影坐在那里发呆。

我吃不下饭,整个人变得虚飘飘的,脑子里供氧不足,稍微一动就全身冒汗,就连头发都汗津津的。伸手摸一把,手心里却没有汗,连一丝潮意都没有。我重新躺下,扭过头望那个黑暗里的人影,他一动不动地坐着,坚硬、生冷、固执、倔强。好像在跟谁赌气;好像在向谁祈求;好像要用这种自我折磨的方式感动什么。眼皮慢慢变得沉重,我撑不住了;我一点点合上眼皮,我有个奇异的感觉,感觉到自己正在滑入一个深渊。我不知道这深渊有多深,有多黑,有多冷,有多孤单,我不想去想象。疲倦像水一样漫上来,席卷了我。我怀着一点点侥幸,心想先迈过这一步再说吧。

电话打断了我们的僵持,喜万隆喂了一声。喜万隆你还活着啊?老子以为你早死了,在世界上消失了。你小子以为不接我电话就万事大吉了?你就是死了我也要去另一个世界里把你揪出来,你害得老子就差上吊了。一个男人劈头就骂。喜万隆一把摁下了挂断键,接着关机。

黑暗重新包围了我们。我暂时忘了自己的难受,慢慢回味刚才这几要从手机里冲出来的喊叫。是个男人。那番话他早就准备得烂熟于心,电话一接通就迫不及待地连珠炮一样轰了出来。有这样打电话的吗?分明是在骂人。是谁,为什么要这样对着喜万隆吼?喜万隆是把他家孩子丢井里了,还是睡他老婆了?

睡吧,喜万隆已经摸上床来。人睡下了,却又觉得有必要给我解释一下:一个酒鬼,醉了满嘴喷粪呢,别在意。这样的电话已经追赶着他不是一回两回了,为此他换了几次号码。只要我去办公室,他就离开自己的房子,不知道去哪里游荡了,那样子有些鬼鬼祟祟,在躲避着什么。我已经猜出个大概了:他欠着贷款,追债的人撵在屁股后面催账呢。我想过问这究竟是咋回事,可他不愿意让我知道。他不主动说,我就开不了口。我想的是,终有一天,他会跟我和盘托出的。我心想,至亲至近是夫妻,我们都是夫妻了,你为什么还要瞒着我?

这一夜,我们没有搂着入眠。

第二天,我睁开眼,已经出太阳了,薄尼龙窗帘遮不住阳光,淡黄色的办公桌上落了一层光影。已经九点半了,屋子里没有熟悉的早餐味儿。不见喜万隆忙忙碌碌做早餐的身影,难道他去买包子稀饭了?我拖着软软的身子下床,坐在昨夜他坐过的椅子上,拉开一点点窗帘看外面。阳光多好啊,黄黄的,软软的,像一绺一绺的头发,像一道一道的清水,但是比头发细软,比清水锋利,刺穿玻璃,肃穆地照进来。我把手放在阳光下观察,手细瘦得可怜,手背上的脉管分外清晰,像一条条河流,纵横交错,重叠起伏;河道里水流在滑动,水是蓝色的,忧伤地往前滑动,证明着什么。

桌子上放着摊开的日记本,喜万隆画满他母亲头像的日记本。平时是锁起来的,他什么时候拿出来的?难道是半夜?难道他对着日记本发了半夜呆?我慢慢翻开,扉页夹着那张相片,相片里的喜进花和她的姐妹们一起不知忧愁地笑着。日记本里的每一个喜进花,也都保持着忧伤的笑容。

我抱着日记本走向书柜。书柜开着。我把日记本放回喜万隆经常放的那个位置。关柜门的时候,我眼前一亮,一本书后面露出一抹黄铜色。那是什么?伸手进去摸,摸出来一把钥匙。

没带任何锁扣和挂饰,孤零零的一把钥匙。老式扁平的钥匙,花棱形匙槽里有浅浅的磨痕。我举起来看,在那细细的匙槽里依稀看到了自己蜡黄的病容。我竖起耳朵听了听,耳边除了寂寞,没有任何声响。这个节点,乡政府大灶早就开过早饭了。今天不逢集,不然热闹的市声会随着风传进这深巷子来的。像初次上门走亲戚一样,钥匙带着些羞涩,它别别扭扭地,在黄铜锁眼上滑动,不愿意进去。我深呼吸,稳住自己,然后稳住锁子,把钥匙稳稳地推进去,手习惯性地右转,一圈,还是一圈半,我在恍惚。咯吧,声音很脆。我一哆嗦,锁和钥匙同时落在怀里。一直深锁的书柜最底层,双扇柜门缓慢地洞开了。

一整张褐色牛皮纸,苫在大抽匣上面。是早年的那种牛皮纸,很粗,包书皮挺好。我慢慢地揭纸,屏住呼吸。什么书?肯定是古籍,不然不会这么珍藏。要么是收藏的老钱币老文物?我忽然心头一亮,激动得颤抖,十有八九是文物。喜万隆在文化站工作,前些年不是到处搞文物普查吗?是不是他假公济私,顺势给自己划拉了一些藏品?对,看来真是这样,不然他有什么理由藏得这么深呢?纸轻飘飘的,不怎么用力就揭开了。我没有看到书,也没有看到收藏古钱币的盒子和装载古文物的神秘物件,竟然只是一个锡箔纸缠裹的小包裹。锡箔纸是从烟盒上拆下来的,还带着烟味,裹成筒状,外面用白线绕起来。这个锡箔纸包裹,像什么呢?像一个包裹起来就要下葬的尸体。我不知道为何会有这古怪的念头。如果里面包裹着玉石呢?金条呢?马蹄银呢?金贵的东西,需要这样精细地包起来。

我拈起那个包裹看,有个木把露在外面。我抓住木把往出拉,拉出来,是一把刀子。我轻轻一笑,难道是一把古代的刀? 却不像,刀身宽厚细长,钢水饱满,放久了会生锈。这种刀很常见,我娘家就有一把,平时不用,宰牛羊等大牲的时候,爷爷才拿出来磨,在青磨石上磨出一串浅浅的锈红。喜万隆啊,收藏什么不好,收藏一把不值钱的刀子! 刀子两拃长三指宽,刀刃没什么特点,刀柄倒是漂亮,镶有一道花纹。刃口闪着亮闪闪的光。我在这刀刃上看到了自己,一张黄瘦得亡人一样的脸。我望着刀刃上的脸挤出一点笑,它也给我挤出一点笑。我把刀子握进手心里,又戳进袖筒里。刀子像个调皮的孩子,欢快地配合我做动作。有脚步声遥遥地从楼下传来。我赶紧苫纸、合柜门、上锁,把钥匙塞进书本空隙。

　　喜万隆推门进来,我已经坐在床头上,手里举着一面小镜子。我像个温良的古代女子,在一脸贤良地揽镜自照。喜万隆看我精神不错,他自己也高兴起来,举着手里大大小小的塑料袋说,是不是有胃口了? 小笼包子、黑米稀饭、热馒头、葱油饼、油圈圈、酥麻花,各样都买了,快来尝尝! 一大片红的黄的白的黑的花的食物,以不同的姿态摆在我眼前,像一些残败的菊花。恶心感忽然泛上来,一大口热浪腥烘烘地冲到嗓门口。我低头往回去咽,喉头腥甜,好像有血丝掺在黏稠的胃液里,胃液泛上来再吞回去,像咽下了一团火,滚烫灼痛。我挤出一点虚弱的笑,说,万隆,我今儿好多了,想吃素包子和稀饭。

　　吃饭前我站在脸盆前洗手,手上蹭了铁锈,竟然很难洗。我反复搓手,恨不能揭下一层皮,同时鼻子里有一股铁锈味。我觉得大脑一阵虚幻,这不是铁锈味,而是血腥味。不,怎么会呢?我摇摇头,在心里说服自己。喜万隆过来搀扶,我草草擦了手,像个乖孩子一样坐过去吃饭。

吃完后,我回自己宿舍。走到宿舍门口,我终于对着花园子的矮砖墙吐了,把吃下去的包子稀饭吐了,把咽回去的胃液也吐了。我真不知道自己肚子里哪来这么多液体,一口一口吐个没完没了。老火老婆探头从门口看。我厌恶她,摇摇晃晃站起来回屋,关上门对着脸盆吐。我想,要是孩子化作一团模糊的血肉也吐出来就好了。我只要一低头,鼻腔里就有一股血味,好像血液经历了旷日持久的干燥,却保持着该有的腥味。接着我想到了刀子。那把刀子,藏在一个狭窄隐秘的空间里。那是什么意思?就算我不懂一点儿考古知识,就算我对刀具一窍不通,我也已经知道那不是收藏的古物,分明是现在的刀具。喜万隆收藏那把刀子做什么?是个人爱好?这爱好也太奇特了吧,收藏什么不好,偏偏收藏刀子?

喜万隆果然是个心思不好的人。老火老婆的话不是没根没据。一个神秘电话时刻追在屁股后面讨账,还有那把刀子锁在阴暗里。我作为他的枕边人,他能一直瞒着我,而且看样子还要一直瞒下去,这哪像正常夫妇该有的常态?

我的肚子固执地大起来,好像原本平坦的小肚子,偷偷变成了一块吸水的海绵,一天比一天变得膨胀、松软、辽阔,正在从一个小小的池子扩充为无垠的大海。我挣扎着去上班,据说成天面对电脑有辐射,我想有就有吧,最好生一个残疾儿出来,喜万隆就满意了。我在网上查阅《婚姻法》,一条一条细细地看。我在想,终有一天,我和喜万隆要在一个叫民事法庭的地方短兵相接。我需要提前查阅掌握,我想知道到时候我的胜算有多大。任孕期、生产期、哺乳期,离婚的话,孩子会判给女方。那么我得把这孩子养到一岁断了奶,才适合起诉离婚,加上怀孕期,我还需要熬过将近两个年头的时间。我用了"熬"这个字眼。我有些悲哀地思量着这个字。确实是熬,一点都不夸张。每一天,每一夜,我都有种度日如年、胆战心惊的感觉。

我把宿舍打扫干净,开始在自己的宿舍里住。喜万隆不明白,哄我回去,我皱着鼻子说他屋子里有油漆味儿,我受不了。喜万隆也皱起鼻子,说粉墙都两年了,哪还有味儿?是不是怀孕的女人都这么敏感?我抱住喜万隆的腰,柔声撒娇说,要不我们暂时分开睡,反正现在特殊,睡在一起谁都难受。喜万隆不甘心,说自己一个人睡不着。

我们相持不下,老火老婆解了围。她端来一碗浆水面,说自己新做了浆水,想着怀娃的女人最馋酸了。我不愿意多看老火老婆和她手里的碗,但是鼻子不争气,一股清爽的酸香蹿进鼻子,连续几十天来难以下咽而变得疲惫不堪的肠胃忽然苏醒了,饥饿感强烈袭来。我当着她的面一口气吃完了一碗面,连碗沿的葱花也舔了。老火老婆很满意,似乎很有面子,笑吟吟地告诉我们,这段时间最容易流产,不要一起睡,就是睡一个被窝也要忍,不该干的事千万不能干,万一压着伤着,到时候娃就流了。

她扫一眼喜万隆,笑了:小苏还年轻,小喜你可是等着抱娃哩,你不敢再耽搁咧!比任何说教都管用,喜万隆乖孩子一样独自回去睡了。我却瞅着老火老婆肥肥的身影好半天回不过味。我想,我们怀孕生娃这事,凭什么这女人比我们两口子还上心?好像她就是喜万隆亲妈,而我肚子里怀着的,是她嫡亲的孙子。我心里忽然一阵反胃,想吐,蹲下了却没有吐。我扶着门框慢慢进屋,同时第一次发现,老火老婆说话怎么这么粗鲁直接?什么该干不该干的,人家小两口被窝里那点事,她竟然张嘴就说出来了,就不能委婉点啊?

有一天午休的时候,我大睁着眼睛望屋顶。乡政府的旧房子,屋顶还是老式顶棚,陈旧得掉土渣子。我要在这里工作一辈子吗?我一圈圈摸着肚子。我知道自己不甘心。早知道这样,我还不如不要放弃文学创作,决然地终止了一门爱好,这边也没落下什么好,我这是两头扑空的结局啊。是什么让我走到了今天这一步?是婚姻?是怀孕?可是,自古以来,女人不都要走这一步吗?家庭、繁衍后代,不是每一个女人的天职吗?如果不结婚,不生孩子,独身晃悠,过了四十岁,别人不说,那时候我自己就不会慌吗?就不会后悔吗?难道是嫁错了人,喜万隆对我不好,不够体贴,不供我吃穿,不能尽一个男人的责任,性生活不能满足我?我苦笑、摇头,望着黑乎乎的天花板,心里是空的。我不知道这空洞是什么时候塌陷出来的。它已经在那里了,黑乎乎地望着我,似乎在等我一头扎进去,万劫不复。

那把刀子,藏在暗处,是什么意思?预示着什么?我无法控制自己的悲哀。这感觉像一张巨大的网,铺天盖地撒了下来。有人在收网,一步一步,一寸一寸,我终将陷入天罗地网,我终将困死其中。不,我不会束手就擒,我要挣扎,我要抗争。我不是喜进花和喜进花那个时代的女人,我不是目不识丁没有能力的乡村妇女。

喜进花?对,喜进花。我不能重蹈喜进花的覆辙。我得写喜进花,我要重拾爱好,用文学把喜进花的故事告诉世人。

喜进花安静地看着我。只要我闭上眼,她就出现了。她梳着一对麻花辫子,尽管摄影技术那么差,却还是难以抹杀她辫子的乌黑和油亮,有健康的光泽在每一个麻花扭曲的细节之间闪烁。她长着一张向日葵一样的脸盘,尽管现在流行的是千篇一律的锥子脸,这种圆盘脸算不上美女。但是在 20 世纪五六十年代,人们对女人的审美还没有现在这么恶俗,还保持着该有的自然的健康,所以少女时代的喜进花应该算得上漂亮。她积极、阳光、健康,像一个向着太阳幸福微笑的花盘。这样的生命,最后毁于一把刀子。留下这张相片的时候,喜进花做梦也不会想到自己最后的人生结局吧。其实这世上,真的有几人能够预料自己最后的结局呢?包括我自己。那把刀子,会不会来自王疙瘩?王疙瘩,那个叫王大山的男人,曾把刀从背后戳进了自己女人的身体。而现在,会不会也有这样的一个时刻,在某一个神秘的黑夜里,有人也举着刀子,一步一步逼近我?

我从噩梦里惊醒过来,汗水湿透了脖子,枕巾也湿淋淋的。我开了灯靠墙坐着。我望着窗外的黑暗,一切安好,世界还是原来的样子。可是我不敢睡,怕重新陷入噩梦。我摸着肚子说,孩子,不能等你出生了,我必须离婚,必须离开那个人,越往后拖越危险,我不能拿我们母子的生命做赌注。一定离,马上,刻不容缓。

枕边躺着喜进花的相片。梦里我压皱了它,我慢慢把它抚平。相片里的喜进花望着我,目光安静。我也望着喜进花,看了很久。我从喜进花的目光里,看到了淡淡的悲凉。

10

我换完衣服接着换鞋,肚子大得像一座小山,连勾头系鞋带都很吃力,腿脚都出现了浮肿,我像只丑陋的肥鸭子,叉着腿才能走动,走得歪歪扭扭。

这时候去王疙瘩家,合适吗?喜万隆蹲下来,替我系鞋带。他的手指修长。结婚两年来,他没有发福,反倒明显地瘦了,身材修长,整个人有一种清爽的飘逸感。只是那圈胡子早就留起来了,黑麻麻一大圈,将细腻白嫩的下巴完全裹在"乱草丛"里。喜万隆现在又是五十岁大叔的相貌。我木然地看着他。她帮我把鞋带系好,他扶我出门。我们在门口骑上了摩托车。

摩托车刚刚发动,老火老婆赶出来说,小喜你们去哪里?小苏哪敢坐摩托车啊,就不怕把娃给颠出来?喜万隆顿时犹豫,我轻轻地抱住他的腰说,走吧,别听一个老婆子瞎说,我才没那么娇气。我们出发了,喜万隆骑得很慢,我平平稳稳地坐着。其实我心里有一种期待,就是他能像上次回喜家湾一样快一样疯一样颠簸,最好把肚子里这块肉给颠出来,我也算是早日获得了解脱。我知道自己这心理够阴暗,但是我情不自禁地要去想,我甚至设想从王疙瘩回来,一进门我就血流不止,然后喜万隆会带我去医院,可是迟了,一些血块已经流出来了。喜万隆不开心,说不定还会悄悄抹泪。我不哭,我只是蜡黄着脸假装悲哀。其实我已经沉浸在卸去一个巨大累赘的轻松里。我睡在病床上盘算着以后的日子:累赘没了,我等于是迈出了第一步,然后我会毫不犹豫地向着自己的既定目标大踏步走去。能留住女人的重要条件之一是孩子,孩子已经没了,我还用得着留恋吗?

车速一点点加快。逐步加大的风势似乎助长了某种东西,让喜万隆忘记身后还带着一个大肚子女人。风在耳边呜呜叫,简直要把我从摩托车上拽下去。喜万隆直挺挺的,并不惧怕速度带起的大风,好像很享受这种疯狂的奔驰。一种奇异的感觉在我心里飘浮,这个人,这个掌控着方向和速度的人,也掌控着我和他的命运,算上肚子里的小生命,是三个生命的命运。只要他愿意,一个恍惚,一个走神,摩托车会一头撞向路基或者栽向路壕,或者直接撞向迎面飞驰的车辆之上。无论哪种方式,都足以让摩托车和我们一起粉身碎骨。这样也好。

两眼一闭,免去了多少痛苦,还有这痛彻心扉的纠结。我大睁着眼睛看喜万隆,一阵一阵恍惚,恍惚中觉得这个人是那么陌生。我们认识吗?我们有关系吗?我们有过肌肤亲近吗?我们有过欢愉销魂吗?我想起了那些夜晚,那些充满欢愉的夜晚,男人和女人的欢愉。凭良心说,我们有过自己的欢愉。这欢愉是有证据的,就是腹中的这块血肉。忽然,小腹抽搐了一下,我抱住了肚子。又是一下,是抽搐还是抖动,我说不清楚,是一种活动吧,是胎动。我的孩子开始活动了。和这个男人欢愉的结果,使得我的孩子开始了属于一个生命拥有的活动,孩子有这个权利。在化作血肉流产之前,孩子有权利开始自己的活动。我泪流满面,伸手慢慢抱住了肚子,接着抱住了喜万隆。我被一种巨大的喜悦击中,无声地流着泪。泪水汹涌,滚滚扑面。

我的孩子,他(她)终于动了。据说三四个月就会有胎动的,我都怀孕六个月了,肚子只是往起来长,却很少有这样明显的大幅度的活动。我甚至隐隐地想,不会是个死胎吧,或者是个残疾孩子,是专门生出来惩罚喜万隆的。可现在他(她)用一种有力的活动,证实自己的健壮和活跃。他(她)像个一直沉溺于睡懒觉的孩子,终于睡饱了,揉着眼睛开始活动了。

我听见自己的声音很温柔:万隆,你究竟欠了多少钱?你从同学处贷来的那笔贷款,你究竟花掉了多少,还剩下多少?干冷的空气里,灰白的尘埃里,路两边的风景单调枯燥。白墙红瓦的民居一家挨着一家正在拔地而起。这几年大家日子好过了,家里有存粮有闲钱了。老百姓竞相盖房,尤其公路沿线,早些年土墙灰瓦的那种老房子几乎看不见了,大家正在以一种热烈攀比的气势翻新着自己的日子。我们都戴着头盔,我的声音就算被风过滤掉大半,剩下的音量也足够喜万隆听明白我所问的内容。他不回答,忽然伸出一只手到后面,没戴手套,推开我的拥抱,冻得泛红的赤手在我隆起的肚子上摸索。我低头静静地看着。他像在床上一样从容地摸索着,摸索了一圈儿才收手。

我再次抱紧他说,万隆,不管欠了多少,你都给我一句实话,叫我心里有个底儿。顿了顿,我忽然很难过,难过到哽咽了,我扁着嗓子说,万隆,我人都是你的了,我们的孩子都快出世了,你对我还不交心吗?只有我知道,这一刻我嘴里说的是钱,其实我心里想的根本不是贷款,而是刀子,那把封闭在狭窄空间里难见天日的刀子。我感觉自己的内心阴暗潮湿,阳光照不进去,一个念头就在这阴暗潮湿里滋长,像茂盛的水草,沿着心壁迅速地蔓延,这些蔓生植物的势头就是最后占据整个心室,塞满空间,将我窒息。刀子,那把刀子,喜万隆你收藏刀子做什么?无人的夜晚,你会不会借着灯光摸索那把刀子?你盯着寒光里映出的你的脸,你的目光柔和还是狰狞?你是笑还是哭?你会不会握着刀子慢慢地做一个动作?好冷啊,我将喜万隆抱得更紧。也许这都是我的猜想,是我多年的写作习惯养出来的不良心理,我喜欢往更深层次想问题,喜欢沿着黑暗的角度去挖掘人性。可这样的念头用在喜万隆身上合适吗?公平吗?是不是我想得太多了?是不是心理变态的根本不是他,而是我自己?喜万隆没有给我答案,只有风在耳边不停地喧闹。

不知道翻过了几道山,反正路途肯定比喜家湾遥远,还难走。地势很快扭曲折叠起来,沙石路消失了,换成了纯粹的土路。车轮碾过,黄色尘烟飞起,在身后远远地扬起一道烟幛。

这就是王疙瘩。喜万隆的脖子仰起,指着道路两侧的村庄。

村庄夹在两山之间,细看走势,倒是比喜家湾平坦一些。山头也不高，圆圆的山包安静地窝在灰苍苍的天幕下。梯田一片一片，像山的肌理，从山头到山腰到山脚，一层一层很有秩序地跌宕而下。冬天的山里一片萧瑟，秋耕后的田地里只有一塄一塄的犁沟像大山更细微的褶皱，密密麻麻地分布着。向阴的地埂下留着残雪，在苍黄色映衬下显得灿白，像是那些田土被围上了一条条白色围脖。王疙瘩挺美的，我被自己的念头吓了一跳。没敢说出口，但我必须承认，这静卧在冬日残雪中的小村落，确实有着一种世外桃源般的静谧。

我们沉默着进村，从一户一户门前经过，最后在一处地方停下来。喜万隆下车，卸下头盔说他去上个坟。我像个懂事的小媳妇一样，乖顺地点头示意他去。你要是觉得无聊就随便四处走走。他走过又退回来，看着我说。他这个人就是这样，总是能在最细微的地方照顾到我。我点点头，回头打量村子。

王疙瘩和我生长的那个村庄，其实没太大的区别。西北农村的冬天都是这样子，悠然、闲散、松懈，家家门口堆着乱蓬蓬的草摞，场里晒着泛黄的牛粪，烟囱高高地伸出来戳在屋顶上。远远看去，有的门口聚了闲散的人，晒着阳光打发农闲时段的清悠。全村有四十来户人家吧。村庄的地形不好，本来西南的山势舒缓，靠东的村中央偏偏冒出来一个馒头状的大山疙瘩，横在村子心脏部位，把一个原本平缓的村落弄成了"四不像"。山势陡，从山根到山顶一路分布着早年修的梯田。人家不能集中，只能根据地势安家落户，山根散落十多户，山腰分布十几户，半山洼零零散散地又是十多户。

喜万隆的家应该在哪里？不，应该说是王大山的家在哪里？我取下眼镜擦了擦，又戴上，遥遥地从山的褶皱里一户一户寻找着。看样子有四分之一的人家搬走了，去新疆住家或者外出打工。这些房子是废弃的，不是破旧的大门紧锁，就是屋顶上的瓦片陈旧泛白。喜万隆家里现在还有什么人？爷爷奶奶？叔叔伯伯？最不行也有亲门党家？那个家究竟在哪里？

我们之间交谈最多的是喜进花，喜万隆的外祖母，喜万隆的童年，我们始终绕着一个敏感的话题，没有谈及的就是王疙瘩的王家。王大山以故意杀人罪抵了命，其父母呢？还有别的家人，如今都什么境况？王大山死后，他的父母还活着，那么他的父母为什么不抓养孙子喜万隆，而是让他流落到外祖家寄人篱下？难道王家愿意让王大山唯一的骨血流落到外姓家里改名换姓？

喜万隆从坟上回来了。我们跨上摩托车，却不往庄里走，掉头沿着来路疾驰。路遇几个人，喜万隆没跟他们打招呼，他们对我们也没兴趣，神情漠然地一擦而过，看样子他们也不认识喜万隆。我想提议，为什么不去家里看看？为什么不去看看爷爷奶奶亲门党家？就算父母不在了，总还是有别的亲人的吧？但我没有问。去喜家湾那次，我一路不断地问这问那，恨不能把喜万隆外祖家里外翻个遍，可是这王疙瘩，我真的不想多问，我没有勇气知道更多，我已经很早就知道故事的结局了。可是喜万隆这个当年捡回一条命的孩子，如今重回故土，神色平静，似乎只是很寻常的一次回家上坟。这种平静震撼了我，让我所有的好奇都显得那么虚浮，那么不合时宜。我觉得没必要再追问，我也没有勇气追问。按时间推算，喜万隆的爷爷奶奶也就是七十到八十岁左右，现在的人长寿，他们应该还活在世上。

我不甘心，快速地扫视着这个村庄。沿路的一些院落从眼前一扫而过，我看到了土墙、砖墙、双扇木门和铁门。有的门开着，透过门扇能看到里面的房子；有些门紧闭，像保守着什么秘密。房子差异大，和我们乡政府公路沿线的那些川区村子不能比，那里都是红瓦红砖白瓷砖的全梁防震房，在这王疙瘩看不到那种房子。这里不是砖头房，就是灰瓦房，样式也不时髦，是早些年的样式，这在川区正是被当成危房大量拆除翻新的对象。但是山里人爱干净，家家门口都很整洁，看得出这院子里的人是很热爱生活的人，就算是黄土台子，也清扫得一尘不染，黄土踩踏瓷实后泛着一种白光。

摩托车嘶吼着冲上一道慢坡，在两山紧夹的一条土路上冲突。这辆喜万隆只要出门就寸步不离的老摩托车，像一头挨刀子的老牛，声嘶力竭地吐着粗气，以这样的方式表达自己年迈力衰的沮丧。喜万隆终于刹了车。

喜万隆从摩托车上下来，指着眼前画了一圈：大死后，爷也一病不起，奶奶嘛……这时，猝不及防地来了一股旋风，掀起的尘土打着转儿在我们眼前盘旋。我愣愣地望着旋风。我还没见过这么圆的旋风，一股力量从圈内生发，一圈一圈扩散，好像有个调皮的孩子抓着一把土在我们眼前扬，边扬边画着圈儿。喜万隆被风呛了，连连咳嗽。我想说喜万隆你骑车别这么疯狂，大冷的天对身子不好；却没有说出口，我不知道为什么忽然不想说了。我在回味他刚才的话，他说大、爷、奶奶，去掉了前面的"我"字，这表明那些早就不存在的人和他没有了关系。这让我有点不舒服，觉得不能接受，应该说我大、我爷、我奶奶。我是喜万隆的媳妇。他这样称呼无可厚非。可我高兴不起来，望着旋风茫然地想，我干了一件多么玄乎的事，竟然把自己嫁给了这样一个家庭。旋风终于撤走了。喜万隆的嗓子有些艰涩：好不容易，妈答应了离婚，大带着她去乡里办离婚证。娃娃也分好了，我留在王家。我茫然地看着喜万隆。这一刻我似乎在听别人的故事。这故事的主角不是我的公公婆婆。

喜进花和丈夫生了一个儿子，但是他们要离婚了。离婚这个词，在 20 世纪七八十年代的西海固山区，还很时髦、新鲜。不知道什么原因，这一对乡村男女要离婚了。喜进花是个蔫性子人，这样的女人，话少、内向、勤恳、乖顺，是个吃苦耐劳的好媳妇。这样的媳妇为什么要离掉？是王大山有了外遇，还是喜进花行为不端？在山区，就算时代迈进了一个新世纪，只要这个女人大致说得过去，又能生养，就不会被离掉。他们离婚前还考虑到了以后的生活，对孩子的分配就是最好的说明，至少说明喜进花离婚后准备再嫁，既然有再嫁的心思，说明对生活的热情还在，还有继续追求新生活的心劲。那王大山呢，难道是万念俱灰、绝望至极了？这不对啊，说不通啊。不是王家要离掉媳妇吗？像丢掉一件不喜爱的衣服一样离掉一个女人，男方应该是很高兴的。媳妇同意离婚，王大山应该兴高采烈地庆祝这得来不易的解放啊。

他们本来是可以不离的,喜万隆回头望向村庄,说,他们两口子还是恩爱的,都有娃了。我忽然觉得喜万隆就是个没长大的孩子,徒有这一副不错的身材和一把成熟的大胡子,这一刻他的思维真的很幼稚。有了娃就能说明夫妻是恩爱的?娃是恩爱的证据?娃何其不幸啊,难道他不知道有时候娃只是一个疏忽的结果?就像我这凸起的肚子。没有爱,并不排除有性。能把刀子放进女人的身体,这样的男人心里还会有爱?就算真有,那又是怎样扭曲的一种爱?一般来说,农村夫妇只要有了孩子,离婚的可能性就降低了。为了孩子,他们就算再不幸福,也还是愿意忍耐,愿意往下熬的。

是我爷爷奶奶在后面挑拨的结果。喜万隆仰起了脸,说。阳光正好,寒冷也阻拦不住这种冬日里的灿烂。我看着喜万隆,阳光在他脸上爬,像无数细碎的虫子在他脸上蠕动。喜万隆的眼里有忧伤。我定定地望着,我确定那是忧伤,一个男人的忧伤。只可意会,难以用言语描述。风是冷的,阳光里却有一丝温厚的暖意,这暖意醇醇的,浓密、黏稠,贴在肌肤上不流动,好像粘在了上面,形成一层薄膜。我慢慢咽下一口唾沫。我感觉有一把刀子,生锈了,但是在我心里搅,慢慢地一寸一寸地搅动,搅出一团模糊的血肉。

喜万隆说,我爷爷奶奶不热心我妈,从娶进门就不喜爱,大小事情上嫌弃,喝鸡骂狗地凑合着过了几年。本来我大对我妈还可以,但是慢慢地他也跟着变了,最后他们不想要我妈了,但是我妈不走。我看着喜万隆,他又把称谓变回去了,又不是我们共同的爸妈,只是他一个人的了。这个我倒无所谓。我有点气愤,心里说一个女人已经生了孩子,你叫她咋走?哪能抬腿就走?那一家子人真够心狠的。

  我不知道他们是咋商量的,好像我妈松口了答应离婚,一大早,两个人就起身去乡政府。那时节天气太冷,又有雪,王疙瘩的人都在睡懒觉。走到豁线口,我大动手了。就是这个豁线口。喜万隆抬手一指,指着眼前,我顺他的手细看。这里已经离开村庄了,是王疙瘩通往外界的一道山口。过了这山口,山的那一边是一道巨长的慢坡,下面一马平川。我们慢慢地走,我跟着喜万隆的脚步。看样子村道要用水泥铺设了,原来的路基已经推掉,新鲜的黄土一垄垄向路两边堆砌,路面扩张了不少。我试图还原三十多年前那条路的模样。两边的山陡然高大险峭起来,就像有人用板斧劈开,从山中间踏出了这条路。我们在两山间走。阳光被山挡住大半,迎面的风阴寒。残留的雪,被车轮碾压成冰碴子,脚踩在上面发出咯吧咯吧的脆响。好像喜万隆说过,三十八年前的那个凌晨,这条路上也有雪,血把雪染红了一大片。

  我软软地喊出一声,万隆,大是不是有啥病?我指的是精神方面。在这空洞幽冷的空间,我的声音显得十分轻弱,好像一个濒死的人,在可怜巴巴地做着恳求。我把那个人喊大,那个叫王大山的男人。我这是第一次,我们婚后的第一次。

  没有检查过。你知道的,山里人穷,肚子都吃不饱,哪有钱查那个?喜万隆说。他走得快而坚毅,好像前方有什么在召唤他。他不管不顾地走着,根本不理睬身后跌跌撞撞的我。

那,他是啥文化程度?我喊着问。这一刻我是清醒的,我知道自己在做什么。我在巴结喜万隆,通过这种方式?不,我在可怜他,通过这种方式,又好像不全是。我在为三十多年前那个凶犯开解,寻找原谅他的理由。原谅一个精神病人,毕竟要比原谅一个正常人容易一些。我不知道为什么要这么做,但是我做了。妈,对不起。我给心里的喜进花说。必须有一个理由,哪怕很微弱,哪怕根本立不住脚,甚至自欺欺人,但是真的需要。死者已经不需要,可是活着的人需要,太需要了。要活下去,总得有什么来支撑吧,哪怕这理由微弱得可怜。

命运多舛的孩子一辈子背着一个心灵包袱。他不能原谅亲人,更不能原谅自己,他有一种原罪感。他活在自责当中,更活在自卑当中,他潜意识里一直把父辈的罪恶往自己身上归咎。他不能原谅,不能放下。他如果放不下这个包袱,这一辈子就注定活得非常艰难。其实我也不知道是否真是这样。多年的写作习惯,让我总愿意从异于常人的角度和深度去看待问题。没有人告诉我这想法是对是错,因为这不是文学作品,没有发表出来让人评判,只在我心里悄悄翻涌。

喜万隆站住了,手从裤兜里抽出,他垂着手说,他没念过书,一天都没有,那个年代的山里娃,念书的没几个。他一字一句,说得很慢。风从一道陡然跌落下去的土坎下吹上来,迎面扑打,寒气逼人,甚至有那么一股阴气。我慢慢往前走,站到喜万隆身边。风倒旋着冲上来,发出一股轻微的鸣响,像有什么人在不远处轻轻地叹息。

在那个豁线口,喜万隆抬手指向下面说,他戳了我妈,我吓得大哭。他稳稳地说。我倾听,感觉这个人终于要倾诉了,把那段往事原原本本地讲述给我。可是,戛然而止,他不说了。我也不问。村道在这里微微拐了个弯儿,顺着右边山根而去。这里被废弃了,一道两人高的地坎子,下面是一道干枯的河沟,看样子起暴雨的时候河沟里会起水,同时将山上下来的洪水全部从这里排走。时光不居,这里自然看不出当年留下的任何痕迹。年年夏季都有暴雨,年年寒冬都要落雪。雨雪风霜的轮番光顾,三十八年的风吹日晒,松软的黄土地上什么都留不下。能留下的,只在心里,刻在一个孩子的心里,铭心刻骨,没齿难忘。

郁玲,我们非得离吗?不离不行吗?喜万隆说。我要转身,他抱住了我,热烘烘的嘴往我领脖子里拱。我的悲悯忽然淡了,心里只有烦躁。这些日子里,这种烦躁在发酵,翻倍增长。我想甩开他,可他抱得很紧。他的手摸着我的肚子,说,你都这样了,你离了婚有啥好?

气愤瞬间击穿了我。冷笑从我嘴里飞出去,我咋样了?不就是怀孕生娃吗?要么我现在回去就引产,要么生下来送人,反正我不会拖着一个油瓶开始自己的新生活。我是二婚,就找不到男人了?我也可以找二婚的男人啊,只要对我好就行,只要能让我幸福就行!我凭啥要在你这棵树上苦哈哈地吊着,把我一辈子就这样熬死?你想用娃捆住我,没门儿!我七八岁开始念书,挨饿受冻埋头苦读十多年,为了啥?不就是为了争来今天的自由?既然嫁给你我不幸福,我有权结束这不幸,我有权再去追求新的生活。喜万隆,好聚好散,何苦弄到两败俱伤才放手?

这些话一直憋在我心里。半年来闹离婚,但是我从来没有把话说得这么彻底。我得让喜万隆看到我的决心,我真的不幸福,我要离婚。我无数次想到了喜进花和王大山,那一对可怜的男女,不管是什么原因导致他们婚姻破裂,他们都有权利重新开始自己的生活。

至于我们的孩子,我已经想好了。孩子生下来之后,喜万隆要就属于他,不要的话我自己养。我有工作,我有能力养活自己的孩子。不管怎样,无论如何,这婚得离。我想我已经表达得很透彻了,喜万隆你就不要抱任何幻想了。真的挽不回了,我们的缘分就这么短,已经走到尽头了。

喜万隆忽然笑了,轻轻的笑声,在空气里冷冷地飞扬。他提高了声调。他笑着问,难道,你想离了我,再找一个?嗯,你想得倒是美。如果我不同意离婚呢?如果我不给你自由呢?你想冷战?你想上法庭?你想调离这里?我告诉你,都不现实,你走不脱的。你走到哪里,我就跟到哪里。你就是调动到省城,我也会辞掉工作跟过去。你想跟别的男人去过好日子,我偏不让你过,我会像影子一样跟着你,像吸血的蛆虫一样叮着你。只要是活着,我们就要在一起。哪怕是死,也一起死,一起粉身碎骨。

世上还有比这更无耻更无赖的男人吗?巨大的悲愤,排山倒海般而来,席卷了我,淹没了我。我有一种要撕碎这个人的欲望。但是我的身子慢慢地冷下来,从里到外,寒冷彻骨,我被冻僵了。我们和王大山不一样,我们都受过教育,在婚姻里有自己的话语权。尤其喜万隆是受过高等教育的,正规的大学生;喜万隆读了不少书,书柜里藏着成套的四大名著和"二十四史";喜万隆平时很干净,生活中洁净到了让人受不了的程度,他的衣着打扮没少受到女性们的好评。喜万隆也是个谦虚的人。可眼前的感觉,喜万隆说话的口气,说出的内容,都和三十多年前的王大山何其相似啊。想不到三十多年前王大山说过的话,今天从喜万隆嘴里出来了。

<u>鱼死网破</u>啊。我觉得自己这具臃肿丑陋的身子在一点点石化。沉默中,紧紧箍着我的胳膊慢慢地松开了,我踉跄着站直身子。不等我回头,有个东西顶住了我,硬硬的,就抵在我的后背正中。利刃出鞘,果然来了。

郁玲,算我求你了,可以吗?喜万隆说。他的声音平稳舒缓,好像在睡梦里呓语,隔着层层梦境送来的声音,轻得像风。说实话,喜万隆这人的声音,有时候挺迷人的,带着一种磁性。我迷恋这种磁性的声音。在众多男人当中,只要喜万隆说话,我就能听出来。我悄悄地深呼吸,试着放松后背那片绷直的肌肉。但是刀子顶得很紧,那东西的硬度穿透了厚厚的羽绒服和里面的保暖内套,就像直接钉在我赤裸的身子上。

万隆,我说。我的声音在颤抖。这一刻,我的心在哆嗦。我很害怕,恐惧像水纹,一道一道地哆嗦着在我心里蔓延。我恨自己。

郁玲,我们好好的,不行吗?喜万隆说。他的声音依旧沉稳。他不慌张。此刻,他凭什么要慌张?我像化石一样坚持着。

此刻,顶住我的那把刀子,在幽暗中发出寒光。它终于有出鞘的时候了,就是现在。

喜进花。我慢慢地仰起头,看天,但是山太高,挡住了我的仰望。我盯着山腰里挂着的雪,看样子是好几天前的雪。这里阴暗,阳光穿不透两山之间的狭窄过道,雪完好地积存着,皑皑地白着。我缓缓地落下泪来。那一年,也是冬天,腊月十六,也有雪。那个叫喜进花的女人,据说死了之后人们发现她穿的一身新外衣的下面,线裤破出四个洞,然后缝补得密密麻麻;线衣袖口磨光了,用旧袜子上拆下的袜腰缝补着;她的左脚有两个皲口,右边的脚后跟流着脓水。她清晨离开婆家,是空肚子上路的,因为闹离婚,她已经两天时间没吃到饭。她死了,她的勤俭清苦一度成为乡村女人们感叹的话题。

时光流转,有些东西竟然能如此惊人地相似,就像三十多年前的喜进花和此刻的我。今天也是腊月十六,阴处也积着雪。时间在世间轮回了三十八个寒暑,这一刻,时光却好像又在往回倒退。这片土地啊,是怎样的土地?这里的女人啊,究竟怎样努力才能把握自己的命运?喜万隆,终究是王家的血脉。他的脉管里流淌的,毕竟是王大山的血液。父辈走过的路,后人会不会重蹈?那些囚禁在阴暗处的东西,难道终有一天会冲破禁锢,奔突而出?

是我触动了阀门。是我拔掉了那个装魔鬼的瓶子的瓶塞。这样的悲剧一开始我就应该预见到。其实我的潜意识早就预见到了,只是我一直在自欺欺人。我想改变什么,但我终究什么都没有改变。我恍然看到喜进花在望着我笑,一张脸在雪地上渐渐明晰,她和相片里一模一样,还是那样淡淡地笑着,只是一对辫子不见了,盘起来了,头上搭着一片西海固农村妇女都喜爱的红包巾。三十多年时光漫漶,她的眉目竟然还那么清新。

我轻轻地喊了一声妈。

眼前的河沟骤然开裂,一道黑暗的口子向着我张开,天旋地转。我张开了双臂。我的身子轻飘飘的,我看见自己以飞翔的姿势跌入万劫不复。

11

在乡派出所,警察把一个透明的塑料袋子放在我们面前。

这是死者遗物,还给你们,请家属清点。警察说。我现在站着吃力,坐着更吃力。我把一只手撑在腰眼上,压住腰部的胀痛感,然后一点点打开塑料袋子。手机。打火机。香烟。钥匙。手套。头盔碎片。身份证。户口本。还有孩子的准生证、簇新的离婚证。准生证是三个月前办下来的,离婚证是一周前办的。喜家湾的大舅舅看着我清点。我一样样看完了,装进塑料袋子递给喜家湾的大舅舅。大舅舅有些意外,赶紧摇手说,你拿着,你拿着才对。我略一迟疑,拿了。又不是百万遗产,就算我们离婚了,我拿着也没人会来争抢吧。

走出派出所大门,大舅舅的嘴唇还在瑟瑟地颤抖,迎着劈面而来的风说,赔命钱都叫银行拿去顶贷款了,没给你留一点点。眼看着你就要坐月子了,唉,这娃啊,沉默。大舅舅又打破了沉默:是个苦命娃啊,就算脾气怪点,但我知道他其实是个好娃,从小听话,心肠软得很,是个善娃。他这几年要是哪里对你不好了,你不要记仇,人都走了。大舅舅哽咽了,嗓子里含着沙子一样,他的嗓门一定被硌得伤痕累累血肉模糊。

我站住,正视着大舅舅。我说,大舅舅,他能在喜家湾睡土,就陪在外奶奶身畔,应该也是他的心愿。麻烦舅舅以后早晚给他走个坟,等念百日的时节咱宰牛,花费我出。大舅舅呆呆地看着我,不认识一样。我在大舅舅的目光里一点点低下头。我愧疚。

娃呀,委屈你了。想不到大舅舅会这么说。一个山里的朴实的农民,能这么说。我忽然眼眶酸胀,水雾迷蒙了视线。

我结结巴巴地说,舅舅,我不委屈,我就是难过。我知道大家都在议论呢,猜测是我闹离婚害了他,其实最后同意离婚的是他自己。他用摩托车捎着我,我们一起去办的离婚证。我们客客气气的,像刚认识一样,最后我们去冶家余面馆吃了生余面。你不知道,那是我们谈恋爱的时候常去的地方。

我想到了那个下午,冶家余面馆。初春的阳光透过玻璃,照在我们脸上。我们面对面地坐着。他像第一次带我来这里一样,细心地为我擦拭筷子和杯子。他把自己碗里的牛肉团夹给我,又把我碗里的几疙瘩油辣椒夹到自己碗里,说辣椒吃多了脾气差,他不想儿子一出生就是个暴脾气。饭后,我们又坐了一会儿。结账的时候,我说,我来吧,这些年一直吃你的,也给我一次回请的机会。他把我按回座位上,掏出一张五十元的票子。掌柜的要找零钱,他摆着手说,不找了,谢谢你这些年的照顾。我当时竟然没有在意那句话,现在想来,是他已经在做告别了。此情可待成追忆,只是当时已惘然。当时我只觉得就这样离了婚,真是轻松,我在享受来之不易的自由。我完全没有察觉他的反应。

喜万隆,你这个浑蛋,就算我们离了,你也没必要这样。你可以再去寻找自己的幸福。人世的幸福有千百种,难道你不知道吗?你怎么能那么傻呢?你一了百了,我怎么办?肚子里的孩子怎么办?我终于控制不住自己的情绪,放开了悲声。

大舅舅抬手拍拍我的肩:娃娃,你拉着大肚子哩。万隆啥性子我清楚,这几年真委屈你了。

我说,舅舅,娃还是姓喜。等生出来了,我还需要舅母给我帮着拉扯哩。这话让大舅舅深感意外,他明显呆住了,慢慢地抬手,揉眼睛。我知道,他把忽然涌出来的浑浊的眼泪又揉回到眼窝深处去了。

好啊,好得很。大舅舅的调门突然变得很高,像是要掩饰自己的失态,到时节你上班看不过来,我就领娃回喜家湾,我们老两口帮你看,我们的儿女都大了,我们闲得很,有个娃在跟前闹活,我们高兴得很。

送走大舅舅,我到乡政府上班。办公室主任在门口徘徊,看到我马上凑过来,小苏,喜主任的后事也办完了,你是不是该把他办公室的钥匙交一下,把屋子腾出来?你知道,文化中心的工作不能停,新主任很快就上任。

我说,好啊,这是肯定的,马上腾房。其实没啥搬的,办公桌椅、铁床和书柜都是单位的,属于私人的物品,只有一口炉子。我一个临产孕妇能把这死沉的铁家伙搬哪里去?我不要了,留给新主任。细软东西需要带走。喜万隆的细软东西很简单,被褥和枕头,还有一件没有拆包装的毛毯、几件旧衣服,最多的是书。几个同事问我需不需要帮忙,他们乐意搭把手。我摇头,不需要,这间屋子里留下了喜万隆的生活痕迹,也留下了我们相爱结合这几年的记忆。我想自己整理,自己搬离。我要一点一点地把往事打磨,一点一点地变成回忆。

铁皮柜里和办公桌上那些书我都没要,因为它们和文学无关。我把老书柜里的书往纸箱子里装,装了四箱子。最后,我打开了老书柜最下面的梅花锁。孩子在踢我,一脚又一脚。我伸手抚摸,小家伙捣蛋之后就把身子蜷缩成一团,在肚子里横着翻滚,一个跟头,骨碌,又一个跟头,一股劲牵扯着子宫,有些疼,有些难过,我蜷缩着大口抽气。喘匀气,我一把拉开了暗仓。

抽屉里空荡荡的。我不甘心,推上,又拉开。还是空,是一种恒久的空,好像热烘烘的内脏被掏走了。与此同时,我发现那个日记本也不见了,里面的每一页都画着喜进花的本子。少年喜万隆学区统考第一名挣来的奖励品,也是他第一次拥有的最豪华的本子。他爱如珍宝,舍不得写一个字,却在里面画满了喜进花;那里面也夹着喜进花唯一的相片,现在,都不见了,肯定是喜万隆带走的。烧了,毁了,还是存到喜家湾去了?难道离婚后这一周,喜万隆去过喜家湾?

我靠住书柜大口呼吸，同时在脑子里拼命回想那张相片。我要永远记住喜进花的长相。那张相片一点点在记忆里再次浮现，六个乡村少女的形貌再次一点点显现，我看到了喜进花。左边第二个女子，长发握在手里，含着淡淡的笑。虽然这中间经历了那么久的时间跨度，相片微微卷边，画面泛黄，但是相片上人的笑容依旧真实、新鲜、饱满，蕴含了一个少女对未来生活和人生的全部美好期待。

我开始寻找，仔细查看每一个可能藏住一张纸的角落。喜万隆应该给我留下一张纸，就算是遗言吧。难道他就没有需要交代的事情，哪怕是一件？没有，除了旧书。我问过主任，这些旧书可是公共财产。主任瞪着眼睛有些恍惚，想了想，翻开公共财产登记簿看了看，摇头，茫然地说，没有，小喜啥时候攒了这么些书？这得花多少钱啊？想了想，主任突然笑了：小喜这人就是怪，这些年除了买书，再没有啥嗜好，真是个怪人啊。既然是私人财物，我得搬走。喜万隆的工作笔记上，时间停留在上次会议召开那天，漂亮的楷体，记下了当时的会议议程和主要内容。

喜万隆的布衣柜和各个抽屉里一丝不乱。桌面和床上纤尘不染，被子叠得像刀切的豆腐块，地板拖得能当镜子照人。拖把挂在门后，洗得很彻底，拧得不再滴答一滴水。就连老书柜背后的那些炭，也用报纸苫得整整齐齐、严严实实。如果只看他生活的表面，大概不会有人相信这样一个人，他的内心装着那么多幽暗。看着屋子，感觉他是出差去了，下乡去了，开会去了，或者去街市上为我买包子稀饭去了。

我一点一点地用手提袋转移这些旧书。《红楼梦》《水浒传》《三国演义》《西游记》《说岳全传》《封神演义》《桃花扇》《纳兰词》《资治通鉴》《茨威格全集》《少年维特之烦恼》《李后主词集》……万隆，这是中国古代部分；下一趟，我说，万隆，这是中国现代文学；下下一趟，我说，万隆，现在是欧美文学；再下下一趟，我说，万隆，现在轮到苏联文学了；最后我说，万隆，这是最后一趟了，是连环画，古今中外都有，上千本呢。

最后，我摘下结婚照，我扛着它往自己房间走。当时我还遗憾为了省钱，冲洗得不够大。现在才发现真是大，大得完全遮住了我隆起的小腹。我一步一步走着，相片里的喜万隆看着我，他剃掉了大胡子，是个美男子，一双明亮的眼睛深刻地望着世界。我走累了，停下来看他。相片扛倒了，我需要斜着身子才能看到正面的他。我说，万隆，你知道吗？其实帅哥就算是倒着看也很美的。而且，你肯定不知道，女人其实也好色，我就是这样的女人。喜万隆似乎听到了我的话，他嘴角微微上翘，眉梢轻轻上扬，两个浅浅的酒窝出现在嘴角两侧。喜万隆在笑，他这样轻轻含笑的样子很迷人。谁都不会想到，他会有一个那么幽暗纠结的内心世界；更不会想到，他以一场自我预设的车祸，换取了自己最后的结局。

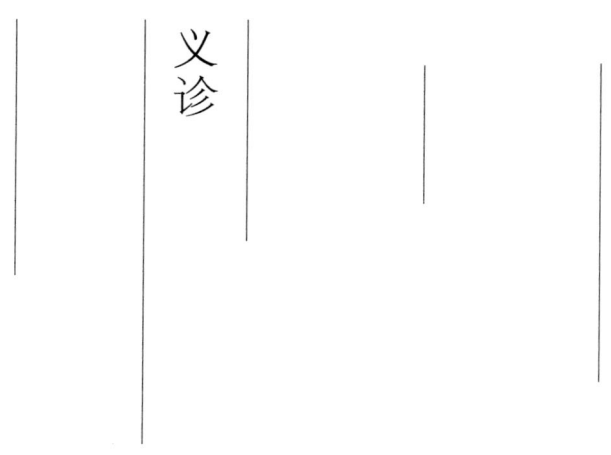

义诊

王大兵收拾行装时老婆跟了过来,身子靠住衣柜门,问,又干啥去?

不耐烦跟她解释,王大兵轻描淡写就两个字:义诊。

老婆从牙缝里挤出一串疑问,又义诊?这咋年年都是你去义诊?好不容易盼个周末,又找借口往外头跑,你是不是成心的?

王大兵懒得争辩。看来要从衣柜里取换洗衣裳有困难,他干脆不拿了,反正就两天时间,中间住一夜,不拿也罢,免得又起一场口水战。

他换上皮鞋,对着镜子看一眼,镜子里的人一身便装,夹克、牛仔裤、软皮鞋,头发也充分暴露在空气中,舒展而自由——不用被白大褂手术帽捂着,穿着正常人的衣服出一趟门,真是太难得了。这让他瞬间心情大好。

老婆却不依不饶,闪过来横在门口。不去不成吗?去年、前年、大前年、大大前年……这些年你不都去的吗?那么远的路,还爬山过沟的,回来就喊皮鞋把脚磨出好多泡,真不明白你图个啥。这义诊,一不发加班费,二没有提成,三没人塞红包,究竟能落个啥好?

王大兵忽然笑了。他本来还有一点点犹豫,上了整整一周的班,上午门诊坐诊,下午手术,周四的一台手术一直做到夜里十点才结束,所以周末对于他,是无比珍贵的。要不要下乡去义诊,他也在心里纠结,拿不定主意。

义诊活动是某个和医学无关的单位组织的,他只是这个组织的一名会员。反正去不去和单位工作没有直接关系,和工资、业绩、待遇等都不挂钩,也没人勉强他非去不可。要牺牲周末休息时间走这一趟,到底值不值呢?就连在准备拿行李的时候,他都在左右摇摆。听了老婆这番抱怨的话,他猛然就铁了心,去,就冲着她口口声声不离钱的这一份庸俗,累死也得去。

他把充电器、手机塞进手提包,狠狠一把扒开老婆,逃一样冲出了门。

身后传来尖厉的喊叫,死外头一辈子别回来!

接着是防盗门重重磕撞的巨响。

他怕在电梯间遇上熟人,不想让人看出他的仓皇和狼狈,不走电梯了,一口气从十五楼噔噔噔快速下到一楼,出了小区大门,脚步这才从容下来。

活动组织方的车已经在小区门口等了。上了车他一边跟组织领导打招呼,一边找座位。

后边几个座儿空着,他直接向最后走去,边走边用目光扫视,视线里果然扫见一个人。这人的身影撞入眼帘,他的心顿时像被谁的手托了一把,有些荡,有些激动,也有一点紧张。他有些仓皇地坐到了最后排的空座上。身子安置下来,心却还在半空里荡悠。似乎看到她对于他来说是一种惊喜,在意料之中,也是意料之外。

她叫什么名字,他不知道,只记得姓陈,去年认识的,当时都来参加这个组织举办的下乡活动,他是义诊大夫,她是送书画下乡的艺术家。他注意到她,不是因为她有多漂亮,而是在活动现场作画的时候,他无意中注意到了她的美。当时有五名艺术家当场挥毫泼墨,其中只有她一个是女的,四名男人都有了年岁,白发苍苍弯腰驼背,只有她一头黑发化了淡妆,穿一件宽松棉布民族风格长衫,在安静地埋头画着一枝梅花。那是一枝黑色梅花。简单的墨汁在几支毛笔的点染晕渗下,在白纸上开成了花,比他们动刀子做手术把病人从死亡线上拉回来还神奇,他完全看呆了。看着看着目光就从画面挪到了作画的人身上。没想到这一眼,这个女人就在他心里留下了影子。距离去年那次活动,这中间整整隔了一年。现在看到她,他明白了,自己不顾老婆反对,放弃休假,一定要参加这次活动,内心正是隐约地渴望着能再次见到这个女人。

陈墨梅(是这个名字吗?王大兵不知道。依稀听见她姓陈,用墨汁画梅花,所以王大兵在心里给她起了这个名字。这名字只有他一个人知道。)一个人坐,她旁边的座位空着。王大兵悄悄调理刚才因为惊喜而稍微翻乱的气息:深吸,慢吐,调匀了,另一个念头已经冒了上来,他应该坐到她身边去。

她临窗,右边空着,他坐那儿名正言顺,不需要理由。空座位就是给人坐的。又没人规定他不能坐那儿。屁股抬了一下,没拔动,还在原地。因为他记起自己今天没洒香水。这得怪老婆。一大早干涉他出门,扰乱了他昨夜想好的计划。衣服、梳洗用品全没拿,那件外套兜里的香水瓶自然也忘了。香水是一个小护士送的。小护士是不是喜欢他呢?他不清楚,但小护士看到他就眼睛亮晶晶的,这个表情他撞上过好几次。撞上也就撞上了,他两眼平静,心里没一丝波澜,跟看到任何一个同行的感觉没什么区别,这同行包括同性和异性。在他的感觉里,不管什么异性,只要进了医院大门,穿上白色大褂,站在医护队伍里,他就对其没了兴趣,连一丝感觉都无法滋生,有的只是一种从业近二十年的厌倦感。

忽然一天小护士送他一瓶香水。她说没事洒点,调节一下,生活是丰富多彩的,为什么总让自己一身消毒水的味道呢?香水是快递送到他手上的,文字是她通过短信发他的。都是以侵入性的方式送达,他没法不接收,接到他才知道小护士已经实习期满离开了。她像一粒喷出瓶口融进空气的香水分子,消失到省城上百万人口的大群体中去了。他没想过要去寻她,也从来没有设想过,人海茫茫,这辈子是不是还有相遇的机会。香水一直放在兜里。不上班或者跟人出去吃饭或者外出培训,只要是不再以大夫的身份出现的公众场合,他都会拿出来喷一点,让香味在胳膊和袖口之间慢慢挥散。闻着这味道,他恍惚觉得这应该就是她的味道。他发现自己已经迷恋上这气味了。他会在这味道里慢慢回想她的眼睛,那眼睛好看,好像含着什么,具体是什么呢?一个小女子对一个男人的默默爱慕,还是别的什么哀愁,她没有说破,所以他至今不知道谜底。

他开始关注香水,偶尔在网上查查,价格、牌子、用法,才知道小护士这一小瓶香水花了血本,价格不菲呢,她需要掏一个月的工资吧。这让他死水一样的内心起了一丝波澜。他错过了什么,一次中年婚外恋还是人生中的真爱?遗憾的是小护士长什么样儿他甚至都从来没有好好看清过。

他怀着缅怀的心情忘掉了这件事,但使用香水成了一个习惯。同时他惊讶地发现自己身上有股臭味。人体腺泉分泌的臭味分口臭、狐臭、脚臭、体臭好多种。他好像是体臭。作为一个医学工作者,用了"好像"这种模糊词语,不是他不严谨,而是因为他找不到臭味来源。好像哪儿都臭,又好像哪儿都不臭。明明上一秒还臭,下一刻又消失了。臭味像幽灵分散在空气里,围绕着他,纠缠着不散。程度很轻,也就若有若无的那么一点儿吧。这么些年他没察觉,连处处挑剔的老婆也没察觉。也许压根就没有什么臭味,只是他为了给自己使用香水找个理由吧,纯粹是心理自我暗示的结果。

前年和去年的义诊都带了香水。但他当时没坐在陈墨梅身边,他注意到她太迟了。送书画下乡一结束,就集体上车回城。回来就散了,都没能和她说上一句话,这次无论如何该带上香水的。他有些沮丧,衣服是新洗的,从里到外,包括袜子,为这次活动而准备,没放带有芳香味的衣物柔顺剂,怕化学洗涤品的味道会干扰香水味。

现在,他感觉自己像个赤裸的人,全身没有可以干扰别人嗅觉的外在香味,有的只是肉体本身的味道。下楼那一气奔跑,出汗了,运动让全身各处埋伏的腺体像机关一样打开,谁知道那隐藏不露的臭味是不是又趁机窜了出来。他深感懊恼。随手带的小公文包里,除了手机充电器,连卫生纸也没带一点。胳膊窝里蓄了汗,能明显感到黏湿感。他担心臭味随着这黏湿悄悄散发。一个身上冒着臭味的男人,坐谁身边都没什么,唯独不能坐到她身边去。

女人的嗅觉天生就比男人灵,而且他坚信,她要比一般女人更敏感一些。而且她身上应该有特别的香味,这也是一般女人不具备的。不是单纯的香水营造出来的,多贵的香水也是化学制剂调配出来的,是庸俗的,而她用的话,也肯定是一款采摘自大自然的纯植物香水,散发的天然香味,是对她最好的点缀,而她本身也应该散发香味,来自肉体,也来自气韵,就像她的爱好、特长,她那一身淡雅如梅,和笔下画出来的墨梅。这样的女人,像修出一种境界的仙子,自带清香,周身散发的气场让别人不敢轻易入侵和破坏。

越想顾虑越多,他迟迟没有勇气坐到她身边去。

车驶出省城上了高速,开始匀速前行。

车是大巴车,从最后望前头,影影绰绰的,感觉很遥远。

最后一排就王大兵一个人,他挪到左边靠窗坐下。这样就近在她身后,可以肆无忌惮地观察她了。这样挺好。她不一定能注意到他的存在,却不影响他享受这美好感觉。她真的给人感觉就是一株墨梅。头发乌黑,应该不是染的,天然生成这样的就太难得了。发丝柔软地下垂,在两边肩膀上分开,自然而然地打了个大大的坡度,一种让人心动的韵味就在这个起伏的坡度间被勾勒了出来。头发的波浪随着车行偶尔颤动,闪烁间露出一段脖子,雪白、细长,像天鹅。他知道这有点夸张了。可他的第一联想确实是天鹅细长柔美的脖子。除了画画,她应该还会跳舞,这样的脖颈适合跳舞,而且会跳得很好。

她似乎没兴趣听前头那些男女说笑。那种浮躁粗浅的玩笑,和她的气质明显不同,她有些落落寡合地靠窗坐着,不看手机,应该在看窗外。正是晚秋季节,路两边的田地里是连片的玉米。他目光从她肩膀上飘过去,也看连绵起伏的玉米,他很快就发现这单调的植被也是一种值得欣赏的风景。

他的目光很不老实,在远处的玉米,和近处的女人身上转换。她穿的衣服挺特别的,应该是棉麻材质交织的质地吧,裁剪精致,款式宽松,是一件连衣裙。看不见前面的细节,从后面看,衣服在略微宽松的同时,让人不得不赞叹,很合身,这就是给她量身制作的。她应该属于不胖不瘦的体型,衣服的衬托,让她的身躯有了一丝修长和薄瘦。

他和内心一种伴随男人本性产生的习惯做着斗争。不让目光穿透这层棉麻而去还原和想象衣裙下面包裹的肉体。斗争有些艰辛。职业道德中最入骨入心的那句医生眼中没有男女性别只有病人,在工作环境中他做到了。走出医院门,有时他做不到。脱了职业服装穿着普通人的衣服走出医疗场所,汇入都市的万丈红尘,他就经常犯一个毛病,他把这个定义为男人都会犯的毛病,雄性的天然劣根性。他从没有就这个问题跟人交流讨论过,因为这有些阴暗猥琐的念头,这些年并没有给他带来什么麻烦,能和他这个人和谐相处。存在即合理,所以他也就不计较,将它放置在一个可以长期容忍的范畴里共同和平相处。

前头坐着二十几号男女,他们正忙着说说笑笑,也不知是谁说了句什么好笑的,人群里忽然爆发出一阵大笑。二十几个身体一起前俯后仰,拍膝盖的、抱肚子的,笑声里浮荡着一种惯有的味道。大家都在不同的单位部门,平时不常见面,这次被装在一辆车里同行,不抓住机会把积攒了一年的那些荤的、素的玩笑好好开上几盘,似乎有些辜负这样的大好机会。他忽然觉得这味道里透着轻浮,还有粗俗。他猜得出,肯定是谁又开了个大荤的玩笑,而且这玩笑出自女人之口。所以几个男人越发兴奋,尤其和王大兵同一医院出来的内科老赵,老得后脑勺都秃了,但偏偏好这一口的心性根本不改,他笑得尤其响亮,像个公鸭子一样嘎嘎响。还有个副领导,一边笑一边把肥肥的肉体往身边的女人身上挤。

王大兵遥遥看着这一幕笑得肠子都疼了。他保持着得体稳重,像古代的女子一样笑不露齿,让肠子在肚子里拧着打架。这些人啊,咋说呢,从前的他也是其中的一分子,他也会笑得欢畅忘我,今天他只是因为她,还是怎么了,忽然觉得这样的玩笑,这男女合奏的笑声,笑声里那心照不宣的隐秘和快意,都是这样刺耳粗糙。

她在笑吗?他悄悄伸长脖子观察。她只是略略抬了一下头,向笑声爆发区扫了一眼,又扭头去望窗外。窗外连片的玉米像箭镞一样林立着。古人打仗,动辄数十万人马,面对面交战,冷兵器近距离相拼,正是这样层层叠叠密密麻麻的景象。他去过秦始皇兵马俑,一坑坑的陶俑也是这样整整齐齐地林立。

为什么会想到这些呢?他不知道,也懒得想,只想就这么看着,看它们像流动的云一样淡淡地流过眼底,不断向后划去。他感觉自己的目光是手术刀,一下一下切割着这些景象。千刀万刀,他把它们划成千片万片。他在为谁的躯体做着手术呢,切割、清创、缝合,一遍一遍重复。他欣赏着这种碎散破裂,他被一种固执的职业心理所左右。他不知道在她眼里,哪一处哪一景融入了她的眼睛,化成一种美,然后被她在心里慢慢养着,等捉笔面对画纸的时候,这种美就从心里流淌出来,化作另一种可以用目光观赏的美。美一定是这样捕捉来的,也是这样滋养出来的,更是这样产生的。他不会画画,甚至不懂画。可这一刻他感觉自己懂了一点,这个"懂"是忽然来临的,是无师自通的。

前头的笑声散了。他们又开始争论起了单位的什么,好像是工资、职称。他不想听。好不容易出来一趟,就不能抛开这些凡俗破事,好好让内心静一静吗?人活在世上真的需要这么累这么计较吗?为什么不能像她一样,安安静静清净无争,像深山间的一株野草像静夜里盛开的一枝兰,不,这些比喻在她面前都太俗,她应该是寒冬大雪里一朵悄然开在枝头的素梅。

他越来越厌倦车前头那起哄笑闹的气氛。这个群体,去年、前年,更早的时候,他也是他们当中的一员,跟他们一样大笑,说大荤的话,大大咧咧和女人们开些很无伤大雅的玩笑。那时他怎么就一点也没觉得这样的嘴脸让人看着那么不雅观呢?现在冷眼旁观,他真有些难以相信从前自己也和这些人一样,带着粗俗不堪,显得臭味相投……他端坐着,努力保持一个自认为还帅气的造型,不让自己这身发福松弛的肉塌了架子。他为这种保持而自豪,为自己与他们的不一样而开心,在一群污浊的油腻的男人当中,他感觉自己像一株从淤泥里努力生长出来的清澈的植物。

就这么微微后仰,靠住后座闭眼打起了盹儿。

空气里有一丝香味。淡淡的,幽幽的,若有若无,在鼻息间绵绵地缠绕。

他相信,香味的源头就是她的身体。

他再次想象那棉麻裙子下的身躯。从医学院上学开始,到走上工作岗位,这些年里他接触过的人体,死的活的,男的女的,有多少早就记不清了。

温润，生香，应该是前排这具身躯逸散的气韵。如果剥光她的衣服……他赶紧打住了思路，再往下就恶俗了。想象别的女人还可以，要挪到她身上来，他有种罪恶感。那就不想了，想点别的吧。想这一趟出来，肯定和以前一样，无非先到市区入住，晚上吃一顿饭，宾馆睡一夜，第二天早餐后就去扶贫的村上，村干部早早开了村部大门迎接，办个开幕式，再分成组，由村干部领着进村入户开展活动。他肯定还是骨科组。还是去那几户人家吗？他脑子里依稀闪过一张一张的脸。从第一次参与义诊开始，年年的义诊活动都这个搞法。他前后参与好多次了，将这流程早就熟记在心里了。那些被自己诊断过的人，也都有了印象。

他是城里孩子，从小到大没怎么接触过真正的农民。上班后的医院是省城大医院，倒是经常接诊四面八方来的农民。能奔到省城医院看病的农民，都是病情严重，在小地方治不了才来省城的。他们来的时候早就专门拾掇过自己，穿的是最干净的衣服，手脸上的泥土也都洗净了。王大兵也就以为自己看到的是农民的真面目。所以王大兵第一次参加义诊，走进分给他的三个自然村的那十五个农户家，见到了给他准备的义诊对象，王大兵才知道农民在乡里的真实模样。记得在第五户人家里，当他看到一个老汉掀起裤腿让他看膝盖时，他为那变形扭曲到狰狞的模样而震惊，心里热烫的潮水直翻跟头，眼眶禁不住酸楚，渗出水汽来。从医以来，见过的病患不少，早就对各种病变的形态习以为常，可眼前的老人在他们进门前还在牛圈里铲粪。这样的腿，在城里的老人身上早该住院做关节置换了，至少也不能这么劳作啊。

老汉的光脚板上沾满粪泥,卷起来的裤边上也裹满了粪泥。

他嗅着牛粪的臭味,怀着悲壮的心情,认认真真检查了老汉的身体。那次义诊的十五个对象,其实他都是这么对待的,比他刚刚走出校门参加实习还认真,比走上岗位正式接诊治病还用心。

都是徒手检查。用于骨科做检查的医疗器械都巨大笨重而昂贵,不可能搬到这偏远山村来给这些人做检查,所以他好像回到了很久以前的医疗环境,边询问病情边用手试探、按压、摸、捏,颈椎、腰椎、全身大关节。都是骨科方面最常见的病,都是上了年岁的人,一问就说是下了一辈子苦,苦出来的病。女人比男人还多一个致病的原因,就是月子里落下了病,年代久了,病入骨骼,成难以根治的老病了。

他没办法做更多的检查,只能诊断出一个基本病情,然后要出他们家里孩子的作业本撕下一页,写一个吃药的方子。尤其那个铲牛粪的老汉,病情十分严重。王大兵简单诊断后强烈建议他去医院看,住院手术,最不行也得去市一级医院。他甚至给老汉留了自己的电话号码,叫他到了省城给自己打电话。并稍稍暗示,他可以想办法安排住院的事,并且在费用上尽量想办法让老汉少花一些。

老病了,住啥院呢。老汉的儿子把话拦下了。七十多岁的人了,到了该疼的时节了,我才四十多就疼开了,我也没看过,白花冤枉钱哩!

老汉本来有些想去的，儿子这么说，老汉就改了口，说不去不去，过了今儿不说明儿，帮不了娃娃们啥忙，再为这老腿花钱，划不来，我还是吃点儿药就成了。

王大兵就开药方。他踌躇再三，把价格昂贵的药换成了疗效相近而相对便宜的。所以这药方开得比较费劲。斟酌再三，才拿出来一张。

走了十五户人家，他开了十五份药方单子，嘱咐他们拿到药店去买药并按时服用，然后就离开了。别的义诊小组也都从各个山岔山沟之间返回，在村部门口集合上车离开。记得当时大班车离开的时候，王大兵的脸贴着车窗望外头，看见自己刚刚一一走过的那三个村民小组，一个在山洼洼上，另外两个分别在一座山的两边。那双腿变形的老汉住在最左边的山洼洼上，巧的是他跟王大兵同姓，也姓王。不知道是他的病情实在太重，还是姓王，王大兵特别记住了他。

十五个接受义诊的病人中，都是五十岁以上的老人，农民辛苦，五十多岁的人已经显得很老，他坐在车里回味着他们的嘴脸，最深刻的是王老汉。他必须手术，这么拖延下去只怕一两年后就会瘫痪。

都病成那样了，为啥还不住院去看？是舍不得钱，还是过得艰难，实在拿不出那么多钱？他左右看看，车里的人似乎都很累，个个头靠在车座后背上打盹，好像这一趟活动耗费了太多的精力，他们累坏了。

王大兵不累，觉得心里有很多疑惑，就这么离开了？难道这一趟义诊活动就这么画上句号圆满完成了？他不能认同这个圆满，也不甘心，总觉得还有什么在心里牵扯着。

王大兵怀着不甘的念头，扭头四处看，后面一个妇科大夫醒着，王大兵感觉好不容易逮住了可以聊天的同类，就撺过去挨着坐下。女大夫和王大兵虽然是同一个医院的，但这些年交往不多，属于那种只是匆匆见过几面，见了面连头都不用点的关系。王大兵觉得没必要拐弯抹角，他也不掩饰自己的心事，一坐下就低声问她怎么看这种义诊活动？

女大夫淡淡扫一眼车外远去的村庄，懒懒地撇嘴，说，就是走个过场罢了，我们就当来这山里散了一趟心吧。

王大兵陷入沉默。女人注意到自己的回答这个年轻人似乎不满意。她认真看一下王大兵的脸，笑了，右肩膀轻轻晃了一下，撞到了王大兵的左肩膀，咋了？小王你觉得看不惯是吗？其实这有啥，你年轻，刚参加工作没几年，头一回参加义诊吧？等你以后多来几回，见多了，就习惯了。

王大兵觉得心里被投了块石头，他不由得皱眉。

女大夫可能见他还不开窍，狠狠夹他一眼皮，带着恨铁不成钢的表情摇头，说你们年轻人哪，棱角太尖了，得好好磨磨，义诊嘛，能办一下就成了，当然和在咱医院里开展诊疗没法比。

可也太凑合了吧？王大兵打断了她。

他很诚恳地看着她，说，我在想，这一趟活动的意义究竟有多大？换句话说，究竟有没有意义。

意义？

女大夫不笑,眼睛瞪得老大。

王大兵发现她割过双眼皮,也开过内眼角。

王大兵忽然感觉自己心里勉强压制的什么,被这后天人工美化过的眼睛激怒了,他脱口而出:一车人,大老远来了,还住了一夜,这雇车、住宾馆、吃饭,花了不少钱吧?尤其晚上那一桌接风宴,有鱼有肉,红酒白酒,花了两千多吧?可我们看病,啥检查也没有,就那么表面看一下,并没有进行有效治疗。开的药方子嘛,我看那些农民也不一定真的会照单子去抓药吃。我们花这么多钱搞这么个华而不实的活动,不如省下来买些药或者康复器械送给他们,意义可能要比这样强一些,至少总比这么年年重复走过场强吧?

女大夫又撞了王大兵一肩膀,这一肩膀力气太大,王大兵差点栽倒。还好车座就这么点空间,他也没来得及躲,就让自己的肩膀承受了这忽然爆发出亲昵意味的欺虐。女大夫压低了调门:这话可不能在领导跟前随便说,你不知道,当领导的都这样,心里只想着出政绩,这义诊也是人家下基层深入群众的一个方面嘛。

王大兵抬头看前头,领导们都坐在前几排。

他想起义诊开始前的那个开幕式。村上专门做了一道几米长的横幅,还布置了几张铺着红丝绒布的桌子,摆了话筒,放了果盘,准备了主持词,领导拿出讲话稿做了重要讲话。讲话里罗列了那次下来义诊的重要作用与长远意义。在初春的冷风中开幕式进行了半个小时。王大兵当时注意到前来聆听领导讲话的,只有他们这些城里来的人,三个村干部,还有几个猫着腰在墙外探头张望的村民。领导用的是普通话。领导是省里来的,自然用普通话。村干部也使用了普通话,他是本村人,听得出他卷着舌头用普通话念那个主持词的时候有多费劲,但他还是以一种大无畏的精神咬牙切齿地念完了,听着领导的嘱托,再看村干部那一本正经的认真,王大兵当时心里的血不由得热了,他想一定要好好开展义诊,不辜负这趟活动。

可是坐在车里起身返程了,他在一种落差中难以接受。他总觉得还该做点什么。怎么能这样草草离开?难道就这样匆匆离开?那些病人,会买药吃吗?药吃了会见效吗?尤其那王老汉,他的病真不能再拖了。

身边的女大夫见他还是情绪低落,甚至有些萎靡不振,她懒得再开导,闭上眼睡觉。

王大兵听见她的呼吸里有了鼾声,轻轻起身回到自己座位,他也闭上眼睡觉,居然很快就睡着了。车走完正在扩修的乡级公路,上了市区通往省城的高速,飞速疾行。窗外的树木、房屋,像在依依不舍地做挽留,扑着身子一波波倒下。王大兵懒懒地看几眼,重新合眼入睡。他在脑子里回忆这几年自己面对过的病人中那些来自南边山区的农民。大多数面孔已经模糊,有些竟然还记得,他们虽然跟今天入村看到的农民穿戴打扮不一样,拾掇得干净整齐多了,可他们终究是山区来的,他这样的川区人历来是有些看不起这些人的。他闻到山区农民身上的汗味,看到袖口衣领上难以洗净的尘垢和牙齿上的黄垢,听着浓重的乡下口音,他就禁不住心底滋生嫌弃。对他们啰唆不清诉诸的病情,也没耐心细听,只拣要紧的询问几句,就开单子让去做检查。望着他们手捧单子惶然去排队、交费的背影,他心里没有什么愧疚。现在恍然明白,如果自己能多问几句,听他们多啰唆一点,多些耐心,他可能会多掌握一些病情,少开一两个机器检查的单子。检查都很贵,彩超、CT、血液,甚至核磁共振……哪一样不是动辄几百呢。

如今回想,他有一种做下罪孽的感觉。这也许,是他这趟义诊最大的收获和意义吧。他亲眼看到了山区农民生活的环境,和农家生活里的病人,他这才知道自己也许犯下了错误。多做一项检查,多开一点药,那几十或者上百的花费,对于他们来说,就得多卖几袋子粮食或者一两头牲口吧。那得需要多少汗水去换取!

这些艰难,他这个城里长大、一出校门又直接进了省医院上班的人,以前从没有切身体验的机会,也从没有想到过。第二年的义诊还没开始,他就主动打电话报了名。以后好像成了习惯,每年的义诊里都有他。重复了一年又一年,他就麻木了,再看这种活动的方式和过程,也觉得顺眼了。他知道,在漫长的重复过程里,自己做了妥协。这一感悟让他沮丧,也忽然有了疲惫和厌倦。

去年他忽然不想来了。但惦记着那个王老汉,今年又来了(仅仅是惦记那个老人吗?他无声地摇头轻笑)。他给王老汉拿了些药,想亲自送到他手上,告诉他按时服用,用完有效果的话,他想办法再给寄点。这么多年过去了,王老汉居然还能拖着扭曲的双腿蹒跚走路,这让王大兵觉得不可思议,也由衷敬佩。按照他经手的病例,王老汉早该在几年前瘫痪的。可去年相见的时候,王大兵看到他还拖着沉重的腿脚在地上走,穿戴也还是那样脏脏烂烂。这让王大兵感慨不已,人活在世上,人和人的命怎么会这样不同呢?城里的那些老头儿老婆子穿得干干净净的,一天晒着太阳跳广场舞,过的是和山里老汉完全不一样的晚年生活。这王老汉还能拖着病体下地,是因为他给人家诊错了,还是王老汉本身体质和别人不一样,还是一辈子的辛勤劳作让他和一般人不一样?去年回城路上他就有了一个想法,这王老汉,还有他义诊过的那些对象,都可以作为风湿类风湿的城乡群体差异研究对象。这是个大方向,具体怎么切入,还得再找合适的点去入手。医院工作忙,回去就把这事放下了。今年又来,他想把这个重新拾起来,还可以申报院里的研究项目呢。但愿王老汉还好好的,还能握着他的手说感谢的话。

　　农民说话缠,王老汉把他当救命恩人一样抓住手就不放,反反复复颠来倒去说着自己的病痛和对王大兵的感激。他的手也变形了,变形的手,总是有些异常的力量,每次都捏得王大兵手疼。王大兵耐心听着,他有时也好奇,自己怎么没有了第一次来义诊的惊讶和震撼,也没有了参加义诊前坐在省城医院骨科诊室里面对那些据说从南部山区赶来的山民时的距离感。他感受着这变形的老汉的手捏住自己女人一样细白的手晃荡时所产生的疼痛。他发现一年不见,他有些怀念这种疼痛。

第三年,他的义诊对象少了三个:一对老夫妇和一个孤寡老婆子,问了带队的会计,说老两口去城里给儿子看孩子去了,孤寡老婆子忽然得病去世了。王大兵听完这些没有再多问。少了三个人,他的义诊过程就能缩短至少一个小时。

第四年又多出了两个义诊对象。其中一个是年轻人,车祸伤了腿,手术后回来养伤,王大兵看了,判断他是伤没好利索就干了重活儿,影响了术后恢复。他开了点药,叫那个年轻人一定好好卧床休息,不能再累。男人嘴一咧,说一大家子人哩,靠我一个人养活,哪有睡着歇缓的命!

王大兵盯着那和自己年纪相仿的脸瞪大了眼,黑了脸质问,人要紧还是你家活计要紧?等缓好了有多少活儿干不了!骂完,王大兵就离开了。

细想起来,参加义诊活动这些年,时光很快的,他已经从一个未婚青年变成了一个女人的丈夫,孩子从出生到已经进入中学,事业也很顺利,从执业医师变成了主任医师,收入高了,经济上不存在压力。他的婚姻算不上幸福,但也算不得不幸。和大多数人一样吧,还能凑合着往下过。和从前比,生活最明显的变化是他胖了,中年发福,是一个油腻大叔了。大叔现在也算是一枚衣食无忧的成功人士了。

王大兵一边回想这些年参加过的义诊活动,一边迷迷糊糊打瞌睡。半睡半醒之间还不忘保持一个精致端严的姿态,始终不让自己的身体松垮,不要在梦里露出油腻男人的狼狈。他担心她会忽然回头来看,他不想让她看到自己疲惫而松弛的身躯,和这份油腻散漫的状态。距离扶贫村所在的市区近了,远远看到一圈高楼的时候,王大兵想,等到了宾馆办完入住后,得先去商厦买一瓶香水。今晚的晚餐,明早的早餐,明天上午的活动,还有明天一起返程回省城,二十多个钟头共同相处的好时光,他要挨近她,没有香水肯定不行,至少他没有勇气。

大巴车没进市区,下了高速拐个弯,直接开往乡镇道路。这是直接要进扶贫村。不等王大兵询问,前面活动组织方的工作人员已经站起来解释了,说我们的活动压缩了,晚上不住,我们直接去村里开展活动,晚饭后返程。

路面还很平稳,乡级公路重修后变得和高速一样平坦。王大兵看见窗外的山上有些苍茫,那是干了一冬的枯草,尤其是蒿草,干蒿草一堆一堆长满了田埂和树林,没人背它们回去烧灶烧炕,山上植被比过去明显多了,据说是退耕还林的好处,也是老百姓日子好过了,做饭都是用电和烧煤,没人漫山洼拔柴火了。

山下的村庄在早春里静悄悄沉默。房屋的外形也变化很大,第一次来看到的蓝瓦土墙的土房子几乎不见了,替代的是红瓦白墙的新房,家家屋顶上装着太阳能热水器。这些在阳光下显得分外整齐好看,尤其新房新院子的屋顶,片片红瓦连绵出大片鲜艳的明亮。

开幕式比以往简短了些,没挂横幅。主持的村干部换了个新面孔,是新当选的村主任。村主任没用走腔走调的普通话,而用扎扎实实的方言,他也没念一长串欢迎感谢的套词和陈述这次义诊的重大意义,也没依次隆重介绍出席此次活动的嘉宾。

只简单介绍了带队领导和义诊队长,王大兵等人全被"等"掉了。领导也没拿着冗长的讲话稿一本正经地念。他显得有点情绪低落,迎着风咳嗽两声,说长话短说,大家抓紧时间进村入户搞活动吧!

和往年不一样,义诊和送艺术下乡分开同时进行,这也是为了节省时间。王大兵感到遗憾。这么说他看不到她现场作画了。

几位艺术家提着各自的包,进村党员活动室去了。接下来肯定是铺开纸张,画的画,写的写,各忙各的。她还是会画她的墨梅吧?别后这一年时间,他有时脑子里也闪过上网查查她资料的念头,姓名,学历,工作经历,艺术历程,如今在本省绘画界占据什么位置,在全国处于什么水平……每次都只是一闪念。他懒得动手,还是有种不敢碰触的压力,说不清楚,反正他从来没有查过。所以至今他其实都不知道她的真实名字和身份。

往年每次义诊上,工作人员都会发一份打印好的活动方案给大家,上头有详尽的流程和分组名单。他每次都是匆匆找到自己的名字,看一眼就放下了。后来干脆都不用看了,不管活动怎么变换花样,分组名单怎么增减,他都是骨科组,都去那十几户老病人家开展活动。

今年偏偏没发材料,有的话就能看到她的名字了。艺术家中照旧还是她一个女的,所以不难找。今年是怎么了?这活动好像分外仓促,中午的饭去乡街道一个小馆子里吃,每人吃了一碗羊肉泡馍。王大兵不吃羊肉,要的是牛肉,可吃完打个嗝上来,带着一股羊膻味。他再次后悔忘了带上香水。

给王大兵带路的还是会计。会计倒是和以前一样热情,话也多。进村入户的路上王大兵问到从前的主任怎么不见,会计神色一凝,说出了点事,进去了。

会计的口气淡淡的,好像在说今儿的天气还行,没下雨。

王大兵看出会计不愿在这件事上多谈,就不好往下深问。只在心里猜度,这几年村干部出事的不少,没必要大惊小怪。只是这个村的主任进去了,会计没受牵连,是这个会计本身清廉呢,还是身后靠山硬?他摇摇头,不想了,想这做啥,跟他没瓜葛。

还是那十五户吗?进了村口,王大兵扫一眼,走惯了,抬腿往右边第三户人家走去。

不用去了,柳志莲完了,秋里就没了。会计赶在前头拦住。

王大兵哦了一声,有些不甘心似的望着柳志莲家的方向看。那个叫柳志莲的女人是比较幸福的那种老人,儿子儿媳都孝顺,她的房子里装了土暖,冲水马桶,这在这一带山村是很少见的。她给他念叨过,说冬天一冷她就不出门了,一直在热炕上暖着,可腿还是疼,这就怪了。他告诉她,还是得多活动,也不能总是坐着不动。柳志莲那张圆圆的脸上浮动着慈祥的笑,在他的印象里,这样有福气的老奶奶至少应该活个八九十甚至上百岁吧。

她好像才六十五吧,怎么就没了?

车祸,一辈子是个胆小女人,一辈子不坐奔奔车、摩托车,说怕出车祸。大儿子新买了车,硬要拉老娘转一圈儿,她不坐,娃娃们哄上去就坐了半圈儿,还没走出庄子,车就翻了,旁人都好,就她完了,可不就是个车上完的命!

会计说,说完嘴合上了。王大兵注意到他下巴上的胡子没刮,又毛又乱,显得脏兮兮的。王大兵看着,心里一阵不舒服,想找消毒水给好好洗洗。

第二家的中年男人居然穿着和去年一模一样的衣裳,一件褪色的深蓝中山服,黑裤子,布鞋,头上戴一顶圆帽子。爱笑,笑起来满脸都是皱纹,远比五十来岁沧桑。

王大兵望着他有种时光停滞不前的恍惚,可明明中间又一年过去了呀。他按了按,问了下情况,男人的腰椎间盘突出有加重的倾向。他问他拍的片子呢,去年不是建议他去拍片子的吗?

男人的大手拍了拍腰部,不好意思地笑,说家里太忙了,我实在顾不上专门去医院。

王大兵一边开药方,一边板着脸重重地说,你呀,我一年年叫你去拍个片子,你年年说顾不上,家里的活儿哪有干完的时节?身体才要紧哪,过日子嘛,哪有足够的时节?万一哪天你真的累倒了,就是挖个金山银山,也换不回你的健康呀!

他的口气像一个严厉的父亲,在教训自己不听话的儿子。

被他数落的大男人不生气,相反很高兴,笑呵呵接受王大兵的教训。

王大兵已经能试着使用简单的山区方言了,跟他们用这方言掺杂着普通话的方式交谈,这交谈顺畅,欢愉。他们之间早就有了一种默契,这默契一见面一开口,就从互相的打趣当中流淌出来。好像王大兵是这个家里的一口人,只是出了一趟远门,隔了一年才回来。久别重逢,两个人都兴奋、欢喜。都忍不住要斗上几句嘴。只有这样,才能解一解他们心中积压了一年的思念。

接下来走的几户人家,几个病人还是老样子,甚至有人见了王大兵有些冷淡,配合也很勉强,显然是因为被打扰了手头的农活儿而有些不悦。一个老奶奶在王大兵抱着她的腿,让她在炕上弯腰蜷腿做检查时,她嘀咕说年年都来,来了都这么个老法儿,一点儿用处都没有,折腾我们也就罢了,还害得你们大老远的年年来。

王大兵也觉得不好意思继续按压她的身体,不再仔细检查,草草写了个方子就有些狼狈地离开了。他注意到那妇女接过方子时还是淡淡的,顺手接过去就放在了窗台上,一点都没有珍视的意思。王大兵不由得心凉了一下,整颗心也淡了,接下来的几家,他懒懒的,能少走的路就少走,能少问的话就少问。开方子时也字迹尽量潦草,写得龙飞凤舞的。他料定这些方子他们不会真拿去照单买药的。

走向王老汉家时,要上一道坡,王大兵忽然觉得有些累,要换了别人家他可能就找个借口不去了,其实他早就看出来了,会计陪着自己行走,也明显有些厌倦,只是这差事不应付不行,所以才勉强撑着。到了有些人家门口,他不进去,在门口抽烟,接电话,等王大兵进去完成义诊。

王老汉家得去。爬坡的时候,王大兵感觉心头从来没有过这样明显沉重的厌倦和劳累,他下了决心,明年这种义诊再不参加了,自己都觉得没意义,在别人眼里肯定更没意义。这次就当跟王老汉做个最后的告别吧。

王老汉的家门开着。他家不养狗,王大兵熟门熟路,直接去王老汉住的小房子。门闭着,他用力一推就开了,一脚踏进门,王大兵看见桌子、窗台和炕边上都有尘土。一切还是去年的样子,只是王老汉哪去了?

王大兵退出门,会计打完电话过来,笑了,手指另一家,说你咋去这儿了?是对门李家才对。哦,你肯定不知道,老王他完了,临走还念叨你哩,说你是个好人。

我是个好人?王大兵也笑了。只有他知道,这一刻他在用笑声掩饰鼻腔里急速渗上来的惊讶和伤感。是舍不得王老汉吗?不,他清醒地知道,那不是,但那又是什么,说不清楚,但他确实忽然很伤心,好像一个悬而未决的疑案终于有了结局。他为自己的苦苦等待而感动。接下来他怀着一种诀别的心情走完了后面的几户人家。

义诊完成了,他们赶往村部集合。王大兵心头模模糊糊希望着还能赶上书画活动,却还是迟了,所有人已经上车了,就等着他们最后一组了。

稍稍诊断一下就行了嘛,王大夫你还真认认真真给人家看啊!内科老赵迎头打趣王大兵。

王大夫是实诚人,哪像你,就知道盯着人家年轻媳妇子的屁股看。

老赵也遭受了一个同龄妇女的打趣。

半车人一起笑,笑得哈哈响。

王大兵没吭声,还是走向最后。

各位,为了赶时间,咱们带夜赶回去,吃饭要稍微迟一会儿,大家克服一下。

工作人员清点人数后宣布。

王大兵静静听着。今年的义诊与以往有了不同。两天的行程压成了一天,紧锣密鼓地完成也好。他身子完全软下来,车绕市区的时候,果然没有停,直接上了高速。

车在疾驰。一车人像坐在同一个巨大的移动摇篮里,集体陷入了昏昏微睡的状态。王大兵醒着,看着这熟悉的情景,抬头望,前方一片后脑勺。有黑的,有白的,有花白的,有这几年连续来的,也有新添进来的,他在这些脑袋中寻找她,竟然看不见。难道去前排陪领导了?她不是那种善于巴结领导也不爱往领导身边凑的人。

他不放心,站起来看,才发现她就在自己前方,已经睡着了,身子溜倒,斜靠在座位上。睡态明显有些疲倦,头发也有些凌乱。那件让她飘飘若仙的连衣裙也好像经历了一场风雨,显得皱皱巴巴的,有了沧桑的风尘感。他没有勇气仔细打量连衣裙下裹着的身躯,他怕自己会管不住内心的猥琐从而亵渎了某种美好,也忽然没勇气看清楚某种真相。

他慢慢坐下去,闭上眼,想象自己的手从这座位之间的空隙伸过去,轻轻抚摸她的头发,替她把乱发弄好,这弄惯了手术刀的手,摸过那微微蜷曲的发丝,带着万丈柔情,含着满腔怜惜,摸啊摸,直到手和胳膊都累到酸软得举不起来。

　　他的身子也斜斜溜倒,像陈墨梅一样睡着了。睡梦里他双臂紧紧抱着陈墨梅的身子。他只是想让她舒展开身子,睡得舒适一点。哪怕已经搂进怀里,他却再也没有平时的心思,用目光和想象把眼前的女人扒得一丝不挂,然后想入非非。他什么都不想,像个心静如水干净如初的婴儿,心头荡漾着一池清澈见底的水,而两个分开的胳膊之间,是一片看不见的空气。